Sorj Chalandon

Wilde Freude

Roman

Aus dem Französischen von
Brigitte Große

Ausführliche Informationen über
unsere Autoren und Bücher
www.dtv.de

Deutsche Erstausgabe
Die Originalausgabe erschien 2019 unter dem Titel
›Une joie féroce‹ bei Bernard Grasset in Paris.
© Editions Grasset & Fasquelle, 2019
2020 dtv Verlagsgesellschaft mbH & Co. KG, München
Gesetzt aus der Bulmer MT 11,1/15˙
Satz: Greiner & Reichel, Köln
Druck und Bindung: CPI books GmbH, Leck
Gedruckt auf säurefreiem, chlorfrei gebleichtem Papier
Printed in Germany · ISBN 978-3-423-28237-6

Für Stéphanie

1

EINE RICHTIGE DUMMHEIT
(Samstag, 21. Juli 2018)

Ich habe daran gedacht aufzugeben. Das Auto hielt. Brigitte am Steuer, Mélody rechts neben ihr, Assia und ich auf der Rückbank. Bitte, lasst uns damit Schluss machen, hätte ich sie angefleht. Lasst uns die lächerlichen Brillen und Kunsthaarperücken abnehmen. Du, Assia, befreist dich von deinem Schleier. Dann stecken wir unsere Spielzeugpistolen wieder ein. Und fahren nach Hause. Ganz einfach, in aller Ruhe. Vier Frauen in einem falsch geparkten Auto, das nach einem Zwischenstopp auf dem Bürgersteig seinen Weg wiederaufnimmt.

Aber ich habe nichts gesagt. Es war zu spät. Außerdem wollte ich dabei sein.

Plötzlich richtete Mélody sich auf. Setzte die schwarze Brille ab.
Brigitte hatte eine Waffe aus dem Handschuhfach genommen.
»Scheiße, was ist das denn? Bist du wahnsinnig?«, schrie Assia.
»Man braucht immer eine echte, sicher ist sicher.«
»Eine echte was?«, fragte ich.
Assia verkroch sich in ihrem Sitz, sie hatte sich den Schleier über die Nase gezogen und die Augen geschlossen.
»Sie hat eine echte Knarre dabei.«

Dann richtete sie sich langsam auf und streckte die Hand über die Rückenlehne.

»Gib sie mir bitte!«

Brigitte antwortete nicht. Ihre Finger trommelten auf das Lenkrad. Assia war bleich.

»Du bist ja total irre!«

Das Auto stand auf dem Bürgersteig und behinderte die Passanten: eine Mutter mit Kinderwagen, einen alten Mann, ein paar Kinder. Ein Halbwüchsiger mit Cap machte eine obszöne Geste.

»Fotzen!«

Brigitte riss die Fahrertür auf.

»Los jetzt!«

Sie hatte das Auto am Vortag auf einem Parkplatz in Stains gestohlen.

»Nichts liegen lassen!«

»Komplett durchgeknallt!«, knurrte Assia.

Ich setzte meine Perücke wieder auf. Mélody zog ihre Handschuhe an.

»Brille!«

Brigittes Blick. Ich zuckte zusammen.

»Setz deine Brille auf, Jeanne!«

»Ja, sorry!«

Ich holte tief Luft. Ich zitterte. Mélody stieg aus. Assia hinterher.

Sie schaute Brigitte an, die noch nicht verkleidet war. Ihre Perücke und ihre Maske waren zu auffällig für die Straße. Die würde sie erst im Eingang aufsetzen. Bis dahin würden Mélody und sie Touristinnen spielen.

Mit bösem Mund und Raubtierblick schritt Assia voran. Drehte sich um.

»Jeanne?«

Ich trippelte hinter ihr her. Wir setzten uns in Richtung Place Vendôme in Marsch. Sie elegant und rassig im langen schwarzen Gewand der Musliminnen, einer Jacke mit Epauletten und goldenen Tressen, einem bordeauxfarbenen Hijab und seidenen Handschuhen. Ich als graue Maus im strengen Kostüm, mit brünettem Pagenkopf, Gleitsichtbrille und der Einkaufstüte einer angesehenen Modemarke, die Clutch mit dem Monogramm unter die Achsel geklemmt. Eine arabische Prinzessin mit ihrer Sekretärin, die klopfenden Herzens an Luxusboutiquen und überwältigenden Gebäuden vorbeischlendern.

»Wir machen gerade eine richtige Dummheit«, flüsterte Assia.

»Ja«, gab ich zurück, »eine richtige Dummheit.«

Sieben Monate davor …

2

DIE KAMELIENDAME
(Montag, 18. Dezember 2017)

Es würde natürlich gut ausgehen. Eine Routinekontrolle.

»Wir fangen jetzt an, Madame Hervineau. Wenn ich Ihnen wehtue, sagen Sie bitte Bescheid.«

Mit nacktem Oberkörper, die Hand am Griff, stand ich vor dem Gerät.

»Kinn bitte heben«, forderte mich die Röntgenassistentin auf.

Meine linke Brust wurde von zwei Platten zusammengepresst.

»Nicht mehr bewegen!«

Sie ging hinter die Scheibe.

»Nicht mehr atmen.«

»Sorry.«

Ich atmete nicht mehr.

Da war dieser Schmerz in der linken Brust, wenn ich meinen BH zumachte.

»Das beweist, dass alles in Ordnung ist«, hatte meine Gynäkologin gescherzt.

Ihrer Meinung nach musste man nicht immer alles ernst nehmen, was eine Krankheit von sich gab.

»Erst wenn der Knoten schmerzfrei ist, sollte man sich Sorgen machen.«

So leicht ließ ich mich nicht abspeisen. Ich brauchte eine Mammografie, eine Röntgenaufnahme, einen Beweis dafür, dass alles in Ordnung war. Das letzte Mal sei ich doch erst vor einem Jahr bei ihr gewesen. Und da war nichts. Warum also den ganzen Aufwand noch mal?

»Um nie wieder drüber zu reden«, sagte ich.

Sie zuckte mit den Schultern. Und stellte mir eine Überweisung aus.

Drei Tage später stand ich mit gequetschter Brust da und wartete.

»Sie können jetzt loslassen. Und normal weiteratmen.«

Ich ging zurück in die Umkleidekabine. Den BH noch nicht anziehen. Und keinen Schmuck. Die Bluse war kalt. Ich betrachtete meine Hände. Ich zitterte. Es war nur eine Kontrolluntersuchung, ich hatte nichts zu befürchten, aber ich zitterte.

»Wir machen trotzdem noch einen Ultraschall«, sagte der Arzt.

Einfach so. Mit ausdrucksloser Stimme. Ein junger Mann, sehr beschäftigt. Er verteilte das Gel auf meinen Brüsten, wie man sich ordentlich die Hände wäscht, bevor man sich an den Tisch setzt.

»Ist Ihnen kalt?«

Ich antwortete nicht. Nickte nur. Zitterte immer noch. Ich beobachtete den Radiologen, der keinen Blick für mich hatte. Er fuhr mit der Sonde unter die Brust, um die Warze herum, die Augen auf den Monitor gerichtet. Foto, Foto. Ich schloss die Augen. Foto, Foto. Ich war oft abgetastet worden, aber das war es dann schon gewesen. Ein paar höfliche Worte, Händeschütteln, bis zum nächsten Mal.

Eine Ultraschallaufnahme hatte noch keiner gemacht.

»Ah, da ist etwas«, murmelte der Arzt.

Schweigen im Raum. Der Atem der Maschine. Das Klackern der Tastatur. Und diese Worte.

Da ist etwas.

Ich schloss die Augen. Hörte auf zu zittern.

Die Sonde lief über meine Haut. Wie ein Tier, das mit seiner Beute spielt.

»Ja, da ist etwas«, wiederholte der Radiologe.

Dann legte er seine Instrumente beiseite und hielt mir Papiertücher hin.

Ich blieb liegen. Wischte das Gel langsam weg, um den Schmerz herum.

»Schauen Sie bitte nach, ob es einen Platz für eine Punktion gibt, Agathe.«

Die Assistentin nickte.

»Heute?«

»Ja, fragen Sie Duez, ob er uns irgendwo dazwischenschieben kann.«

Dann verließ er den Raum. Und warf im Gehen die Handschuhe in den Mülleimer.

Die Assistentin half mir auf.

»Da ist etwas.«

Ich fragte mich, was nach diesem Etwas käme. Etwas in meiner linken Brust. Ich dachte an den Tod. Der Satz hämmerte in meinem Kopf. Ich hörte auf zu atmen. Etwas. Ein unglücklicher Ausdruck, jämmerlich und nichtig.

Ich hatte keine Beine mehr. Keinen Bauch. Nichts mehr. Keine Kraft und keine Gedanken. Um mich tanzte das Zimmer.

Als die Assistentin mir von der Liege helfen wollte, hob ich den Kopf.

»Wann kann ich weinen?«

»Jetzt, dafür bin ich da.«

Also weinte ich. Sie hielt mir die Hand.

»Vielleicht ist es ja gar nichts, nur eine Zyste.«

Unsere Blicke trafen sich. Sie glaubte es selbst nicht.

»Schauen Sie, ob es einen Platz für eine Punktion gibt.«

Die Worte des Arztes. Eine Gewebeentnahme, Angst vor dem Schlimmsten.

Agathe setzte mich auf einen Stuhl.

Gab mir Bonbons gegen die Unterzuckerung danach.

»Werde ich gleich informiert, ob es gutartig oder bösartig ist?«

Sie machte sich zu schaffen. Räumte mir unbekannte Instrumente hin und her.

»Nein, wir müssen die Ergebnisse abwarten.«

»Kann mir der Arzt denn gar nichts sagen?«

»Das kann nur die Analyse. Der Arzt macht sich eine Vorstellung. Je nach Konsistenz der Probe, die er nimmt. Das ist aber noch keine Diagnose.«

»Aber er wird doch eine Idee dazu haben! Das könnte er mir doch sagen, meinen Sie nicht?«

»Sie können ihn ja fragen.«

Sie brachte mich wieder zu meiner Kabine. Ich setzte mich auf die Bank. Es gelang mir nicht, meine Bluse anzuziehen und die Strickjacke zuzuknöpfen. Ich ging zur Toilette. Betrachtete mich im Spiegel. Graue Haut. Der Mund ein Strich. Ich schöpfte Wasser auf meine Augen. Und sagte mir immer wieder, dass es schon gut gehen würde, aber nichts ging mehr. Ich hatte Krebs. Ich spürte ihn in mir. Ich hätte Matt bitten sollen, mich zu begleiten, aber er wäre ohnehin nicht mitgekommen.

»Du hast doch selbst gesagt, es ist nur zur Kontrolle.«

Manchmal griff ich nach seiner Hand, wenn ich die Straße überqueren wollte. Er mochte das nicht. Verstand nicht, warum mir das so wichtig war. Und ich traute mich nicht zu sagen, dass ich ihn brauchte. Ich erinnerte mich an meine Kinderhand in der Hand meines Vaters. Und an die heiße, schmächtige Hand unseres Sohnes in meiner. Nun hatte ich nur noch Matts Hand. Aber er gab sie mir nicht.

»Jeanne Hervineau?«

Ja.

Schnitt, Gewebeentnahme, drei kleine Proben. Nur ein paar Minuten.

Doktor Duez sagte nichts. Nichts Wichtiges.

»Der Knoten muss jedenfalls raus.«

Das war alles. Und dass ich sehr bald mit meinem behandelnden Arzt sprechen müsste.

»Ich lasse Sie nicht allein«, beruhigte mich Agathe. Und legte mir die Hand auf den Arm.

»Was ist Ihre Strategie?«

Ich schaute sie an. Zum ersten Mal seit meiner Ankunft in der Klinik gebrauchte jemand Kriegsvokabular. Ich betrachtete meine herunterhängenden Beine, meine nackten Füße, den gekachelten Boden. Und sagte mir, ich bin im Krieg. In einem richtigen Krieg. In einer Schlacht, die Tote fordern wird. Und der Feind steht nicht vor meiner Tür, er ist schon in mich eingefallen. Ich wurde überrannt. Dieses Biest sitzt in meiner Brust.

»Was werden Sie tun, Jeanne?«

»Ich rufe meinen Mann an und heule mich richtig aus, dann sehe ich weiter.«

Agathe lächelte.

»Guter Plan. Rufen Sie mich an, wenn Sie mich brauchen.«

Als ich ging, sah ich sieben Patientinnen warten. Ich hatte gelesen, dass eine von acht Frauen im Laufe ihres Lebens Brustkrebs bekommt. Hier war die ganze Stichprobe versammelt. Acht schweigende Gestalten in einem fensterlosen Raum. Acht zum Zerreißen gespannte Brüste. Acht verlorene Blicke auf verblichene Illustrierte. Acht Gestrandete, die auf die Mitteilung warteten, wen es getroffen hatte.

Morgens hatte es geregnet. Schmutzig grau und von Graupeln gepeitscht. Doch als ich das Haus verließ, begrüßte mich die Sonne. Ich rief Matt an, drei Mal. Drei Mal ging der Anrufbeantworter dran. Er musste längst vom Mittagessen zurück sein. Ich brauchte ihn, nicht bloß seine Stimme. Aber was wollte ich ihm sagen?

»Schlechte Nachrichten, ich habe womöglich Krebs. Ruf mich bitte zurück!«

Ich nahm nicht die Metro, sondern ging zu Fuß. Morgens war ich noch eine lustige Neununddreißigjährige. Nachmittags eine schwerkranke Frau. Sechs Stunden für den Umschwung von der Unbeschwertheit zum Unerträglichen. Ich schlug die Augen nieder. Weil ich fürchtete, die anderen könnten mir ansehen, dass ich nicht mehr eine von ihnen war. Das Wetter hatte gewechselt. Die Schaufenster, die Straßen, die Gesichter – alles dünstete Weihnachten aus. Ich brauchte ein Notizbuch, ein dickes mit Spiralbindung, um alles aufzuschreiben. Um zu begreifen, was aus mir wurde. Ich ging in ein Papiergeschäft und wählte eines mit blauem Umschlag. Leuchtendes, fröhliches Himmelblau. Der erste Akt meines Widerstands.

*

Matt ließ sich in seinen Sessel fallen. In Mantel und Schal.

»Scheiße!«

Das war alles, was er sagte. Ich hatte ihn auf der Schwelle abgepasst. Gewartet, bis er durch die Tür war, und ihm dann alles erzählt. Tränen hatte ich keine mehr. Nur noch die Worte des Radiologen, die Gesten seiner Assistentin und meine Verzweiflung.

»Morgen habe ich einen Termin bei meinem Arzt.«

»Morgen bin ich unterwegs.«

Ein paar Tage im Monat war Matt immer unterwegs. Aber diesmal passte es schlecht.

»Kannst du das vielleicht verschieben?«

Er verzog den Mund zu einem Nein. Es tue ihm wirklich leid. Aber schließlich habe er die Idee zu diesem Arbeitsfrühstück gehabt, in London, um seinen Kunden die Reise zu ersparen, er habe auch die Tagesordnung festgelegt und seine Mitarbeiter ausgewählt. Das sei sein Fall. Niemand anderer könne das managen. Aber er käme am nächsten Tag wieder zurück, großes Ehrenwort. Dann würde er gleich anrufen, und ich könnte ihm alles erzählen.

Er stand auf. Legte Schal und Mantel ab. Ich stand noch immer mitten im Wohnzimmer.

»Hast du denn nichts geahnt?«

Sein Rücken vor der Garderobe. Wenn er sich Sorgen machte, verfiel er in den kanadischen Akzent seiner Mutter.

»Bitte?«

»So was spürt man doch! Hast du wirklich nichts gemerkt?«

Nein, nichts. Nichts Ernstes jedenfalls. Nur den schmerzenden Knoten, über den meine Frauenärztin noch gescherzt hatte.

»Ist das denn sicher? Könnte es nicht noch Entwarnung geben?«

Ich schüttelte den Kopf. Morgens hatte ich keine Angst gehabt. Nachmittags keine Zweifel mehr.

Er schaute mich an, als fiele ihm jetzt erst auf, dass da noch jemand in seiner Wohnung war.

»Und was wirst du tun?«

Ich gab keine Antwort. Ich hatte gehofft, dass er mich in den Arm nehmen würde. Das hatte er seit dem Tod unseres Sohnes nicht mehr getan. Ich war ihm deshalb nicht böse. Aber heute wäre es wichtig gewesen, nur dieses eine Mal. Er hätte seine kranke Frau in den Arm nehmen und ihr ins Ohr flüstern sollen, dass alles gut wird. Dass er immer für mich da ist. An meiner Seite. Und mir sagt, wie es weitergeht.

Er verschwand im Schlafzimmer, um seinen Koffer zu packen. Dann schlug er vor, essen zu gehen. Dazu fehlte mir die Kraft.

»Dann esse ich nur eine Kleinigkeit.«

Ich legte mich im dunklen Schlafzimmer angezogen aufs Bett. Er setzte sich neben mich. Zögerte. Strich mir über den Arm. Seine Hand war eiskalt.

»Du weißt schon, dass dieser Krebs ziemlich gut heilbar ist?«

Ich weiß, ich habe immer Glück gehabt, dachte ich, traute mich aber nicht, es zu sagen. Nein, weiß ich nicht. Ich weiß überhaupt nichts. Bis heute hatte Krebs für mich nie etwas anderes bedeutet als eine nationale Herausforderung, rosa Schleifchen in Illustrierten, ein Drama in einem Roman oder das tragische Ende einer Serienheldin. Es gab immer den Krebs und mich. Ihn weit entfernt wie einen räudigen Hund, irgendwo dort auf der anderen Seite, und mich. Mich, die nicht raucht und nicht trinkt. Noch heute Morgen war der Krebs das ganz andere. Nun müsste ich alles lesen, alles lernen, alles begreifen, alles fürchten. In den Osterferien wurde eine treue Kundin des Buchladens ins Krankenhaus eingeliefert. Und ward nie mehr gesehen. Nur ihr Blick auf diesem Foto am Fuß des Sarges. Sie hieß Nadine. Sie war Französischlehrerin. Und starb mit achtundvierzig an einem Krebs, der ziemlich gut heilbar ist.

Matt hatte die Hand von meinem Arm genommen und war ins Café gegangen. Wie üblich würde er ein Champignonomelett mit grünem Salat, ein Viertel Chinon und einen Käseteller bestellen. Beim Essen würde er auf sein Telefon starren und Mails beantworten, als säße er noch in der Agentur. Ob er von mir erzählen würde? Nein, sicher nicht. Das wäre ja viel zu früh. Er würde ein Glas Wein trinken. Und aufpassen, dass er seine Frau nicht weckte, wenn er heimkam. Und dass er sie nicht in die Arme nahm.

*

Er kam heim. Aber ich schlief noch nicht.

Auf die erste Seite meines Notizbuchs hatte ich geschrieben: »Erlebe ich gerade den Beginn meines Sterbens?« Nur den einen Satz. Um dieses Biest besser bekämpfen zu können, hatte ich beschlossen, ihm einen Namen zu geben. Krebs war ein hässliches Wort. Krabbe? Unmöglich. Krankheit? Zu vage. Ein Schnupfen ist eine Krankheit, eine Grippe, ein schwaches Herz, man kann sogar krank im Kopf sein, wenn man die Tage verwechselt. Aber man ist doch nicht krank, wenn man Krebs hat. Das ist zu wenig. Das Wort »Krankheit« ist dafür zu klein, zu eng. Jeder ist irgendwie krank, jeder leidet, ein wenig, sehr, bis zum Wahnsinn. Krebs ist kein Schnupfen. Krebs holt man sich nicht, der holt einen. Darin steckt ein Unrecht. Ein Verrat. Dein Körper gibt einfach auf. Verteidigt dich nicht mehr. Es ist ein tödlicher Splitter. Ein nächtlicher Besuch, den du zitternd hereinschleichen siehst. Erst schläft er auf deiner Schwelle wie ein müder alter Kater. Dann macht er es sich auf deinem Sofa bequem. Dann in deinem Bett. Und schließlich fühlt er sich bei dir wie zu Hause. Er ist aufdringlich. Schädlich. Ein Feind im Innern. Den du nicht kommen sahst. Ich habe darüber nachgedacht, ob es eher ein Einbruch war oder eine Einladung. Ob ich ihm meine Gastfreundschaft angeboten habe oder er gar nicht danach gefragt hat.

Wie soll ich es also nennen? Ich dachte an eine Kamelie. Eine blutrote Knospe. Eine Dezemberblüte, wenn weit und breit keine Sonne ist. Ja. Meine Kamelie. Mein Winter. Mit Nebel, Raben über der Ebene, endlosem Regen und Armen voller Chrysanthemen, um die Toten darunter zu begraben.

Ich stürzte mich in diese Wolkenwand wie in einen Kampf und träumte mich in den April.

Doktor Hamm hatte schon meinen Vater, meine Mutter und meinen Sohn betreut. Er kannte mich als Kind, dann als Mutter und nun als nichts. Ein Knäuel Verzweiflung, das er Faden für Faden entwirren musste. Er stand kurz vor der Pensionierung. War aber nicht bereit abzudanken.

»Sie haben achtundvierzig Stunden, um Ihr Team zusammenzustellen.«

»Mein Team?«

Er studierte meine Mammografie und die Ultraschallbilder. Nahm die Brille ab und hob den Kopf.

»Wir haben doch immer offen miteinander gesprochen, nicht wahr, Jeanne?«

Ja. Natürlich. Immer. Über meine Mutter, über meinen Sohn. Isaac Hamm hatte nie um den heißen Brei herumgeredet.

»Nach den Laborergebnissen haben Sie Krebs.«

Mit offenem Mund sah ich ihn an.

»Mit neunzigprozentiger Wahrscheinlichkeit, würde ich sagen.«

Ich schlug die Augen nieder. Er hielt die Röntgenbilder gegen seine Büroleuchte. Das letzte Mal hatte ich ihn wegen Rückenschmerzen aufgesucht. Ein typisches Buchhändlerinnenleiden.

Vom Gewicht der Neuerscheinungen, der Last der unverkauften Bücher. Nichts Besonderes. Es gab ein Rezept, drei Pillen, einen Sirup und eine Gelegenheit, Neuigkeiten auszutauschen. Beim ersten Mal – mit Mumps – war ich fünf. Wir waren gerade in das Viertel gezogen.

»Ich mag den Arzt«, verkündete Mama.

Er hieß uns willkommen, beruhigte, erklärte. Mich nannte er von Anfang an Prinzessin. Ich weinte vor Schmerzen und war doch auch stolz. Prinzessin. Ohne etwas von mir zu wissen, hatte er mich gleich erraten. In einer Ecke seines Sprechzimmers gab es Plüschtiere, Bauklötzchen und Spielzeug aus dem Warteraum. Mir war ein schlichtes Steckspiel am liebsten, bei dem man bunte Ringe nach Farbe und Form auf hölzerne Sockel sortierte: den violetten unten, den orangefarbenen oben, dann die rote Kugel, die das Bauwerk krönte. Auch mein Sohn Jules hatte gern »Krapfen« gestapelt, wie er sie nannte. Als mein Arzt an diesem Morgen das Wort Krebs aussprach, streifte mein Blick das Spiel, das einsam in seinem Regal lag. Der grüne Apfel fehlte seit Langem. Den hatte ich als Kind mit nach Hause genommen und in meinem Schrank versteckt, um nie wieder krank zu werden.

»Es gibt überall gute Leute, im öffentlichen und im privaten Bereich, das bleibt Ihnen überlassen.«

Mein Mund war trocken. Ich kannte keine Krankenhäuser, keine Chirurgen, keine Onkologen. Nicht einmal das Wort hatte ich bis dahin gehört. Also machte er Vorschläge: ein öffentliches Krankenhaus und eine Privatklinik. Gute Teams. Er wäre da. Er würde beraten, vermitteln, betreuen. Mein Leiden würde lange dauern und mich vollkommen in Anspruch nehmen. Ob ich eine Zusatzversicherung hätte? Ja, seit Kurzem. Davor sei ich bei meinem Mann mitversichert gewesen. Er schätze die Chirurgin im Kran-

kenhaus, halte aber von der Folgebehandlung in der Klinik mehr.
Leise murmelnd ging er die Namen in seinem Kalender durch.

»Sie könnten sich auch für die entscheiden, die am wenigsten
weit entfernt ist.«

»Ist das besser?«

Er zuckte mit den Schultern.

»Das ist immer besser. Die Operation ist eine Sache, aber die
unterstützende Therapie ist etwas anderes. Da müssen Sie mehrmals im Monat hin, jede Woche, jeden Tag. Die Wege sind sehr
ermüdend, wenn man so eine Behandlung durchläuft.«

Dann also dieses Krankenhaus. Nicht ganz nah, aber auch nicht
ganz so weit weg.

»Ein öffentliches Krankenhaus?«, fragte ich.

»Ja, das Universitätsklinikum.«

Er lächelte.

»Die Methoden sind ja dieselben.«

Er notierte sich etwas. Ich schaute nicht hin. Er sprach mit sich
selbst: Sechs Tage, bis er die Laborergebnisse hätte, das sei zu
lang. Er werde lieber selbst dort anrufen.

Ein Blick über den Brillenrand.

»Haben Sie mich als Ihren Hausarzt angegeben?«

Ja, selbstverständlich, dem Arzt gegenüber, Agathe, allen.

»Bleiben Sie in Paris?«

Ja. Matt mochte die Feiertage nicht besonders, ich ebenso wenig. Wir wollten nur übers Wochenende nach Dieppe, aber …

»Machen Sie das! Es tut gut, für ein paar Tage rauszukommen.«

Ich antwortete nicht.

Er würde mich anrufen, wenn er die Laborergebnisse hätte.
Versprochen.

Zum Abschied gab Doktor Hamm seinen Patienten immer die Hand und nickte. Bei mir machte er das nie. Nicht einmal nach Jules' Tod. Als Kind hatte ich ihn geküsst. Einmal, ganz spontan. Er besaß eine Sammlung von Kugelschreibern aus aller Welt. Sie standen in einem Plastikbecher und hatten als Schutzkappe einen Elch aus Kanada, ein Känguru aus Australien, einen Pinocchio aus der Toskana oder ein dreiblättriges St.-Patrick-Kleeblatt aus Irland. All seine Patienten wussten das. Und die treuesten brachten ihm von jeder Reise so ein Souvenir mit. Wenn ein Kind mit Vater oder Mutter kam, bat er es, den Kugelschreiber auszusuchen, mit dem der Scheck für sein Honorar unterschrieben werden sollte. Als ich das erste Mal bei ihm war, zog ich die Prinzessin aus dem großen Becher. Ein Andenken aus Wien. Und küsste ihn zum Dank. Lachend sagte er, der Stift wäre ab jetzt immer für mich da. Auch später, wenn ich erwachsen wäre. Ich nahm nie wieder einen anderen. Und so nannte mich Doktor Hamm, auch als er mich nicht mehr duzte: Prinzessin.

Als es ans Zahlen ging, nahm ich wie immer meinen Wiener Kugelschreiber aus dem bunten Becher.

»Nein, diesmal nicht«, sagte er.

Ich zögerte. Dann klappte ich mein Scheckheft zu.

»Wir sehen uns ja bald wieder, Jeanne. Sie werden noch oft genug die Gelegenheit dazu haben.«

Ich stand auf. Stieg über die auf dem Boden verstreuten Kinderbücher. Im Vorzimmer warteten drei Leute. Mit bösem Husten, erkältet. Was zum Leben gehört.

An der Tür beugte ich mich zu ihm hin.

»Darf ich, bitte?«

Er lachte wieder.

»Ich brauche das.«

Er breitete die Arme aus.

»Im Gegensatz zu allen anderen hier sind Sie ja nicht ansteckend.«

Ich küsste ihn. Einmal auf jede Wange.

Er betrachtete mich. Meine Mädchenaugen, meine Sorgenstirn, meine Angst. Lächelnd.

»Ja doch, Prinzessin. Ich werde Ihnen immer alles sagen.«

3

DER BUCHSTABE K

Als Dr. Hamm mich anrief, ging ich nicht dran. Aus Rücksicht auf Matt. Und in Gedenken an seinen Großvater. Das Handy vibrierte in meiner Tasche, fast schämte ich mich dafür.

»Dieppe ist heilig«, sagte mein Mann immer.

Seine Mutter war Kanadierin, sein Vater Franzose. Auf einer Reise nach Paris hatte sie sich verliebt. Und war dort geblieben, Mutter und Schwester hatte sie in der Heimat zurückgelassen. Am 19. August 1982 kamen die beiden Frauen zu Matts 15. Geburtstag aus Toronto. Um mit ihm auf Pilgerreise in die Normandie zu gehen, nach Dieppe, wo sein Großvater gefallen war.

Owen Doohan war 28 Jahre alt, als er als Soldat der Royal Hamilton Light Infantry zum ersten Mal in feindliches Feuer geriet. Niemand hat je erfahren, ob er noch auf dem Wasser starb, auf dem Kiesstrand, ob er es in den Hafen geschafft hatte, ob er die Verteidigungslinie des zum Bunker gewordenen Kasinos durchbrochen oder sich dem Stacheldrahtverhau ums Theater genähert hatte. Jedenfalls war er am 19. August 1942 gegen 4.45 Uhr mit seinen Kameraden aus einem Boot gesprungen und nie wieder gesehen worden. Die Deutschen hatten sich in der Stadt verschanzt wie in einer Festung. Sie waren überall, auf den Klippen, in den Fenstern, am besetzten Himmel. Von den 4963 Kanadiern, die an

25

dem Angriff teilgenommen hatten, kehrten kaum mehr als 2000 nach England zurück. 916 fielen, die anderen ergaben sich. Für sie wie für die britischen Truppen, die amerikanischen Ranger und eine Handvoll freier Franzosen, die an diesem Tag dort landeten, um den Atlantikwall zu erkunden, war Dieppe eine Falle.

1982 wollten Matts Mutter und Großmutter dem Mann, der vor vierzig Jahren gefallen war, die Ehre erweisen. Doch kein Grabstein auf dem Soldatenfriedhof Cimetière des Vertus trug seinen Namen, Dutzende anonyme Gräber waren mit der nichtssagenden Inschrift »Kanadischer Soldat im Krieg 1939–1945« versehen. Das war den Frauen zu wenig. Nach einem kurzen Gedenken an der Seefront und vor den Kriegsdenkmälern an der Promenade verließen sie die Gedächtnisfeierlichkeiten samt Honoratioren und Veteranen und gingen in die Stadt.

Aimie, die Großmutter meines künftigen Ehemanns, hielt ihn an der Hand, wie er mir später erzählte. So entdeckten sie die schlichte Stele mit dem Ahornblatt und einer altersgeschwärzten französischen Inschrift hinter der Kirche Saint-Rémy. Ein Denkmal, das einfach in der Gegend herumstand, auf dem Pflaster in der Nähe einer von Regen und Seewind zerfressenen Mauer. Sie beugte sich über den Stein und fragte ihren Enkel: »Kannst du mir das bitte übersetzen, Matthew?«

»Am 19. August 1942 fielen hier zwei kanadische Soldaten.«

Keine Namen. Und auch sonst nichts. Zwei kanadische Soldaten. Nur zwei. Nicht die Unzahl der vielen auf dem Friedhof, die »nur Gott kannte«. Einer davon hätte doch auch ihr Mann sein können, meinte die Großmutter. Dann, dass er es eigentlich sein müsste. Dann, dass er es war. Er hatte es geschafft, mit einem Kameraden seiner Einheit das Sperrfeuer am Strand zu überwinden und die Stadt zu erreichen.

»Da ist es.«

Dieses Grab würde das ihres Mannes sein. So lautete ihre Entscheidung. Dieses Grab war das ihres Mannes. So lautete ihre Überzeugung. Hier, an diesem Granitstein, legte die Witwe an diesem Tag zwei weiße Rosen nieder, eine für jedes Kind, das sie von ihm hatte. Dann bat sie Matt, ein Vaterunser aufzusagen, und nahm ihrer Tochter das Versprechen ab, den Ort alljährlich zu besuchen.

Die Familienlegende hatte sich von Jahr zu Jahr verfestigt. Da war kein Platz mehr für Zweifel. Matts Mutter erzählte allen, ihr Vater sei an dieser Kirchenmauer gefallen. Als tapferer Soldat, die Waffe in der Hand, habe er aufrecht dem Feind getrotzt. Und der bescheidene Stein sei das Ehrenmal seines Opfertods.

1982 war Aimie einundsiebzig. Es war ihre letzte Reise nach Dieppe. Sie überließ die Gedenkfeier ihrer Tochter, bis mein Mann bereit war, den Brauch fortzusetzen.

2002, als ich Matt kennenlernte, war seine Großmutter nicht mehr am Leben. Außerdem hatte er gerade seine Mutter verloren. Also fuhr er in diesem Sommer mit mir, seiner kleinen Französin, nach Dieppe, um zwei weiße Rosen hinter der Kirche niederzulegen. Genauso wie in den folgenden neun Sommern. Er ehrte den Toten ohne viel Sentiment und Begeisterung. Gehorchte seinem Versprechen. Führte zwischen zwei Terminen eine Familientradition weiter. Paris–Dieppe, mit dem Wagen hin und zurück an einem Tag, Mittagessen im »Café des Tribunaux«, immer am selben Tisch im Hochparterre. Unser Totenfest mitten im August. Ein ererbtes Ritual vor dem zufälligen Denkmal, das niemand für den Infanteristen Owen Doohan errichtet hatte.

Als unser Sohn uns im Juli 2012 verließ, brachten wir es nicht über uns, danach noch nach Dieppe zu fahren. Mein Mann desertierte von seiner Verpflichtung. Zu viel Trauer in diesem Jahr.

»Das machen wir mal im Winter.«

Fünf Jahre später standen wir unter einem schwarzen Trauerhimmel wieder vor der Kirche Saint-Rémy. Matt mit seinen Rosen, ich mit meiner Kamelie. Und das Handy vibrierte in meiner Tasche. Matt hörte es. Drehte sich aber nicht um. Stand mit gefalteten Händen vor dem Ahornblatt, bekreuzigte sich und legte die Mohnblume aus rotem Papier, die er im November am Revers trug, auf das Pflaster vor dem Stein.

Dann schlug er seinen Mantelkragen hoch und sah in den Regen.

»Hör ruhig deine Mailbox ab, ist vielleicht wichtig.«

Ich zögerte. Ging dann beiseite. Nur ein paar Schritte.

»Hallo Jeanne, hier spricht Doktor Hamm. Bitte rufen Sie mich zurück!«

Ich hatte auf einen anderen Ton gehofft, ein tröstendes Wort, einen Hoffnungsschimmer. Aber es klang düster, Grabesstimme. Matt schaute mich an.

»Soll ich dich lieber allein lassen? Wir könnten uns im ›Tribunaux‹ treffen.«

Ja, das machen wir. Das »Café des Tribunaux« war eine Art-Nouveau-Brasserie mit warmem Holz und bunten Fenstern. Unsere Tradition, unsere Zuflucht. Der einzige Ort der Welt, wo Matt stolz darauf war, Kanadier zu sein.

»Hier spricht Jeanne, Doktor.«

Sein Raucheratem.

»Ich höre, Sie sind in Dieppe.«

Das Lachen der Möwen.

»Sind Sie nicht zu müde?«

»Bitte, Doktor!«

Schweigen. Kurzes Husten.

»Es ist Krebs, Jeanne. Metastasen bildend, Grad 3.«

Ich lehnte mich an die Kirchenmauer.

»Und was bedeutet das?«

»Dass er bösartig ist. Dass man operieren muss.«

»Bald?«

»So bald wie möglich.«

»Sicher? Haben die sich nicht vielleicht geirrt?«

»Ich habe die Ergebnisse vorliegen, Jeanne.«

»Und Sie, Doktor? Können Sie sich nicht irren?«

»Ich fürchte, nein.«

Wieder Schweigen. Und sein Husten.

»Aber es gibt auch eine gute Nachricht: Er ist hormonabhängig.«

»Sorry, was bedeutet das?«

»Ich werde es Ihnen erklären, aber nicht jetzt. Das lässt sich nicht alles am Telefon besprechen.«

Ich bedankte mich.

»Ich küsse Sie«, sagte ich dann, ohne nachzudenken.

Es regnete. Mit dem Telefon in der Hand ging ich die Rue de la Barre entlang.

»Grad 3«, sagte ich vor mich hin. Mit klappernden Zähnen.

Als ich das »Café des Tribunaux« betrat, sah ich Matt mit einer Zeitung und einem Glas Wein an einem Tisch sitzen. Unser Platz im Hochparterre war besetzt, also hatte er sich an der Wand niedergelassen. Ich ging um den riesigen Weihnachtsbaum herum. Auf ihn zu. Er schaute auf. Mit hängenden Armen blieb ich vor ihm stehen.

»Und, war es der Arzt?«

»Ich habe Krebs.«

»Scheiße«, sagte mein Mann und stellte sein Glas ab. Ich setzte mich, der Stuhl scharrte über den Boden, als ich ihn an den Tisch heranzog.

*

Matt kam zu spät ins Krankenhaus. Kunden aus Amerika, entschuldigte er sich. Der Computer an der Aufnahme war abgestürzt. Ein junger Mann mit Ohrring hatte das Formular mit der Hand ausgefüllt. Er hatte gelächelt, ich hatte es auch versucht. Als ich im Warteraum saß, begriff ich es. Bis dahin war ich nur in den Augen meines Mannes und meines alten Arztes krank gewesen. Ich hatte weder in der Buchhandlung Bescheid gesagt noch meinen Freunden, niemandem. Doch hier, in diesem Raum mit den beige- und apricotfarbenen Wänden, holte mich die Erkenntnis ein. Alle hier hatten Krebs. Nun war ich wirklich krank. Die Broschüren auf dem Ständer schrien mich an: »Sie leiden an Krebs? Ihre Haut auch«, »Haarbehandlung für Ihr Wohlbefinden«. Mit mir warteten noch drei andere Frauen: eine grell geschminkte ältere Dame mit schlecht sitzender Perücke, die in einer Illustrierten mit rosa Cover blätterte; eine andere mit einem bunten Tuch um den Kopf; und vermutlich deren Tochter, die ihr ständig einen Schluck Wasser vom Spender holte. Sie wirkten wie Stammgäste. Die gereizt die Uhr verfluchen.

Matt kam genau in dem Moment, in dem ich aufgerufen wurde. Von einer blonden jungen Frau, die ihre Haare mit einem chinesischen Stäbchen hochgesteckt hatte. Ob mein Mann mitkommen könne? Selbstverständlich. Zwei Stühle vor ihrem kleinen Schreibtisch. Ich suchte seine Hand. Er zog sie nicht weg.

»Sie sind nicht die Chirurgin?«

Nein, Praktikantin. Ich war enttäuscht. Doktor Hamm hatte mich an eine Ärztin überwiesen, und ich sollte einer Studentin mein Leben erzählen.

»Das machen wir hier immer so, Madame Hervineau, Sie können gleich danach mit ihr sprechen.«

Auf der ersten Seite meiner Krankenakte, noch vor meinem Namen, Vornamen, Alter, Blutgruppe und allem anderen, stand in Rot der Buchstabe K.

Sie fragte, ich antwortete, sie schrieb. Vergebens suchte ich ihren Blick.

»Tumorerkrankungen in der Familie?«

Nein, nichts.

»Eine ganz normale Familie.«

Da schaute sie auf.

»Sie wissen ja, dass es Krebs ist«, sagte die Chirurgin.

Ich zerquetschte fast Matts Finger.

»Aber wir sind dazu da, Sie wieder gesund zu machen, und wir werden Sie wieder gesund machen.«

Sie legte ein weißes Blatt Papier vor mich hin. Und begann darauf zu zeichnen.

»Das ist Ihre Brust. Der Tumor ist 23 Millimeter groß und versteckt sich hier.«

Sie klopfte mit dem oberen Ende ihres Bleistifts auf das Papier.

»Aufschneiden, rausnehmen, zunähen, dann ist die Sache erledigt.«

»Nehmen Sie ihr nicht die Brust ab?«, fragte Matt.

»Nein«, antwortete sie, an mich gewandt. »Der Tumor ist zwar bösartig, aber isoliert und nicht sehr groß.«

Ich hing an ihren Lippen, nahm ihre Sätze in mich auf. Und no-

tierte alles Wort für Wort in meinem Spiralheft. Die interdiszipli-
näre Tumorkonferenz, die über mein Schicksal entscheiden würde. Die Analysen vor der Operation. Die Anästhesistin. Ich würde
meine Brust behalten, aber mit Chemie und Strahlen bombardiert
werden. Mein Tumor spreche auf Hormone an.

»Eine gute Nachricht.«

Das hatte Doktor Hamm auch gesagt.

Ich müsste fünf Jahre lang Medikamente nehmen. Um jede
Möglichkeit eines Rückfalls auszuschließen.

Matt schaute auf die Uhr. Die Ärztin sah es.

»Ich bin fast fertig«, bemerkte sie trocken.

Ich spürte den Vorwurf. Er hörte nichts.

Ich würde sehr bald operiert werden. Das Krankenhaus würde
mich anrufen. Vorher hätte ich einen Termin mit einer Krankenschwester, die mir alles erklären würde. Ja, ich käme noch am selben Tag wieder raus. Die Chemo? Darüber könnte ich mit dem
Onkologen sprechen. Eins nach dem anderen. Kopf hoch. Vertrauen Sie uns. Alles wird gut.

Die Chirurgin gab mir die Hand und nickte Matt zu.

Draußen steckte er die Hände in die Taschen.

»Macht einen sympathischen Eindruck.«

Schon möglich. Er fand keine Worte, ich keinen Mut.

»Soll ich dir ein Taxi rufen?«

Er wollte zurück in die Agentur. Nein, danke. Ich ging lieber
zu Fuß.

»Alles okay?«

Ich wusste es nicht. Ja, vielleicht, noch. Ein schwarzer Schleier fiel über die Stadt, die Leute bewegten sich wie in Zeitlupe. Als
Matt weg war, streifte mich ein junger Fahrradfahrer auf dem Bürgersteig. Ich hatte Angst. Ich war allein. Mein Blick blieb an je-

der Auslage hängen. Mein Gesicht, meine roten Haare. Ich hatte die Chirurgin um die Zeichnung gebeten, die ich fest in der Hand hielt. Ein paar beruhigende Striche. Meine Brust, der Tumor, der Schnitt, die Naht, die kommenden Wochen, mit dem Bleistift skizziert. Ich dachte an die alte Frau mit der Perücke und die andere mit dem Turban. Vor einer kleinen Konditorei blieb ich stehen. Sah wieder mein Spiegelbild. Sah mich vorher und nachher. Bewegte mich wie betäubt. Matt hätte da sein sollen, hier, bei mir, auf diesem Bürgersteig im Winter. Er hätte mir die Tür zum erstbesten Café aufhalten sollen und mich auf ein Glas Weißwein am Tresen einladen. Dann hätten wir angestoßen. Auf eine Liebe, die uns trüge, auf den angekündigten Krieg, auf uns. Auf den Sturm. Auf die große Kälte. Und auf das nächste Frühjahr, den Sommer, all die Jahre, die nur darauf warteten, gelebt zu werden. Auf die Tage danach, wenn meine Kamelie verwelkt und ich wieder aufgeblüht wäre.

Seit zehn Tagen schon stand ein Paket zur Abholung bereit: ein ergonomisches Kopfkissen, das seine Form behielt. Das Leben musste weitergehen. Ich würde meine Neuerwerbung abholen, meine Brillenfassung reparieren lassen und Doktor Hamm bitten, mir ein Schlafmittel zu verschreiben.

Es waren viele Leute in dem Eisenwarengeschäft, aber keiner kaufte Nägel. Der Laden überlebte nur dank Internet. Ich war die Dritte in der Reihe. Seit ein paar Monaten nagte Müdigkeit an mir. Ich schlief am frühen Abend in der Metro ein und am Montagmorgen in der Buchhandlung. Als ich dran war, riss eine sehr alte Dame die Eingangstür auf. Das Glöckchen bimmelte kläglich. Die Frau sprach mit sich selbst, sehr schnell, sehr laut, schimpfte auf die vielen vor ihr. Drängte sich mit erhobenem Stock durch das ganze Geschäft nach vorn. Rempelte mich mit dem Ellbogen zur Seite, beugte sich über den Tresen und wedelte mit ihrem Abholschein.

Ich beobachtete sie schweigend. Sie drehte sich mit gehässiger Miene zu mir um und fuhr mich mit ihrer brüchigen Stimme an: »Ich habe einen Behindertenausweis, wollen Sie ihn sehen?«

»Und ich habe Krebs, wollen Sie ihn sehen?«

Ich weiß nicht, wer das gesagt hat. Bestimmt nicht ich, das brave Kind, das zu einem wohlerzogenen Mädchen und dann zu einer zuvorkommenden Frau herangewachsen ist. Normalerweise hätte ich woanders hingeschaut. Eine faltige Schabracke mit ihrem Unglück am Bande. Ja, sie hätte mir vielleicht sogar leidgetan. Ein wenig Mitgefühl in mir hervorgerufen, weil sie so alt war, so allein, so böse und voller Zorn auf das Leben, auf Eisenwarenhändler, Warteschlangen und Rothaarige mit schönen Brüsten. Doch nein, diesmal nicht. Ich war in Kampfstimmung. Ich war dagegen, dass mich jemand so böse ansah, mich anblaffte und mir auf die Nerven fiel. Meine Kamelie würde mich bald zwingen, ganz andere Sachen zu erdulden, da konnte ich so etwas nicht gebrauchen.

Der Alten fiel die Kinnlade herunter. Instinktiv wich sie zurück, obwohl ich mich keinen Millimeter bewegt hatte. Nach dem Hochmut sprach jetzt Furcht aus ihrem Blick. Ich nahm meinen Platz wieder ein. Knallte meinen Abholschein auf den Tresen. Der Verkäufer lächelte mir zu. Da trat sie den Rückzug an. Wie sie gekommen war. Ging zurück zur Eingangstür des Geschäfts, hinaus auf den Bürgersteig, nach Hause in ihr verranztes Sterbezimmer mit dem säuerlichen Geruch nach Staub, Pisse und Katzen, wo keiner mehr auf sie wartete. Als mir mein Paket ausgehändigt wurde, bekam ich Gewissensbisse. Sorry, tut mir so leid. Nein, kein Sorry, es tut mir nicht leid! Ich bin im Krieg.

Zum ersten Mal hatte ich das Feuer eröffnet.

*

Ein paar Tage vor der Operation kaufte ich eine Kamelie im Topf. Dunkelgrünes Laub in vollkommener Harmonie mit tiefroten Blütenblättern. Von der japanischen Floristin gab es zu jedem Kauf ein auf einem papierenen Fächer festgestecktes Origami in Gestalt eines weißen Reihers.

»Soll ich es als Geschenk verpacken?«

Weihnachten war ohne uns vergangen. Neujahr genauso. Nein, keine Geschenkverpackung bitte, kein silbriges Seidenpapier, kein perlmuttfarbenes Band, kein geflochtener Bast. Die Verkäuferin litt. Dabei wollte ich eigentlich nur eine Knospe, keine Blüte, keinen Strauß und schon gar keine Pflanze. Aber ich hatte mich nicht getraut, das zu sagen. Sie verneigte sich. Mit betrübtem Blick. Draußen bog ich in die nächste Straße ab, dann noch einmal und noch einmal, um Abstand von ihr zu gewinnen. An einer Bushaltestelle setzte ich mich hin. Ich hatte die Knospe schon beim Eintreten gesehen. Es gab Kamelien in Weiß, Orange oder düsterem Bordeaux, alle voll erblüht, mit gesträubten Staubgefäßen. Nur an der Topfpflanze saß so eine kleine Kugel. Ganz unten an einem Zweig, von einem Blatt verdeckt. Wie eine zerknautschte Zyste, ein empfindliches, zartes Auge aus Rosa und Smaragdgrün. Vorsichtig knickte ich den Stängel und zog ihn von der Pflanze weg. Der Bus kam. Ich schloss die Augen. Wartete, bis alle aus- und eingestiegen waren. Die Knospe lag in meiner Hand. Ich ließ sie in das Innenfach meiner Handtasche gleiten, wo schon das Foto von Jules war, und stellte den prächtigen Topf auf den Sims eines traurigen Fensters mit geschlossenen Läden.

*

Mein Krebs wurde entfernt.

Matt konnte mich nicht ins Krankenhaus fahren, er kam erst nach dem Eingriff. Ich hatte geschlafen und wartete in einem Notbett auf ihn. Alles war gut gegangen. Das wurde mir gesagt, mehrfach. Alles war gut gegangen. Der Tumor und der Wächterlymphknoten wurden analysiert, um herauszufinden, ob die Krankheit schlummerte wie eine Knospe hinter ihrem Blatt oder schon den Rest des Körpers befallen hatte. Auf dem Flur wurden Liegen vorbeigeschoben. Ein Arzt kam mit meiner Krankschreibung. Ob ich aufstehen könne? Ja, ich glaube schon. Ich spürte Übelkeit. Keinen richtigen Schmerz. Ich berührte meine linke Brust – sie war da. Unter Jod und Verbänden versteckt, aber da.

Während der Autofahrt war Matt schweigsam. Seine Stirn zeigte Sorgentagsfalten. Als wir an einer roten Ampel hielten, wies er mich darauf hin, dass ich das Chirurgie-Bändchen noch am Handgelenk hatte. Eine Bemerkung ohne jede Zärtlichkeit. Eher ein Vorwurf.

»Ist irgendwas?«, fragte ich.

Er zuckte mit den Schultern.

»Meine Frau hat Krebs, sie wird ihre Haare verlieren, alles super, warum?«

Ich schaute ihn an.

»Meine Haare?«

»Ja, deine Haare. Oder vielleicht nicht?«

Er löste den Blick nicht von der Straße.

»Doch, natürlich. Aber ich behalte meine Brust.«

»Stimmt. Du behältst deine Brust.«

Ich hatte vergessen, den Sicherheitsgurt anzulegen. Ihm war es nicht aufgefallen.

»Verstehst du, Matt? Ich behalte meine Brust!«

Ja, das verstand er. Vielleicht. Heute weiß ich nicht mehr, was er überhaupt von mir mitbekam. Er war mir nicht böse, natürlich nicht. Was hätte er mir denn vorwerfen sollen? Er tat, was er konnte. Aber es war schwer. Zu schwer für ihn. Mutter und Schwester waren an Krebs gestorben. Den Sohn hatte er mit sieben verloren. Und jetzt auch noch seine Frau. Warum das Unglück bloß immer um seine Familie kreiste? Das könne er nicht begreifen. Und er wisse nicht, ob er das Herz haben würde, das alles noch einmal durchzustehen.

»Ist dir klar, was du da gerade gesagt hast?«

Er nickte.

»Das Herz?«

Ja, das Herz. Sein Blick geradeaus, in den Rückspiegel, auf die linke Straßenseite. Nie auf seine Frau. Nie. Vom Krankenhaus bis nach Hause schaute er mir kein einziges Mal ins Gesicht. Kein einziges Mal. Er war dabei, mich aufzugeben. Seine Flucht vorzubereiten. Bestimmt, da war ich mir sicher. Und genauso fest war ich vom Gegenteil überzeugt. Matt doch nicht, doch nicht er! Er war ein schwieriger Charakter mit seinen Einzelgängerallüren, seinen erstickenden Gewissheiten, voller Geheimnisse und unausgesprochener Dinge. Kalt wie seine Mutter, seine Schwester, die ganze Familie. Ich redete, er hörte zu. Ich gestikulierte, er schwieg.

»Ihr seid wie Tag und Nacht«, hatte seine Mutter einmal gemurmelt.

Das war nicht nett gemeint. Doch er widersprach ihr nicht. Das war noch bevor wir unser Kind verloren hatten, noch bevor ich Matt ins Dunkel folgte. Bevor ich selbst verstummte. Und meine Freude erlosch. Als unser Kind starb, sagte Matt zu mir, das sei zu viel für ihn, er habe dazu nicht das Herz. Wenn er mir in die Augen schaue, begegne er seinem Blick. Weil alles an Jules von mir sei, die roten Haare, die weiße Haut, das blasse Lächeln. Seit fünf

Jahren geistere sein Sohn in mir herum. Er habe dafür nicht das Herz, sagte er, und blieb dennoch. Noch düsterer, noch trüber, noch grauer, aber er blieb.

»Was soll das heißen, du hast nicht das Herz?«

Wir standen vor unserem Haus. Er gab keine Antwort. In meinem Kopf drehte sich alles. Ich musste mich ausruhen. Mein Mann ging vor mir her, als wären wir getrennt. Ich begann zu zittern. Meine Brust tat weh, erschöpft, ängstlich und elend trottete ich hinter ihm her. Als wir uns kennenlernten, war ich 25, er 35. Ich war jung und er noch nicht alt. Fünfzehn Jahre später waren wir beide versehrt. Ich an meiner Brust, er von seiner Angst.

Sein Leben lang hatte Matt sich immer gefragt, was die anderen dachten. Die anderen. Der Blick der anderen. Ihre Aufmerksamkeit. Was würden die anderen von uns halten? Was würden sie sich aus den Fingern saugen? Was würden sie über uns sagen? Als die anderen mich im Sommerkleid Arm in Arm mit ihm sahen, war er stolz. Die jugendliche Lebenslust verzehrte sein Herz. Er war auch stolz, als ich lachend mit rundem Bauch neben ihm ging. Und als ich im Sonnenschein den Kinderwagen mit Jules vor mir herschob. Dann bekam er Angst. Weil es unserem Kind nicht gelang, aufzustehen, zu gehen, zu laufen. Weil es sich taumelnd an den Wänden abstützen musste. Weil es auf dem Treppenabsatz zu weinen begann. Er hatte Angst, als es mit sechs einen Rollstuhl brauchte. Es sei anders als die anderen, sagten die Ärzte. Es würde niemals gehen können. Seine Muskeln seien zerfressen, das Herz angegriffen. Doch woher kam diese Krankheit? Wer hatte sie in sich getragen? Wessen Blut, wessen Gene, wessen Familie waren dafür verantwortlich? Wer von uns hatte den Sohn des andern vergiftet?

»Die Mutter ist die Überträgerin der Krankheit«, giftete Matts Schwester.

Sie stritten heftig. Was wusste sie denn davon? Und was ging sie das an? Zum letzten Mal in unserem Leben hatte er mich damals lange getröstet, geküsst, in die Arme genommen. Es gab keinen Schuldigen. Nur die Krankheit. Einen dafür verantwortlich zu machen war ungerecht. Zum ersten Mal in unserem Leben waren ihm auch die anderen egal. Nur unser Sohn zählte. Wir waren stark. Wir waren zu dritt. Und blieben es bis zu Jules' letztem Atemzug.

Als unser Kind die Augen schloss, hörten unsere auf zu glänzen. Und Matt hielt mir nie wieder die Hand. Nicht um mich zu bestrafen, nur einfach so. Unsere Körper hatten einander nichts mehr zu sagen. Unser Sohn war nicht mehr, und wir waren kein Paar mehr. Ich brauchte Matt noch, also blieb er bei mir. Aber es ging dem Ende zu. Auf uns war kein Verlass mehr. Wir hatten das Zimmer unseres Sohnes ausgeräumt, seine Kleidung zusammengefaltet, seine Spielsachen eingepackt, sein Kuschelkänguru, seine Zeichnungen zu Mutter- und Vatertagen, zu Weihnachten, Ostern und die ohne Anlass. Seine Tischtuchkritzeleien, die in der Schule gebastelten Halsketten, seinen Zauberkoffer, seine Modellautos, seine Steinesammlung, sein Herbarium, sein Tagebuch, sein Heldencape, seine Knete und seine Krücken.

Wir machten weiter. Matt in der Agentur, ich im Buchladen. Wir wussten, wie vergänglich alles war. Dass es ein Davor gab, aber kein Danach mehr. Wir waren allein auf der Welt. Keine Liebe obendrauf oder in Zukunft, kein Kinderlachen im Haus. Der Tod hatte uns das Licht geraubt. An einem Sommermorgen war er bei uns eingebrochen. Er kannte seine Beute: den Kleinen, Blassen, Anfälligen, der sich am leichtesten auf dem Rücken davonschleppen ließ. Er war lange um uns herumgeschlichen. Er brüllt nicht, wie die Märchen erzählen. Er schnüffelt und kläfft.

Läuft überall herum. Tollt fast wie ein junger Hund. Den die Familie furchtlos bei sich aufnimmt. Und dem das Kind jauchzend folgt.

Ich schlief schlecht. Hatte Angst, nicht mehr aufzuwachen. Angst zu sterben. Fieberträume. Mir kam meine Brust abhanden, mein Busen, mein Mann. In meinen Albträumen wütete Matt wie ein Berserker in einem Ballsaal. Kein Liebender mehr, nicht herzlich, nicht einmal freundlich. Er warf mich nicht hinaus, sondern ging. Balancierte seine Sachen in einem Weidenkorb auf dem Kopf. Wiegte sich, eine Hand in die Hüfte gestützt, wie eine indonesische Marktfrau in einer goldenen Kebaya. Grinste. Tänzelte auf der Schwelle wie ein schlaffer Hampelmann. Schnitt Grimassen. Warf meine Kleider weg, seine Mützen, mein blaues Kopfkissen. Schwenkte die Zeichnungen unseres Sohnes. Wollte nichts. Forderte nichts. Tanzte nur. Wurde zum Stehaufmännchen im Clownskostüm. Und ich schrie. Versuchte ihm meine Kleider zu entreißen, die Zeichnungen, versuchte ihm jedes Stückchen Glück wieder wegzunehmen, das ich ihm geschenkt hatte.

Beim Aufstehen fand ich eine Nachricht auf dem Küchentisch: »Bin in der Agentur. Trotzdem schönen Tag!«

Trotzdem. Wie jämmerlich! Vor dem Tod unseres Sohnes hatte er jeden Satz für mich mit einem Herzen verziert. Rot, blau, schwarz, je nach dem Stift, der gerade zur Hand war. Das war seine Signatur. Jetzt schrieb er »trotzdem«. Und ich gab mich damit zufrieden.

Ich hatte Angst, dass er mich verlassen könnte. Dass er aufhören könnte, mir damit zu drohen, um es wirklich zu tun. Dass er sein Schweigen brechen könnte, um mir ins Gesicht zu sagen: »Ich verlasse dich.«

Dann wäre es vorbei. Der Vater meines Kindes überließe mich

mir selbst. Der Mann meines Lebens dankte ab. Meine verwelkte Liebe. Das wäre unerträglich. Unmöglich. Matt doch nicht, doch nicht er. Mein Krebs würde ihn mir zurückbringen. Meine Kamelie würde ihn an mich binden. Er könnte doch die jugendliche Lebenslust im Sommerkleid nicht verlassen! Was würden die anderen denken? Was würden unsere Freunde sagen und seine, die wir für nahestehend hielten? Matt verlässt seine Frau, weil sie krank ist? Oder noch besser: Weil sie seinen Sohn auf dem Gewissen hat? Undenkbar. Unverzeihlich. So unvorstellbar, dass man dem Mann noch eine zweite Chance einräumt. Bis er sich wieder fängt, umkehrt und seiner Frau tausendundeine weiße Rose schenkt.

Meine Brust unter dem Verband war schwarz. Matt wollte sie nicht sehen, er wollte die Narben nicht sehen, gar nichts.

»Das ist mir zu hart.«

Zu hart. Seit er ein Kind war, konnte er kein Blut sehen. Injektionen oder Impfungen ertrug er nicht. Auch Krankenhausgerüche – Äther, Ammoniak, Chlor, sauren Schweiß, Desinfektionsmittel – fand er ekelhaft. Ich duschte vorsichtig und wusch lange meine Haare, als wollte ich mich von ihnen verabschieden.

»Wann wirst du sie verlieren?«, fragte mein Mann.

Ich hatte einen Termin bei der Onkologin. Sie würde es mir sagen.

*

Flavia zählte auf, ich schrieb mit, ohne sie aus den Augen zu lassen. Müdigkeit, Schmerzen, Kopfweh, Übelkeit, Erbrechen, Durchfall, Verstopfung, Mundschleimhautentzündung, allergische Reaktionen, Kribbeln in Händen und Füßen, Schwindel, Blutarmut,

Ängstlichkeit, Verringerung der weißen und roten Blutkörperchen sowie der Blutplättchen, Sehstörungen, Schlafstörungen, Allergien, Hitzewallungen, Herzrhythmusstörungen, Hautreizungen, Haarausfall, Verlust von Wimpern, Augenbrauen, Nägeln … Ein Übel nach dem anderen zählte sie auf mit ihrem melodiösen Akzent. Sie war Italienerin.

»Ist das der Preis, den man bezahlt?«

Sie beugte sich über ihren Schreibtisch nach vorn und fegte mit der Hand durch die Luft.

»So einen Preis gibt es nicht. Auf gar keinen Fall! Aber ich bin verpflichtet, Sie über die möglichen Nebenwirkungen der Chemotherapie aufzuklären. Weil auch die gesunden Zellen etwas abbekommen.«

Während der Behandlung könnte alles davon eintreten oder nichts, abhängig von meiner physischen und psychischen Verfassung und meiner Leidensfähigkeit. Manche Frauen kämen mit einer Aphthe davon. Andere erbrächen sich schon vor der Behandlung.

»Ich hatte Patientinnen, die sind nach der Infusion arbeiten gegangen.«

Ich lächelte. Mir kam alles hoch.

»Es ist schon ganz schön viel«, sagte ich.

Flavia war aus der Toskana, aus Siena. Kräftige Statur, braune Haut, kurze Haare.

»Wissen Sie, was noch Schwellungen im Hals, Übelkeit und Bauchkrämpfe, schwere Allergien, Nasenbluten, Magenblutungen, schwarzen Stuhl, schweres Erbrechen und Hörverlust zur Folge haben kann?«

Ich schüttelte den Kopf.

»Aspirin.«

Sie lachte wieder.

»Wenn man erst einmal anfängt, das Kleingedruckte zu lesen, findet man kein Ende mehr. Dasselbe gilt für die Chemo. Ich sage Ihnen alles, aber Sie sind nicht verpflichtet, alles zu notieren.«

Sie breitete viele Rezepte vor sich aus.

»Ich werde Ihnen gegen jede mögliche Nebenwirkung etwas verschreiben. Kaufen Sie alles und bewahren Sie es auf, für den Fall der Fälle. Mit ein bisschen Glück geben Sie alles nachher Ihrem Apotheker zur Entsorgung zurück.«

Der erste Teil der Chemotherapie würde drei Behandlungen in einem Abstand von drei Wochen umfassen, der nächste neun mit einem anderen Mittel, immer montagmorgens. Mir würde ein Portkatheter, kurz Port, unter die Haut implantiert, um nicht immer nach einer Vene stochern zu müssen. Außerdem würde jede Woche mein Herz untersucht, eine Szintigrafie gemacht und Blut abgenommen.

So. Das war's schon fast. Buchhändlerin sei ich also? Wie wunderbar! Sie schwärmte von Elena Ferrante, ich konterte mit Rückenschmerzen. Die Kartons, die Stapel, das Lager – Buchhandel sei Schwerarbeit. Aber doch auch ein großes Glück, wenn man Bücher schon vor ihrem Erscheinen lesen könne? Ja, schon. Natürlich. Und eine Chance. Sie testete meine Widerstandskraft. Das hatte ich schon gemerkt. Ist das Glas für Sie halb voll oder halb leer? Wer sind Sie, Jeanne, die gleich mein Büro verlassen wird mit einem schweren Kopf von viel zu vielen Informationen und einem Grummeln im Bauch, mit einer Tasche voller Rezepte und sieben Monaten Behandlung vor sich? Jeanne, die danach dreiunddreißig Tage lang jeden Morgen mit Strahlen beschossen wird, den Oberkörper markiert mit roten und schwarzen Kreuzen aus wasserfestem Filzstift, damit der Arzt die Bestrahlungswinkel nicht jedes Mal neu berechnen muss. Jeanne, die fünf Jahre lang Medikamente nehmen, regelmäßig abgetastet, überwacht und kontrolliert werden wird und den Rest ihrer Zeit mit dieser neuen Angst leben muss.

Ich betrachtete diese Frau. Sie war schön. Sie schenkte mir ihre Zeit.

»Werde ich das Vergnügen haben, Ihren Mann kennenzulernen?«

Vielleicht. Hoffentlich. Er sei zurzeit viel unterwegs.

»Der Andere ist sehr wichtig bei dem, was Ihnen bevorsteht.«

Das wisse ich. Hätte es ihm auch schon gesagt. Aber er nehme immer Reißaus. Das sei ihm zu hart, sage er immer wieder. Und meine Haare machten ihm Sorgen.

»Was wird mit meinen Haaren?«

Mechanisch strich die Onkologin eine Strähne zurück, die ihr ins Gesicht gefallen war.

»Sie werden Ihnen ausfallen, Jeanne. Aber sie werden noch schöner nachwachsen.«

»Ich habe von einer Kühlhaube gehört.«

Sie zuckte mit den Schultern.

»Sie werden Ihnen ausfallen. Das ist das Einzige, was wir nicht verhindern können. Aber genauso wenig kann die Behandlung verhindern, dass sie wieder wachsen.«

Sie schloss meine Akte. Oben links auf der ersten Seite stand der Buchstabe K.

»Und was ist mit Akupunktur?«

Ihr Lächeln wurde immer mehr. Ein Strahlen.

»Versagen Sie sich nichts! Wenn Sie glauben, dass Ihnen etwas hilft, tun Sie es. Das Einzige, von dem ich abrate, ist Grapefruit. Die kann in Wechselwirkung mit den Medikamenten die Nebenwirkungen verstärken.«

Sie stand auf, ich folgte ihr bis zur Tür ihres winzigen Büros.

»Und Beten?«

Diesmal brach sie in schallendes Gelächter aus.

»Da müssen Sie sich schon an die heilige Katharina wenden!«

Die heilige Katharina war mir ein Begriff. Sie hatte meine Großmutter ihr Leben lang begleitet, die deren Frömmigkeit schon bewunderte, bevor sie Witwe wurde. Eine Mystikerin im Kampf gegen die Sinnlichkeit, die sie mit ihrem »heiligen Hass« verfolgte.
Sie starb unter der eigenen Knute, weil sie nur Gras aß und ihre
Tränen trank.

Zu meiner Erstkommunion hatte »Granny« mir ein Heiligen-
bildchen geschenkt: einen kolorierten Stich der leidenden Nonne
mit Dornenkrone und Stigmata an den Händen.

Damals war ich acht. Das Lesezeichen versetzte mich in Angst
und Schrecken, aber ich wagte es nie, mich davon zu trennen.

»Keine besonders sympathische Heilige«, bemerkte ich.

Die Ärztin sah auf. Sie hatte die Tür schon geöffnet und schloss
sie noch einmal.

»Sympathisch vielleicht nicht, aber sie war auch meine Heilige,
wie die Ihrer Großmutter.«

Wir standen auf der Schwelle. Elegant untermalte sie mit den
Händen ihre Worte.

Flavia war bei den Dominikanerinnen aufgewachsen und hatte
Katharina lange als ihre Heldin betrachtet. Die kleine Magere im
weißen Gewand der Schwestern von der Buße des heiligen Dome-
nicus. Die junge Frau aus Siena, die sich als »treue Gattin des ge-
kreuzigten Christus« bezeichnete und angeblich den Ring spüren
konnte, den er ihr über den Finger gestreift habe.

»Mit Gebeten kennt sich Katharina ganz gut aus!«

45

Ich lächelte.

»Sorry, Frau Doktor, aber beten Sie noch?«

Lachend wedelte sie mit den Händen, als wehrte sie jemanden ab.

»Seit ich Gramsci gelesen habe, weniger.«

Gramsci sagte mir nicht viel. Das sah sie an meinem Blick. Ihrer war leicht umwölkt.

»Der Gründer der Kommunistischen Partei Italiens.«

Gleich würde sie die Tür öffnen. Ihr heiteres Wesen brach wieder durch.

»Und dann entdeckte ich das wahre Leben: Scola, Visconti, Taviani, Pasolini und natürlich Fellini.«

Sie streckte die Arme aus.

»Wollen wir uns umarmen? Das macht man bei uns so.«

Ich ließ es geschehen. Und wurde von einem Zitronenduft eingehüllt.

Ein paar Frauen warteten im Flur. Einen Moment lang bedauerte ich es, Flavia teilen zu müssen.

»Frau Doktor, was bedeutet der Buchstabe K?«

Die Ärztin nickte einer älteren Frau zu, die am anderen Ende Platz genommen hatte.

»Madame Josselin?«

Dann wandte sie sich wieder mir zu. Mit diesem friedvollen Ausdruck im Gesicht.

»Nichts Besonderes. Es ist unser Kürzel für Krebs.«

*

»Ich möchte, dass Sie meine Wimpern betonen.«

Die Visagistin lächelte. Meine Wimpern waren rotblond, bei Licht fast unsichtbar, genauso wie meine Augenbrauen. Betonen bedeutete einfach, sie schwarz zu tuschen und aufzubiegen.

»Soll ich wasserfeste Mascara nehmen?«

Nein. Auf keinen Fall. Es sollte nur für das Foto halten. Apropos, würde ich danach noch von ihr abgeschminkt? Nein? Könnte ich dann Kosmetiktücher und Creme haben? Das wäre perfekt. Sie war verärgert. Noch bevor sie überhaupt angefangen hatte, dachte ich schon darüber nach, wie ich ihre Arbeit möglichst schnell wieder zunichtemachen könnte.

Mit einem Make-up-Schwämmchen fuhr sie mir über Nase, Stirn und Hals bis zum Kragen und über die Handrücken.

»Verwenden Sie normalerweise Rouge?«

Nein. Aber warum nicht diesmal? Meine Wangen waren kreidebleich.

Sie wählte ein leuchtend rosa Gel. Wie eine weiche Bürste bearbeiteten ihre Finger meine Haut. Schweigend malte sie mir ein Gesicht. Skulptierte mich. Ich sprach auch nicht. Betrachtete mein von weißen Lampen umrahmtes Gesicht im Spiegel. Mit einem Pinsel zog sie meine Lippen nach, bevor sie mir Wimpern schenkte für das Foto. Der Fotograf kam herein und winkte meinem Spiegelbild zu. Während die Visagistin die Kontur meines Mundes nachzeichnete, ging er um mich herum.

»Ich würde einen Hintergrund aus schwarzem Stoff vorschlagen.«

Das war keine Frage.

Schwarz? Ja, warum nicht.

»Nichts darf von Ihren Augen ablenken.«

Dann hob er die Hand und verließ den Raum, ohne noch etwas zu sagen.

Die Visagistin griff in meine Haare.

»Wie soll ich Sie frisieren?«

Möglichst schlicht, unordentlich wie immer, mit ein paar losen Strähnen.

»Sie haben sehr schöne Haare«, murmelte sie.

Ja, das wusste ich. Als ich Matt kennenlernte, nannte er mich seine Löwin.

»Ich werde sie verlieren. Deshalb bin ich zu Ihnen gekommen.«

Sie war dabei, Strähne für Strähne zu bürsten. Nun stockte ihre Hand.

»Das tut mir leid.«

Ich zuckte mit den Schultern. Was ihr denn leidtue?

Sie beugte sich über meinen Sessel, unsere Blicke trafen sich im Spiegel.

»Die wachsen ganz schnell nach, Sie werden sehen.«

Ja, das hatte ich auch schon gehört.

»Oft schöner als vorher. Manche kriegen sogar Locken.«

Sie sprach jetzt schnell. Lose zusammenhängende Worte, bebende Sätze. Dazwischen ein kurzes, nervöses Lachen. Eine ihrer Freundinnen habe »das« auch gehabt. Und eine Cousine. Viele ihrer Kundinnen. Sie auch, habe sie schon gedacht, war aber falscher Alarm. Mein Gott, diese Angst! Seither sei sie immer sehr umsichtig gewesen. Habe Vorsorgeuntersuchungen gemacht, sich abtasten lassen. Das komme nämlich gar nicht so selten vor! Ihr wunder Punkt allerdings sei die Verdauung. Sie leide an Verstopfung. Dagegen helfe überhaupt nichts, kein Gemüse, kein Obst, keine Pillen. Ständig Blähungen und Übelkeit. Und erst die Kopfschmerzen! Es sei der Wahnsinn, jeden Morgen mit wütenden Schläfen aufzuwachen!

Brüsk nahm ich die Handtücher von meinem schwarzen Pulli

ab. Eine gereizte Bewegung. Und die Visagistin stand da mit der Bürste in der Luft.

Mein schlechtes Gewissen.

»Das ist sehr gut so, danke.«

Ich stand auf und wandte meinem Clownsgesicht den Rücken zu.

»Sie sehen hinreißend aus«, sagte der Fotograf.

»Alles Lug und Trug«, erwiderte ich.

Die Visagistin hatte mich zum Studio gebracht. Auf seinen fragenden Blick hin zuckte sie mit den Schultern. Er schlug mir einen Hintergrund aus nachtfarbenem Samt vor. Sein Assistent richtete die Studioleuchten und Reflektoren ein. Ich hatte ein Brustbild bestellt, Abzüge in Matt und Schwarz-Weiß. Der Fotograf beobachtete mich.

»Fertig zum Lächeln?«

Ich senkte den Blick. Mir war zum Weinen zumute.

»Bitte!«, murmelte er.

Ich hatte ihm nichts erzählt. Er wusste nichts von mir. Ein Termin ohne nähere Angaben.

»Ich bin sicher, dass es gut geht, Sie werden sehen.«

Durchschaut. Wie ein offenes Buch. Ich ließ ihn machen. Bot ihm mein Dreiviertelprofil, wie er es verlangte. Mein V-Ausschnitt war tief, aber meine Brüste blieben geschützt. Kein Verband, keine Schwellung war zu sehen, auch nicht das Kästchen unter der Haut.

»Fehlt nur noch das Lächeln.«

Ich schaffte es nicht. Wieder einmal war Matt nicht da. Meine Chemo fing am 14. Februar an, am Valentinstag. Er würde nicht da sein. Wollte aber anrufen und per Skype mit mir sprechen. Und zur zweiten Bestrahlung wäre er dann bestimmt in Paris, versprochen. Das habe er sich in seinem Kalender notiert.

Über den Apparat gebeugt, wartete der Fotograf darauf, mir ein wenig Licht zurückzugeben.

Er neigte den Kopf zur Seite. Zog eine Schnute.

»Bitte!«

Er gab seinem Assistenten einen Wink, den Raum zu verlassen. Kam zu mir. Zupfte mir mit den Fingerspitzen zwei Strähnen ins Gesicht, gleich über den Augen. Ich rührte mich nicht. Runzelte nur leicht die Stirn. Mein Blick sollte zu ihm sprechen. Und ihm alles erzählen. Direkt, klar und rein. Schreien, treffen und Respekt erzwingen. Zorn und Zerbrechlichkeit ausdrücken. Meine Lippen waren ohne Furcht. Ich zitterte nicht. Ich war bereit. Also lächelte ich. Ein bisschen. Für ihn, für mich, für die kommenden Tage. Und ich fühlte, wie eine immense Kraft mein Gesicht erhellte. Wie ich badete im Licht. Der Fotograf wirkte verblüfft, mit offenem Mund und hängenden Armen. Wortlos hob er den Daumen.

Ging zu seiner Kamera zurück. Schaute durch den Sucher, hob den Kopf, drückte mehrmals hintereinander auf den Auslöser und murmelte, dass alles gut werden würde. Er fotografierte mich von vorn, im Dreiviertelprofil und fast von hinten, bevor er mich schließlich bat, mit vor der Brust gekreuzten Armen zurückzugehen.

»Ich bin zufrieden. Das war's, glaube ich«, sagte er dann und schaltete die Scheinwerfer aus.

In vierzehn Tagen wären die Abzüge fertig. Nein, ich wollte keinen Rahmen, kein Passepartout, keinen Effekt. Es sollte nur eine Erinnerung sein. Eine Spur von mir.

Er begleitete mich zur Tür und gab mir die Hand.

»Danke für das Geschenk, Madame.«

Mein Lächeln war immer noch da.

»Sie sind eine Kämpferin.«

Ich wartete, bis ich um die nächste Ecke gebogen war, und begann zu weinen.

*

Nichts hatte sich geändert, aber alles war anders. Als ich den Buchladen betrat, erhob sich Hélène mit ausgebreiteten Armen von der Kasse. So begrüßt man keine Angestellte. So empfängt man eine, die an Krebs leidet. Ich hatte sie angerufen, bevor sie die Krankschreibung bekam. Über die Entfernung konnte ich es ihr leichter sagen. Clarisse kam quer durch den Raum auf mich zu, um mich an sich zu drücken. Und auch Nicolas, der junge Praktikant. Da standen wir nun alle vier zwischen den Regalen und betrachteten einander wie einen Sonnenuntergang.

»Du wirkst superfit«, sagte Hélène.

»Du leuchtest richtig«, überbot Clarisse.

Es war früher Nachmittag. Kaum was los. Wir bildeten einen Kinderkreis, jede hatte die Arme um die Taille der anderen gelegt. Nur der Junge stand etwas abseits.

»Im Ernst, du siehst fantastisch aus«, bekräftigte Hélène.

Fragend betrachtete sie meine Haare. Ich zog daran.

»Es sind noch meine eigenen.«

Ich lachte. Die anderen auch. Gezwungen.

Eine Leidende war hereingekommen.

Nun suchten sie ihre Jeanne. Die immer lustige, die immer mit Leidenschaft bei der Sache war und Plädoyers für Romane hielt, als ginge es vor Gericht um Leben und Tod.

Nein danke, ich möchte mich nicht setzen. Ich verbringe ohnehin schon die ganze Zeit auf Wartezimmerstühlen.

Eine Kundin betrat den Laden. Sie hatte stets darauf bestan-

51

den, als Madame Gérard angesprochen zu werden, nach dem Vornamen ihres Mannes. So hatte sie auch ihre Treuekarte ausgefüllt. Ich kannte sie gut. Eine pensionierte Lehrerin, die mir immer von ihrer, wie sie sagte, wunderbaren Mutter erzählte, um die sie für den Rest ihres Lebens trauerte. An einem Samstagnachmittag war sie mit Fotos von sich und ihrer Mutter in den Laden gekommen, alten, von der Zeit gebleichten Bildern mit gezähntem Rand. Die Mutter nahm den ganzen Raum ein, der Tochter blieb nur der Schatten oder eine Ecke. Auf einem Foto vom Ufer der Loire war das Kind sogar abgeschnitten, nur damit die Mutter genug Platz für sich hatte. Kein Lächeln in die Kamera. Nur Fühllosigkeit bei der einen und Unsicherheit bei der anderen. Der Gestank des Schweigens stieg aus diesen Bildern.

»Wir küssten uns nie, das war damals so.«

Als das Mädchen zwölf war, wurde die wunderbare Mutter eingewiesen.

»Sie war nicht verrückt, bloß melancholisch.«

Auf einem weiteren Foto, nach der Einweisung, war das Kind von einer noch steiferen Person verdeckt: ihrer Tante, die sie nie zuvor erwähnt hatte.

Madame Gérard war seit zehn Jahren Witwe. Ihre Kinder lebten woanders. Doch jedes Mal, wenn sie durch die Tür kam, verlangte sie nach einer Mutter-Tochter-Geschichte.

»Ich lese auch andere Sachen, aber das ist Teil meiner Arbeit.«

Seit Jahren wollte sie ein Buch über ihre Kindheit schreiben und dafür von anderen lernen. Sie versah Seiten mit Anmerkungen. Strich einen Satz, ein Wort, eine Situation an. Aber natürlich nicht, um sie zu kopieren! Was denken Sie von mir! Ganz im Gegenteil, sie wolle nur vermeiden, etwas bereits Geschriebenes zu wiederholen. Irgendwann gab sie mir ein paar Seiten von sich zu lesen. Alles, was sie bei den anderen hervorgehoben hatte, war darin enthalten. Der Wahnsinn einer Mutter, die Liebe einer Tochter, der schlimmste Vorwurf, die rührendste Vergebung.

»Und?«

Ich gratulierte ihr. Nein, ich kannte keinen Verleger. Sei nur mit ein paar Verlagsvertretern befreundet. Aber das Wichtigste fehlte: Sie hätte von dem kleinen Mädchen auf den Fotos erzählen müssen. Von dessen Kindheit, nicht von der der anderen. Das sagte ich ihr allerdings nicht so. Weil ich mich nicht traute. Sondern ermutigte sie. Fing sie immer wieder auf in ihrem Schmerz, nur der kleine Schatten neben ihrer wunderbaren Mutter zu sein. Aber sie hörte nicht auf, nach den Worten der anderen zu suchen statt nach ihren eigenen.

Diesmal wollte sie einen Erstlingsroman aus den Herbstneuheiten. Irgendeinen. Ob ich sie zum Büchertisch begleiten könne? Clarisse wirkte skeptisch, Hélène lächelte mir zu. Natürlich. Was war schon dabei? Hier war ich zu Hause. Die richtigen Worte finden, um eine Leserin zu überzeugen, das war mein Leben. Und die dreißig Schritte zu den Bücherstapeln würde meine Krankschreibung mir wohl erlauben.

»Geht's?«, murmelte Hélène.

Klar ging es. Ich würde schon keinen Schwächeanfall bekommen, auch nicht zu heulen beginnen oder in den Laden kotzen. Sie brauchte sich keine Sorgen zu machen. Ich war wie sonst. Wie immer. Wie vor der Krankheit. Ich würde ein Werk pflücken, wie man eine Frucht auswählt.

Ohne auf mich zu warten, hatte Madame Gérard ›Die Entflohene‹ aufgeschlagen, ein Buch, das Hélène und ich als unser »Lieblingsdebüt« angekündigt hatten. Sie bat mich, ihr den Klappentext zusammenzufassen. Schon immer hatte sich die alte Dame einen Spaß daraus gemacht, ihre Lesebrille zu vergessen.

»Jetzt müssen Sie mir vorlesen«, sagte sie lachend.

Dann hob sie den Bücherstapel an, um das unterste Exemplar herauszuziehen.

»Aber verraten Sie mir bloß nicht das Ende, ja?«

»Es ist eine Mutter-Tochter-Geschichte.«

Das war alles, was ich darüber sagte. Sie hatte auch nicht mehr erwartet. Nach dem Bezahlen kam Madame Gérard noch einmal auf mich zu. Und legte ihre Hand auf meine.

»Das geht auch wieder vorbei, Jeanne, Sie werden sehen.«

Die Neuigkeit hatte sich verbreitet.

Ich ertappte den Blick von Hélène. Clarisses verlegenes Lächeln.

Die Buchhändlerin mit der Kamelie war der Liebling ihres Herbstprogramms.

4

DIE GESCHORENE

Matt hatte Wort gehalten und war nicht mitgekommen zu meiner ersten Infusion. Vielleicht besser so. Vier Frauen saßen im Warteraum. Drei in Begleitung, die letzte offenbar auch allein. Lächelnd streckte sie mir die Hand entgegen und sagte:»Brigitte.«

Als ich kam, hatte sie gelesen: ›Das Flimmern des Herzens‹ von Marcel Proust. Ein Buch, ein echtes, mit Seiten aus Papier. Als ich zu ihr sagte, wie froh ich sei, eine so altmodische Leserin zu treffen, lachte sie.

»Französischlehrerin, stimmt's?«

»Nein, sorry, Buchhändlerin.«

»Wieso sorry?«

Sie lachte wieder.

»Ich bin Küchenchefin. Oder Chefkoch. Wie Sie wollen.«

Ich setzte mich neben sie, meine Klarsichthülle auf den Knien. Unterwegs hatte ich gedacht, dass ich eigentlich etwas Solideres brauchte für meine Röntgenbilder, Terminerinnerungen, Einbestellungen. Etwas weniger Durchsichtiges. Mir war der Blick einer Frau aufgefallen, die mir morgens in der U-Bahn gegenübersaß. Eine unangenehme Situation. Er hatte sich an den Dokumenten festgesaugt, deren Wörter ins Auge sprangen: Patientenakte, Abteilung für Nuklearmedizin, Labor für Medizinische Biologie, Zentrum für Pathologie und ›Krebs in Paris‹, einer von der Stadt herausgegebenen kleinen Broschüre mit praktischen Tipps. Die Frau hatte sich zu einem Lächeln gezwungen, genickt und ihr Gesicht zu Grimassen der Betroffenheit und des Mitgefühls verzogen. Gleich würde sie mir ihr Schweißtuch reichen wie die heilige Veronika. Ekelhaft. Ich steckte die Papiere unter meinen Mantel. Und sah zum Fenster hinaus. Verärgert presste die barmherzige Schwester die Lippen zusammen.

Brigitte beobachtete mich.

»Das erste Mal?«

Ja. Die linke Brust. Der Beginn einer Reise, die mehrere Monate dauern würde, bis zum Sommer. Operiert sei ich schon. Nun folge der Kampf gegen den Rest.

Sie nickte.

»Und Sie?«

Scheidenkarzinom. Dritter Zyklus. Fast schon Routine. Nach einem Gebärmutterhalskrebs vor sieben Jahren. Ich sagte ihr, dass ich meine Brust behalten habe. Sie sagte nichts über ihren Bauch.

Von allen Anwesenden war sie die einzige Barhäuptige. Kein Tuch, kein Turban. Ein glatter, glänzender, perfekt gezeichneter Schädel. Während sie mit mir sprach, konnte ich meine Augen nicht von dieser weißen Haut abwenden. Ich hatte beschlossen, mir ein Nachthäubchen zu kaufen, zwei Turbane und ein buntes Tuch. Sogar an eine Perücke hatte ich gedacht. Matt fand es unerträglich, dass ich mir jetzt schon Gedanken über den Verlust meiner Haare machte, allein durch die Erwähnung würde er unausweichlich. Er wollte an ein Wunder glauben. Und ich konnte mir nicht vorstellen, in der Öffentlichkeit mit einer Glatze herumzulaufen. Haare schützen nicht nur den Kopf.

Brigitte war so gekommen, ohne Scham, mit erhobenem Haupt.

»Ich bekenne mich zu meiner Glatze«, sollte sie viel später sagen.

Ich hatte nicht einmal eine Zeitschrift mit. Flavia hatte mir zwar erklärt, dass eine Sitzung vier Stunden dauern würde und ich mich in der Zeit beschäftigen müsse, aber ich war zu nervös gewesen, um an meine Unterhaltung zu denken. Einige Frauen lasen während der Infusion, manche strickten, schauten fern, sahen heruntergeladene Filme an oder telefonierten mit ihren Lieben. Vier Stunden sind lang. Paris–Lyon und zurück mit dem Zug. Brigitte hatte in meine offene Tasche geblickt.

»Hast du nichts zum Lesen dabei?«

Das Du kam sehr plötzlich. Darauf war ich nicht vorbereitet gewesen.

Nein? Blöd für eine Buchhändlerin. Sie lächelte. Nahm drei Illustrierte aus ihrer grauen Ledertasche. Fächerte sie auf wie ein Kartenspiel und hielt sie mir entgegen.

»Besondere Vorlieben?«

Ich traute mich nicht. Muss sein, sagte sie, das ist wichtig. Hinter dieser Tür seien wir allein in einer anderen Welt. Brigitte verglich den Brustkrebs mit stürmischem Wetter und die Chemo mit der offenen See. Sie war Bretonin, die Nichte eines Fischers aus Roscoff.

»Wenn du den Warteraum betrittst, ist es, wie wenn du den Ponton betrittst, von dem du ablegen wirst.«

Alles Irdische bleibe an Land zurück. Hier seien wir weit entfernt von den Küsten, von allen und allem. Selbst Seeleute, die einander hassten, warteten mit der Abrechnung bis zu ihrer Rückkehr. Der Landkrankheit sei man ganz allein ausgesetzt, die Seekrankheit aber bekämpfe man gemeinsam.

Das Verstehen fiel mir schwer. Das Zuhören wohl auch. Ich hatte zu viel Angst vor den kommenden Stunden. Das spürte sie. Meine Blicke irrten durch den Raum. Streiften das erschöpfte Gesicht einer alten Frau, die Hände einer anderen, die in denen ihres Mannes lagen.

»Du hast mir noch nicht gesagt, wie du heißt.«

Stimmt. Brigittes Lächeln, ihre ausgestreckte Hand, ihre lachenden Augen und gegenüber: nichts. Ein verwirrtes Wesen, das auf einem Stuhl hockte und seine Aufmerksamkeit auf die Geräusche hinter den Türen lenkte, auf eine ferne Klage und das weiße Licht, das die Augenringe tiefer machte und die Augen rot.

»Jeanne, sorry.«

Brigittes leises Lachen.

»Jeanne Sorry? Hübscher Name.«

Ich nahm eine Frauenzeitschrift voll aufgepumpter und aufgeblasener Sexpüppchen beiderlei Geschlechts. Ich würde sie ihr später zurückgeben, wenn alles vorbei wäre.

Reden, reden, reden. Dem Schweigen keine Chance geben. Wir waren auf See. Brigitte in ihrem Abteil, ich in meinem. Eine Krankenschwester zog den Vorhang zu, der mich vom Flur der Kranken trennte. Ein Liegesessel mit Tischchen, ein Waschbecken, ein Tablett mit Reinigungsmitteln, der Infusionsständer und diese seltsame Maschine voller Schläuche befanden sich auf kleinstem Raum. Ich redete. Über alles und nichts. Über den irritierenden Geruch der Krankenschwester zwischen Pfeffer und Moschus. Ja sogar über Bücher. Ob sie ab und zu etwas lese? Romane vielleicht? Und welches Genre? Ob sie es auch schon mit moderneren Sachen versucht habe? Das müsste ich sie fragen, nächstes Mal. Außerdem gefielen mir ihre Haare. Wirklich. Diese afrikanische Frisur, kaum gebändigt unter dem Krankenhaushäubchen. Dabei träumte sie von glatten Haaren wie meinen.

»Leichter zu frisieren«, fand sie.

»Vor allem bei mir dann demnächst.«

Ihr Latexhandschuh auf meinem Arm. Ihr Lächeln.

Sie legte eine sterile Abdeckung in Grün auf einen Beistellwagen. Fuhr mit großen Tupfern über die Erhebung, die meinen Port verriet, und verteilte rundherum sorgfältig vier bunte Flüssigkeiten, bevor sie die Nadel in die Haut stach. Dann steckte sie die Infusionsschläuche mit Verlängerungen und Plastikhähnen zusammen. Bereitete einen Beutel physiologischer Kochsalzlösung vor und drückte darauf, um die Anschlüsse freizumachen.

»Jetzt lasse ich die Luft raus.«

Ich hatte sie gebeten, mir alles zu erklären. Zu reden und reden, mich nicht aus den Augen und dem Gespräch zu lassen. Sie hängte die Lösungen an Haken. Eine war von erschreckendem Rot.

Ich sagte zu ihr: »Ich habe Angst.«

Sie antwortete mit dem Namen, der an meinem Abteil stand: »Bintou, ich bin für Sie da.«

Ich hatte um eine Kühlhaube gebeten, um wenigstens zu versuchen, den Haarausfall zu verlangsamen. Nach zwei Stunden nahm ich sie ab. Sie drückte am Kopf, der Riemen schnürte mein Kinn ein, die eisige Kälte bohrte sich in meine Schläfen.

»Sie werden sie verlieren, Jeanne«, hatte meine Onkologin mich gewarnt. »Das ist das Einzige, was wir nicht verhindern können.«

Die Lösungen drangen in meinen Körper. Mir kamen sie vor wie Gift.

»Ein notwendiges Übel«, hatte es der alte Doktor Hamm genannt.

Nach der ersten Sitzung wollte er mich sehen.

Ich schlug weder die Illustrierte auf noch schaltete ich den kleinen Fernseher ein. Ich schloss die Augen. Wartete. Bevor ich auf dem Liegesessel Platz nahm, drehte sich alles. Am Morgen hatte ich mich erbrochen. Mein Körper war in Panik. Er verweigerte sich der Prüfung. Ich legte mein Handy auf das Tischchen.

Und machte ein Selfie. Als Erinnerung an mein erstes Mal. Dann schloss ich wieder die Augen. Paris–Lyon. Ich kam am Bahnhof von Nirgendwo an. Auf freiem Feld. Die Rückfahrt würde länger dauern.

Im Flur erwartete mich Brigitte. Schwenkte eine kleine Wasserflasche.

»Für dich. Denk nächstes Mal dran!«

Außerdem lud sie mich auf eine hausgemachte Crêpe ein.

Eine junge Frau begleitete sie. Sie streckte die Hand aus.

»Assia.«

Ich gab Brigitte die Illustrierte zurück.

»Wie geht's?«

Ich war müde und ein bisschen schlapp. Wie nach einem Mittagsschläfchen, wenn man zu viel getrunken hat.

Ich wollte zum Empfang, um ein Taxi für eine Krankenfahrt zu bestellen. Brigitte lachte.

»In Paris, um diese Zeit?«

Sie nahm mich am Arm.

»Da kannst du auch im Warteraum sitzen bleiben. Damit du gleich da bist für den nächsten Zyklus.«

Sie drehte sich zu ihrer Freundin um.

»Wollen wir sie nach Hause bringen?«

Assia hob die Schultern, ohne hinzusehen oder etwas zu sagen.

»Wo wohnst du?«, fragte Brigitte.

Beim Père-Lachaise.

»Das ist ein Umweg«, maulte Assia.

Brigitte drückte ihr heftig ihre Tasche an die Brust.

»Nur keine übertriebene Begeisterung, Schätzchen!«

Brigitte war eine große, schöne Frau. Knapp fünfzig. Schwarze

Lederjacke, spitze Stiefeletten. Flächiges Gesicht, Grübchen am Kinn, durch die Glatze verhärtete Züge. Ihre Augenbrauen zeichnete sie nach Lust und Laune. An Wuttagen drückte sie auf den fetten Stift, bis er ihre Lider schwärzte. Wenn sie glücklich war, liefen die Striche in Smileys auf der Stirn aus. Assia war noch keine vierzig. Sehr zart, mit Oliventeint und griechischer Nase, Hose und Pullover aus beigefarbener Baumwolle, Wollmantel mit breitem Kragen, die rabenschwarzen Haare hochgesteckt. Die beiden Frauen suchten die Hand der anderen. Sie sollten sich von mir nicht aufhalten lassen. Ich käme schon zurecht. Ich würde mir auf der Straße ein Taxi rufen.

Aufgebrachte Geste von Assia.

»Ja, gut, dann los! Wir wollen hier nicht stundenlang rumreden.«

Brigitte legte mir eine Hand auf die Schulter. Zwinkerte mir zu. Das war typisch für sie.

»Ich glaub, mein Frauchen hat dich schon adoptiert.«

Assia fuhr. Schnell und gut. Brigitte saß mit geschlossenen Augen daneben. Ich schaute hinaus auf den Bürgersteig und fürchtete das Schlimmste. Wann würde das Kopfweh kommen? Die Sicht sich trüben? Mir übel werden?

Brigitte, immer noch mit geschlossenen Augen: »Kannst du mich bitte duzen?«

Ja, klar. Natürlich. Obwohl meine Erziehung mir solche Kühnheit verbot. In der Buchhandlung hatte es ein Jahr gedauert, bis ich Hélène duzte. Nicolas siezte ich wie alle Praktikanten vor ihm. Aber bei Brigitte war es anders. Sie und ich befanden uns jenseits der üblichen Riten. Krebs und Chemo verlangten andere Codes. Das war mir bei ihrem ersten Satz klar geworden. Als sie mich im Warteraum begrüßte, mir den Ablauf erklärte, Ratschläge gab, eine Illustrierte lieh. Und endgültig nach der Behandlung, als sie mir die Wasserflasche reichte und vorschlug, mich nach Hause zu bringen. Das war kein Mitleid, sondern Solidarität. Wir kamen aus dem Gefecht. Um im Hafen festzumachen. Auf zum Rückzug! Ein paar Tage Atempause, bevor es wieder an die Front ging. In solchen Momenten lässt man keine Freundin zurück.

»Wenn ich dir einen Rat geben darf, Jeanne, dann liefern wir dich zu Hause ab, und du gehst ins Bett.«

Brigitte hatte sich zu mir umgedreht und den Arm auf die Kopfstütze gelegt.

Ich zögerte.

»Mein Mann kommt bald nach Hause, und ich muss ihm noch alles erzählen.«

Assias Blick im Rückspiegel. Ihre schöne, tiefe Stimme.

»Wenn er dich begleitet hätte, wüsste er schon alles.«

Brigitte drehte sich wieder nach vorn.

»Mach es wie ich: Ich lege mich nach jeder Behandlung hin und schalte ab.«

Ich nickte. Warum nicht. Das Ende dieses Tages könnte gut und gern ohne mich stattfinden.

Wir kamen in die Rue de la Roquette.

»Gibt's was Neues von Mélody?«, fragte Assia leise.

Brigitte zeichnete mit dem Finger auf die beschlagene Fensterscheibe.

»Sie hat die Behandlung verschoben und ist erst um fünf dran.«

Assia warf mir einen kurzen Blick zu.

»Sie sagen mir, wo ich Sie rauslassen soll?«

Ich packte meine Sachen zusammen.

»Da vorne rechts.«

Brigitte stieg aus. Auf dem Bürgersteig gab sie mir die Hand.

»Willkommen im K-Club, Jeanne.«

Über das Lenkrad gebeugt, das Kinn auf den verschränkten Händen, nickte Assia mir zu.

Und schenkte mir ein erstes Lächeln.

Ich ging nach Hause, ins Schlafzimmer, zu Bett. Mir war kalt. Mit Socken, Hose und Bluse kroch ich unter die Decke.

Es war Valentinstag. Mein Herz schlug schwach. Inmitten von Infusions- und Spritzenbildern und einem Geruch aus Äther und Angstschweiß schlief ich ein.

*

Während der zweiten Behandlung hätte Matt bei mir bleiben können, aber er wollte nicht. Ein paar Männer begleiteten ihre Frauen, setzten sich auf einen Stuhl und sahen fern.

»Ein bisschen wie zu Hause«, scherzte eine.

Sie fuhren jede Woche gemeinsam zweihundert Kilometer mit dem Auto zum Krankenhaus. Der Mann wartete geduldig im Flur und ging zu ihr hinein, wenn sie die Infusion bekam. Er saß vor dem Bildschirm, während sie Kreuzworträtsel löste. Es gab kalten Tee aus der Thermoskanne, frisch gebackene Plätzchen vom Vortag, saure Drops und feuchte Tücher – ein Picknick.

Ohne den wartenden Frauen einen Blick zu gönnen, setzte Matt mich an der Tür ab.

»Tut mir sehr leid. Aber das ist mir zu hart. Ich hole dich nachher ab.«

Brigitte schaute amüsiert.

»War das dein Vater?«

Sie lachte. Ich hatte nicht das Herz. Ihre Tasche stand auf dem

Stuhl, um mir den Platz neben ihr freizuhalten. Ich setzte mich, ohne ein Wort zu sagen.

»Schmollst du?«

Ich blätterte in meinen Rezepten. Sie stieß mich mit dem Ellbogen an.

»Hey, Jeanne Sorry! Das war ein Scherz.«

Ich zuckte mit den Schultern.

Sie schaute zur Decke und breitete die Arme aus.

»Ich war auch mal scharf auf Grauhaarige.«

»Machst du dich über mich lustig?«

»Nein, überhaupt nicht!«, rief sie, wieder mir zugewandt. »Er sieht irre gut aus, dein Kerl. Wirklich klasse!«

Matt war schön und elegant. Ein bisschen steif manchmal. Lachte selten, lächelte höflich.

»Man zeigt seine Zähne nicht«, hatte ihm seine Mutter eingebläut, als er noch ein Kind war.

Er hatte sich den Vormittag freigenommen, um mich zu begleiten. Er wollte für mich da sein, aber nicht mehr. Das Leiden seiner Eltern hatte ihm gereicht.

Ich schenkte Brigitte eine Wasserflasche und ein Taschenbuch.

»Wer ist das auf dem Foto?«

»Lou Andreas-Salomé, die junge Geliebte von Rainer Maria Rilke.«

Brigitte schlug das Buch auf. Und verzog den Mund.

»Kenn ich nicht.«

»Ein österreichischer Dichter.«

Immer noch nicht. Auch Freud und Nietzsche hätten für sie geschwärmt.

»Warum schenkst du mir das?«

Ihr klarer Blick ruhte auf mir.

Sie war eine tolle Frau, erklärte ich, Schriftstellerin und Psychoanalytikerin, keusch und verführerisch zugleich. Außerdem gefalle mir der Titel: ›Lou – Geschichte einer freien Frau‹.

Brigitte trank einen Schluck Wasser aus der Flasche.

»Du baggerst mich nicht zufällig an?«

Sie lachte. Brigittes Lachen, das scham- und hemmungslose Hervorschießen einer Kaskade von Heiterkeit. Abwehrend wedelte ich mit der Hand. Ich glaube, ich wurde sogar rot. Nein, überhaupt nicht!, hörte ich mich sagen, das liege mir vollkommen fern, man könne doch ein Buch von Françoise Giroud verschenken, ohne Hintergedanken zu haben? Ich schämte mich für mein Stammeln, meine merkwürdig schrille Stimme, meine Pantomime wie aus einem Stummfilm. Wie peinlich, lächerlich und verletzlich ich war!

Brigitte legte zwei Finger auf meinen Handrücken und schloss die Augen.

»Jeanne? Hallo Jeanne? Hier Erde. Wir sind dabei, Sie zu verlieren. Geben Sie Ihre Position an!«

Ich holte tief Luft.

»Sorry.«

»Genau, Jeanne Sorry, einatmen, ausatmen!«

Sie lachte wieder. Sie war mir nicht böse.

Die Tür ging auf. Ich wurde als Erste hineingerufen. Bintou brachte mich zu meinem Abteil.

»Wie fühlen Sie sich?«

Müde, aber okay. Ängstlich. Ich fürchtete immer noch den großen Zusammenbruch.

Matt wartete draußen, im Park. Er war bei der Post und auf der Bank gewesen und las jetzt in der Wintersonne seine Mails. Mir war kalt. Brigitte gab ihm die Hand, Assia nicht.

»Wir sind alle hier in Behandlung«, sagte ich.

Er sah zu Boden. Er hatte Probleme mit der Glatze meiner Freundin.

»Du gehst nach Hause und legst dich hin, Jeanne. Versprochen?«

Versprochen. Matt würde mich nach Hause bringen, müsse dann aber arbeiten. Assia ging zu ihrem Wagen, als eine junge Frau auf einem Moped ankam.

»Da ist ja unser Spatz!«, sagte Brigitte.

Die junge Frau stieg vom Moped und nahm ihren riesigen Helm ab. Eine schwarz-rote Bandana im Korsarenstil zähmte ihr platinblondes Haar.

Sie gab Brigitte drei Küsschen. Assia wich zurück.

»Du könntest auch mal was von dir hören lassen!«

Die junge Frau machte eine entschuldigende Geste. Brigitte nahm sie an der Schulter und führte sie zu mir.

»Mélody, ich möchte dir Jeanne vorstellen.«

Breites Lächeln, drei Küsschen.

»Und Matthew, ihren Mann.«

Sie nahm meine Hand, betrachtete sie.

»Passen Sie auf Ihre Nägel auf, die leiden als Erstes.«

Dann wandte sie uns den Rücken zu.

»Treffen wir uns im ›Bro Gozh‹, Mädels?«

»Später«, erwiderte Assia.

Mélody setzte ihren Helm wieder auf. Und winkte mir.

Brigitte nahm Block und Stift aus ihrer Tasche.

»Hier hast du meine Telefonnummer, Jeanne.«

Sie sah Matt nach, der sich wortlos entfernte. Und dann mich an, mit meinen Pappmaché-Beinen. Runzelte die Stirn. Verjagte einen hässlichen Gedanken.

»Danke für das Buch, Jeanne. Und ruf mich unbedingt an.«

Matt saß schon hinterm Steuer. Er hatte den Wagen gestartet und justierte den Rückspiegel.

Brigitte umarmte mich.

»Ciao, freie Frau.«

Das war kein Spott. Die Umarmung schwesterlich.

»Bei Tag oder bei Nacht. Nur keine Hemmungen!«

*

Mir war nach Weinen zumute, aber ich weinte nicht. Ließ mich unter dem Wasserstrahl der Dusche langsam zu Boden sinken. Öffnete die rechte Hand. Dann die linke. Alles voller feuchter Haare. Auch die Emaillewanne, meine Schultern, meine Brüste, meine Augen, mein Mund. Der Abfluss war verstopft. Vor dem Spiegel massierte ich den Haaransatz im Nacken und an den Schläfen. Zupfte sanft. Und hatte so viel Gewölle zwischen den Fingern, dass es für das Haar einer Puppe gereicht hätte.

Es war der 17. März, mein vierzigster Geburtstag.

Ein paar Tage davor hatte Matt Haare auf dem Samtsofa gefunden. Und mir nahegelegt, einen Fusselroller zu kaufen. Abends stellte er fest, dass mein Kopfkissen an den Liegeplatz einer räudigen alten Katze erinnere.

»Ganz schön widerlich«, murmelte er.

So eine Grobheit hatte noch nie jemand zu mir gesagt. Selber widerlich, antwortete ich. Ich könne ja nichts dafür, das liege an der Chemo, wie wir beide wüssten, und sei vorherzusehen gewesen. Und dass ich mich an seiner Seite nicht nur krank fühlte, sondern schmutzig. Und hässlich. Und alt. So gut wie tot. Er ging und knallte die Tür zu. Und bat mich erst abends um Entschuldigung. Es tue ihm wirklich, wirklich leid. Er wisse nicht, was da in ihn gefahren sei. Er verspüre so eine große Müdigkeit. In der Agentur sei der Abschluss eines wichtigen Vertrages, der eigentlich ihm zustehe, jemand anderem übertragen worden. Einem Engländer, der jünger sei als er. So einem kleinen Arsch, der dir durch die Trennscheibe den Stinkefinger zeigt. Einem Gauner im Dreiteiler. Deshalb sei er so genervt. Anfang des Jahres habe er noch geglaubt, zum Partner aufzusteigen, aber das sei eben nicht passiert. Er sei ein einfacher Angestellter seiner Firma geblieben. Er mache sich schon noch Hoffnungen, aber es sei nicht leicht. Sogar seine Kollegen seien der Ansicht, dass die Führung sich ihm gegenüber schäbig verhalten habe. Ich kannte seine Kollegen nicht. Ich hatte sie höchstens einmal zu Weihnachten gesehen, bei einem ihrer »Familienessen«, wie sie es nannten, dennoch waren sie in mein Leben getreten. Jeden Abend holte Matt sie an unseren Tisch. Sprach über sie. Sprach ausschließlich über sie. Oft kannte ich nicht einmal ein Gesicht zu einem Namen, aber sie waren mir alle vertraut: Freychet, Germain, Nassoy, Bradin. Wir teilten unsere Mahlzeiten und unseren Urlaub mit ihnen. Ich wusste alles von diesen Unbekannten. Sogar von der kleinen Farge, die, frisch von der Handelsschule, Norgeot und Bontemps den Kopf verdrehte.

»Sie hat ja auch was«, bemerkte mein Mann.

Anfangs hatte er noch gefragt, ob ich mitkommen wolle zu einem Essen »mit Anhang«. Dann wurde unser Sohn krank. Nach dessen Tod fragte er nie wieder. Und ich hatte auch keine Lust mehr. Die Weihnachtsessen fanden nun ohne mich statt.

Bontemps und Freychet hätten sich vorbildlich verhalten, erzählte er. Ihn den Chefs gegenüber standhaft unterstützt und sie daran erinnert, dass er schließlich die Unterlagen für das »Red Card«-Projekt erstellt und Kunden bis nach Litauen eingeworben habe. Norgeot, Germain und Bradin, diese Verräter, hätten dagegen eingewandt, dass der britische Gesellschafter die gesamte Kommunikationsstrategie entworfen und die Umsetzung vorangetrieben habe.

»Er hat das Ganze optimiert«, habe Norgeot ihm ins Gesicht geschleudert. »Aber das nimmt dir ja nichts von deiner Arbeit!«

Freychet und Bontemps hätten vergeblich protestiert. Er, Matt, habe verloren. Deshalb sei er voller Zorn nach Hause gekommen und habe kaum etwas runtergekriegt. Und als er am nächsten Morgen die Augen aufschlug, sei sein Blick zu allem Überfluss auf das Kissen gefallen, was ihm meine Krankheit schmerzhaft deutlich habe werden lassen. Daher sein »widerlich«. Das bedaure er. Und dann seien Germain, Nassoy und die kleine Farge binnen eines Tages ins Unterstützerlager übergelaufen. Die Agenturleitung denke nun über eine taktische Allianz zwischen ihm und dem Briten nach. Sogar der Feigling Norgeot trompete überall herum, dass die Idee hervorragend sei. Und er, Matt, würde denn auch als Kundschafter nach Barcelona geschickt – ein erster Triumph über den anderen. Wenn er wieder zurück sei, könnten wir ja bei diesem Japaner, den seine Schwester so toll fand, meinen Geburtstag nachfeiern.

Tja. Matt redete über Matt. Das war sein einziges Thema. Er war erst zwei Mal in der Buchhandlung gewesen. Und kannte niemanden aus meinem Leben, Hélène nicht, Clarisse nicht und auch nicht den jungen Nicolas.

»Brigitte? Sorry, wenn ich störe, Jeanne hier.«

Endlich konnte ich weinen. Unter Schluchzen erzählte ich ihr von den Haaren unter der Dusche, auf dem Kopfkissen und dem »widerlich«.

»So ein Arsch!«

Ob sie mir etwas empfehlen könne, um den Verlust hinauszuzögern? Ich hätte von ätherischen Ölen gehört, von Salbei, Rosmarin, sogar Pferdespeichel.

»Zauberpulver hast du vergessen«, spottete Brigitte.

Sie hatte anscheinend die Hand auf die Muschel gelegt und sprach mit jemand anderem.

»Hast du mich erschreckt! Ich dachte schon, es ist was Ernstes.«

Nein, nein, es gehe schon. Nur Erschöpfung, manchmal ein bisschen Übelkeit und trockene Haut. Weiter nichts.

»Und sonst so?«

»Nicht viel.«

Ob ich schon ein Tuch gekauft hätte? Einen Turban, ja, letzte Woche. Ich hatte ihn bei einem ganz reizenden älteren Verkäufer anprobiert.

»Werden Sie auf Ihre Haare verzichten müssen?«, hatte er mich gefragt, als sich unsere Blicke im Spiegel trafen. Und ich empfand seine Wortwahl als äußerst feinfühlig.

Brigitte schlug ein Treffen um 14 Uhr am Eingang zum Parc Monceau vor.

»Vertrau mir.«

»Wobei?«

»Wir kommen dem Drama zuvor. Nimm was zum Aufsetzen mit.«

Ich verstand. Und hatte Angst. Meinen Mann hatte ich gar nicht erst gefragt. Vielleicht gäbe es doch noch ein Mittel, das zu verhindern? Brigitte erzählte von sich. Von ihrem ersten Krebs. Ihre Haare seien erst einzeln ausgefallen, dann büschelweise, dann plackenweise. Sie erzählte vom Blick der anderen. Und was sie so Lustiges zu hören bekam: eine Grindige, eine Aussätzige sei sie, ob das wohl ansteckend wäre? Also habe sie den Rest abrasiert, bevor sie aussah wie ein Zombie. Und das habe sie selbst so entschieden, nicht das Gift. Ihr Körper gehöre weder dem Krebs noch denen, die sie davon heilen wollten. Deshalb solle ich dasselbe tun. Und zwar jetzt. Meine Haare austricksen. Sie wäre bei mir. Auch Assia. Und die junge Mélody. Sie alle würden mich begleiten. Nicht aus Zwang oder Verpflichtung, sondern aus Freundschaft. Das sei so ähnlich wie beim Kleiderprobieren, wenn die Freundinnen vor der Umkleidekabine warten. Ich wusste nicht recht. Zauderte. Fürchtete mich, wie immer. Trotzdem suchte ich, das Telefon zwischen Schulter und Ohr eingeklemmt, mechanisch nach der Tüte mit den Tüchern. Und nahm das vermaledeite Foto aus meiner Souvenirschachtel, um es den Frauen zu zeigen.

»Außerdem habe ich Geburtstag«, sagte ich zum Schluss.

»Gut, dass Sie jetzt schon kommen«, murmelte der Friseur.

Er hob meine Haare mit beiden Händen an.

»Wirklich viel besser.«

Er befeuchtete meine Haare mit einem leichten Sprühnebel.

»Die kommen noch schöner wieder, wissen Sie?«

Ich schaute Brigitte im Spiegel an. Sie wirkte ernst.

»Hab ich auch schon gehört. Manchmal sogar lockig.«

Ich traute mich nicht, mich selbst anzusehen. Schaute woanders hin. Zwei Wonder-Woman-Ohrringe steckten in meiner Manteltasche. Ein Geschenk der Buchladen-Frauen, nachdem ich es geschafft hatte, eine Veranstaltung mit dem irischen Schriftsteller Colum McCann zu organisieren.

»Soll ich den Spiegel abdecken?«

Über dem Spiegel war eine Jalousie montiert. Ich war erleichtert. Ja, aber nicht ganz. Ich wollte das Fallen der Haare sehen, nur nicht mein Gesicht.

Er ließ die Jalousie herunter. Und nahm eine Haarschneidemaschine aus einem silbernen Kästchen.

Ich drehte mich um. Brigitte hob den Daumen. Assia wirkte bewegt. Das wunderte mich. Die düstere, harte Assia, die niemandem etwas schenkte. Wir hatten seit unserer ersten Begegnung keine zehn Sätze gewechselt. Und jetzt auf einmal, kurz bevor die Metallzähne das Spiegelbild meiner Kindheit annagten, warf sie mir eine Kusshand zu. Ich war ganz durcheinander. Drehte mich wieder zum Spiegel um. Der Friseursalon war leer. Mélody fläzte sich im Sessel links von mir, ein Bein über der Lehne. Sie ließ mich nicht aus den Augen. Mit großer Geste strich sie sich die blonden Haare hinter die Ohren. Als die Schneidemaschine lossurrte, zuckte ich zusammen. Es klang wie eine junge Hummel im Sommer. Der Friseur hob mit dem Finger mein Kinn. Er fing auf dem Scheitelpunkt an. Mir stockte der Atem. Ich hatte gehofft, dass Brigitte mit mir spräche, dass sie scherzte, sich zu mir setzte, aber sie ließ mich allein. Der Augenblick war heilig. Er forderte Schweigen. Ich nahm eine Strähne von meiner Schulter. Und ließ sie durch meine Finger rieseln wie Sand am Meer. Dieses metallische Brummen. Es zerriss mich. Nie hätte ich gedacht, dass ein Friseursalon so viel Trauer ausdünsten kann.

»Bitte den Kopf ein bisschen zur Seite neigen.«

»Ja, sorry.«

Jetzt waren meine Schläfen dran, erst die eine, dann die andere. Nach jedem Biss der Schneidemaschine liebkoste der Friseur mit der Handfläche meine Kopfhaut. Nahm die gefallenen Haare weg, beruhigte und tröstete.

»Kopf senken.«

Ich fühlte den Stahl im Nacken. Fegte ein rötliches Häufchen von meinen Knien. Meine Haare hatten eine so schöne Farbe. Sagten alle. Sogar Matt, der mich nach unserer ersten Begegnung

»Ginger« nannte. Und das hörte sich an, als ob er mir auf der Straße hinterherpfiffe.

Normalerweise saß ich stundenlang beim Friseur. Diesmal reichten wenige Minuten, um meine Erscheinung zunichtezumachen.

Ich hatte alles verloren. Glaubte ich. Ich war nackt. Der Friseur fuhr ein letztes Mal mit seiner Schneidemaschine über meinen Schädel, oben, hinten und an den Seiten. Dann mit einem feuchten, weichen Schwamm, zart wie eine Babybürste. Dann mit dem Rasiermesser. Und dann noch einmal mit seiner Hand, als streichelte er kostbares Holz.

Ich rührte mich nicht. Nicht sofort jedenfalls. Mein Ich lag auf dem Boden. Langsam drehte ich mich um. Brigitte war aufgestanden und applaudierte. Langsam, vier Mal.

»Umwerfend!«

Mir war zum Heulen zumute. Ich suchte Assias Blick. Sie streckte die Arme nach vorn und drehte die Handflächen nach oben – voilà.

»Jetzt siehst du aus wie am ersten Tag.«

Ich stand mühsam auf und wischte meine letzten Haare weg. Der Friseur nahm mir den grauen Umhang ab.

»Wollen Sie es sehen?«

Nein. Später. Ich hatte Zeit. Legte meine Wonder-Woman-Ohrringe an. Zitternd. Als ich meinen Turban herausnahm, verzog Brigitte den Mund.

»Rosa? Iiiih! Wie eine Duschhaube.«

Sie nahm ihn mir aus der Hand. Betrachtete ihn.

»Und was soll das da sein?«

»Ein Haarteil.«

Ein Haarkranz mit Pony und Haaren im Nacken, den man um den Schädel legte, bevor man ihn bedeckte. Die Illusion wäre vollkommen, hatte der Verkäufer versprochen.

»Ja, kenn ich«, seufzte Brigitte.

»Hast du nicht was Besseres, Fabrice?«, fragte sie den Friseur.

Der nahm mich am Arm. Ganz hinten im Salon standen weiße Styroporköpfe, umhüllt von bunten Schals. Ich zögerte.

»Dein Geburtstagsgeschenk«, verkündete Brigitte.

Ich fühlte mich schwach. Ließ sie machen. Sie nahm ein orangerot kariertes Tuch, warme Farben wie von den Antillen. Mit meinem nackten Kopf stand ich im Salon.

»Lass mich binden«, rief Mélody.

Brigitte ging zur Kasse. Und bezahlte alles. Friseur und Tuch.

»Nur keine Sorge. Schenken ist ihr Liebstes«, flüsterte Mélody mir zu.

Sie faltete das Tuch der Länge nach, legte es um meinen Kopf, überkreuzte die beiden Teile im Nacken, führte sie nach oben, verknotete sie und steckte die Enden unter den Stoff. Wieder einmal stand ich hilflos da. Sah eine junge Frau ruhig die Masse meiner Haare zusammenkehren. Assia bückte sich. Hob eine Strähne auf und hielt sie mir hin. »Als Souvenir.«

Mélody legte den Kopf zur Seite. Sie schien zufrieden zu sein mit ihrer Arbeit. Eine strahlende junge Frau mit feinen blassen Zügen und lachenden Augen. Angesichts ihrer Eleganz, Assias jettschwarzer Augen und Brigittes Kraft fühlte ich mich schwach und hässlich.

Wieder warf Mélody die Haare mit elegantem Schwung zurück.

»Sind die schön!«

Das war mir so rausgerutscht. Ein klagendes Kompliment. Mélody sah mich merkwürdig an. Ironisch und ernst zugleich. Lächelte. Strich sich mit der Hand über den Schädel, steckte die Finger an der Schläfe unter die Haare und riss sich Marilyn vom Kopf. Marilyn, so nannte sie ihre Perücke. Mélody hatte einen Kopf wie eine Anziehpuppe im Schaufenster, mit Porzellangesicht, hohlen

Wangen und durchscheinenden Ohren. Ich war verblüfft. Die drei Frauen begannen zu lachen. Und ich auch. Wie ein Kind. Stand mitten im Salon, im Kreise meiner Schwestern im Krebs, und lachte. Und weinte. Noch und noch. Meine letzten Tränen, versprach ich. Großes Ehrenwort, gelobten wir mit erhobenen Händen alle vier vor dem Friseur, der unser Zeuge war.

»Borgst du mir dein scheußliches Duschhäubchen?«, fragte Mélody.

Sie wollte Marilyn nicht in der Öffentlichkeit aufsetzen. Das war ihre Scham.

Mit dem roten Pony vorn, den Strähnen auf den Schultern und den verworrenen Spitzen im Nacken sah sie noch entzückender aus.

Die anderen warteten draußen auf dem Bürgersteig.

»Wann kommt eigentlich der Unsichtbare nach Hause?«, fragte Brigitte.

Er sei für zwei Tage in Barcelona.

»Assia, was sagst du dazu?«

»Das fragst du noch?«

»Und du, Spatz?«

Mélody sträubte den Pony und verzog den Mund wie ein Kind.

»Hast du was da?«

»Zum Geburtstagfeiern? Immer!«

Brigitte nahm mich am Arm.

»Dann auf in deine Roaring Forties!«

Mélody ging vor, den Helm in der Hand.

»Wir sehen uns in der Datscha!«

Ich bockte ein bisschen. Ich wusste nicht recht. Es war spät. Es war kalt. Ohne es mir einzugestehen, hatte ich ein bisschen Angst. Diese Frauen waren so strahlend, so mächtig und so verwirrend.

Ich kannte Brigitte seit weniger als zwei Monaten. Im Warteraum war sie immer mein Halt. Ihre Freundlichkeit, ihre Aufmerksamkeiten, ihr schwarzer, manchmal auch etwas hellerer Humor. Sie fand immer die richtigen Worte, die richtigen Gesten. Beruhigte mich vor der Behandlung. Jeder ihrer Blicke eine ausgestreckte Hand. Doch hier auf dem Bürgersteig, bei Wind und eisigem Regen, war ich mir nicht sicher, ob ich ihr folgen sollte. Das hier war nicht das Krankenhaus.

»Ich schwanke noch, sorry.«

»Deine Entscheidung, Jeanne Sorry«, lächelte Brigitte.

Assia ließ die Wagenschlüssel in ihrer Hand hüpfen.

»Mit dir dauert es immer ewig!«

Ich holte tief Luft und schlug meinen Mantelkragen hoch.

»Ich komme gern auf einen Sprung mit.«

»Yes!«

Brigitte klatschte in die Hände. Legte den Arm um meine Schultern und zog mich an sich.

»Aber wirklich nicht lange!«

»Versprochen! Nur bis deine Haare wieder wachsen.«

Das Buch von Françoise Giroud lag auf einer Kommode im Flur. Einem entzückenden Louis-XV-Möbel mit Blütenintarsien aus Rosen- und Palisanderholz und einer grünen Marmorplatte obendrauf.

»Ist bei dir alles so elegant?«

»Nur keine Aufregung, das ist eine Replik. Filmausstattung.«

Wir betraten die Wohnung. Brigitte hatte die Schlüssel in der Hand. Ich redete und redete. Je mehr mir meine Gehemmtheit die Luft abschnürte, desto stärker drängten die Worte hervor. Nein, es war nicht alles so elegant. Eher ein tastender Versuch, drei Leben zu mischen. Brigitte hatte ein paar Möbel in einer Ecke mit Parkettfußboden aufgebaut, hohe Hocker, Trödel, maritime Souvenirs, die Fake-Kommode war von einem Ex-Liebhaber, einem Requisiteur, geliehen. Bei Assia wallten bunte Schleier über Kupfergeräte, Arabesken und Orientteppiche. Und Mélodys Leben bestand aus ein paar Koffern auf der Garderobe. Das war kein Schmuckkästchen, eher eine Seifenblase. Eine Zuflucht von Frauen, die von der Außenwelt nichts mehr erwarteten.

Brigitte hatte mir ihren Platz abgetreten, einen gegerbten Clubsessel mit abgeschabten Lehnen. Sie saß im Schneidersitz auf dem Boden und mischte Tabak mit Gras. Mélody lag mitten im Zimmer auf dem Bauch, das Kinn in die Hände gestützt, und beobachtete sie. Assia klatschte in die Hände.

»Champagner!«

Sie ließ den Korken knallen. Ich zog den Kopf ein.

»Verträgt sich das mit der Chemo?«

Brigitte hatte das Glas erhoben und betrachtete die goldene Flüssigkeit im Licht der Wandleuchte.

»Nichts verträgt sich mit der Chemo.«

Erst weigerte ich mich, ein Glas zu nehmen. Dann ließ ich mir gleich wieder nachschenken.

Brigitte sang »Happy birthday, liebe Jeanne«.

Der Champagner war kühl. Und säuerlich. Die Bläschen brannten an den Innenseiten meiner Wangen. Ich dachte an eine Aphthe. Und dann an nichts mehr. Es war mein vierzigster Geburtstag, ich hatte Krebs und ein Phantom als Mann. Brigitte und Mélody trugen Glatze. Vorhin beim Friseur hatte ich mich gefragt, ob Assias schweres, lockiges Haar eine Perücke sei. Oder ob sie es auch lächelnd mit einer theatralischen Geste abnehmen würde. Aber hier, in der überheizten Wohnung ihrer Freundin, hatte sie die ganze Pracht hochgesteckt. Ihre Haare waren echt.

Brigitte hatte es sich bequem gemacht. In ihrem blauen, etwas zu großen Pyjama und barfuß. Sie klebte Blättchen zusammen und beobachtete mich.

»Du solltest deinen Turban abnehmen.«

Mir war heiß. Eine Schweißperle rann über meine Schläfe.

»Außerdem ist es doch besser, ihn bei uns abzulegen als allein zu Hause, oder?«

Vorsichtig wickelte ich den kreolischen Schal ab. Wie Geschenkpapier, das nicht zerreißen soll.

Die anderen sahen mir zu.

»Das steht dir voll gut«, behauptete Mélody.

Zum ersten Mal strich ich mir selbst mit der Hand über den Kopf. Von den Augenbrauen bis in den Nacken. Wie der Schädel eines Skeletts, nur mit pulsierendem Blut. Mich schauderte. Fast hätte ich den Schal wieder umgebunden.

»Sind doch bloß Haare!«

Ich schaute Brigitte an. Bloß Haare. Ja, klar. Aber mit der geschwollenen Brust und den geschorenen Haaren – was war da noch übrig von der Frau, in die Matt sich einmal verliebt hatte? Woran sollte er seine Ginger noch wiedererkennen?

Brigitte zündete den Joint an, nahm einen Zug und gab ihn an Assia weiter. Dann trat sie mit ausgestreckter Hand auf mich zu.

»Na los, komm schon!«

Ich verkroch mich in meinem Sessel.

»Wohin?«

»Zum Spiegel.«

Ich gab ihr meine linke Hand. Die rechte forderte Mélody. Dann zogen sie mich hoch.

»Assia, mach überall das Licht aus, außer im Flur«, befahl Brigitte.

Die Wohnung versank im Halbdunkel.

»Augen zu!«

Ich schloss meine Augen. Trotz der Heizung zitterte ich wie vorhin auf dem Bürgersteig. Ohne etwas zu sehen, machte ich ein paar Schritte in den Raum. Einen Moment lang dachte ich, du bist ja verrückt. Lässt dich total beherrschen. Wenn Brigitte sagt, mach das, macht es die kleine Jeanne. Wenn Brigitte sagt, denk dies, denkt es die kleine Jeanne. Wenn Brigitte sagt, trink Champagner, trinkt die kleine Jeanne.

»Und jetzt Augen auf!«

Und die kleine Jeanne machte die Augen auf.

Ich schlug die Hände vor den Mund und kapitulierte. Eigentlich hatte ich versprochen, dass es keine Tränen mehr geben würde. Aber diese kamen überraschend und von weit her. Sie hatten seit meiner Kindheit am Rande meines Herzens gelauert. Mein Kummer wusste, dass es einmal so weit wäre, die Geschorene in Lyon zu beweinen. Und die Schändlichkeit meines Großvaters. Als ich die Augen öffnete, lachten die Frauen noch. Es strahlten ihre Augen, ihre Lippen, ihre unerschütterliche Courage. Doch als ich mein Gesicht in den Händen barg, zerfiel ihre Freude. Der Spiegel sprach nicht von mir, nicht von Brigitte oder Mélody, von keiner Frau unserer Zeit. In diesem Halbdunkel sah ich aneinandergedrängt alle Opfer der Menschen. Die Geächteten. Die Prostituierten von gestern. Die Ehebrecherinnen. Die Knastschwestern. Die Hexen, die auf den Scheiterhaufen mussten. Mein Schrecken hatte sie auferweckt. Da standen wir, Kopf an Kopf, nackt an nackt, und hielten einander an der Taille fest. Das Bataillon der Verängstigten. Mélody weinte auch, stumm. Und versuchte nicht einmal, es zu verbergen. Maskiert vom Spiel des Lichts und von unseren Schatten entstellt, wirkte Brigitte wie eine Tausendjährige. Ich sah sie an, die nackten Füße, den blauen Pyjama. Den weißen Schädel, die zu weite Jacke. Dieses Bild. Ghetto. Lager. Wollte ich sagen. Öffnete den Mund. Sie verstand. Und legte mit unendlicher Zärtlichkeit einen Finger auf meine Lippen.

»Sag es nicht, Jeanne!«

Sie wusste von unseren Körpern im Stacheldraht. Hatte sie genauso gesehen wie ich.

»Niemand hat das Recht, das hier zu erwähnen. Bitte!«

Sie nahm ihre Hand von meiner Taille. Ich ließ Mélody los. Und schloss sie in meine Arme.

»Zwei Gläser Champagner, und alles dreht durch«, grummelte Assia.

Brigitte nahm ihr den Joint ab und schaltete die große Stehlampe an.

»Das hier ist ein Grab.«

Dann setzte sie sich in ihren Sessel und reichte mir die Zigarette. Sie war angespannt.

»Ist das Hasch?«, fragte ich.

Allgemeine Verblüffung.

Assia legte zwei Finger auf ihren Mund.

»Könntest du diesen Satz bitte langsam und deutlich wiederholen?«

Mélody wischte sich mit dem Ärmel über die Augen. Und begann zu lachen.

»Ernst jetzt?«, fragte Brigitte.

Ja, es war mir vollkommen ernst. Ich hatte schon einmal gesehen, dass Leute auf Partys etwas rauchten, aber das war alles. Ich kannte weder den Geschmack noch den Geruch.

»Da, zieh mal!«

Und die kleine Jeanne zog. Ich hatte zu rauchen aufgehört, als ich mit Jules schwanger war, und nie wieder angefangen. Das Gras knisterte. Der Rauch brannte in den Augen.

»Verträgt sich das mit …?«

»Mit allem. Das verträgt sich mit allem«, schnitt Brigitte mir lachend das Wort ab.

Cannabis habe therapeutische Qualitäten. Es sei gut gegen Stress und Schmerz und gegen all diese Sauereien, die in den Scheren der Krabbe und in den Giften zu deren Vernichtung steckten. In einigen Ländern kriegst du es sogar vom Arzt verschrieben. Ganz sicher? So gut wie. So sollte es jedenfalls sein. Wenn ich mit einem Joint auf der Straße erwischt würde, brauchte ich dem Bullen nur zu erklären, dass ich Krebs habe. Das würde er verstehen. Und sich – kleiner Finger am Schlagstock und Hand an der Mütze – für die Unannehmlichkeiten entschuldigen. Wirklich? Ja. Wahrscheinlich. Ganz genau wisse sie das auch nicht. Hoffe es aber. Genauso wie Mélody. Und Assia, die schon wieder einen neuen Joint baute.

Plötzlich bekam ich Hunger. Mein Bauch. Hässliche Töne im Gedärm.

»Bist du eher der Cidre-Typ? Oder Tee oder Kaffee?«

Ich schaute zu Brigitte hin. Sie lehnte in der Küchentür, ich hatte sie nicht aufstehen gesehen. Lieber Tee. Aber ich nähme auch Cidre, Kaffee, Tomatensaft, Bier, sehr kalten Weißwein, Rosé, Beaujolais, Katzenpisse, Krötenspeichel, Krabbensaft, alles. Ich war die Einzige, die darüber lachte. Mein albernes Lachen. Das ich mir für mich selbst aufhob. Mein heimliches Lachen für mich allein. Eine kindliche Freude, die manchmal als ersticktes Kreischen wiederkehrte. Matt mochte dieses Lachen nicht. Matt mochte gar nichts. Matt mochte nur Matt. Ich lachte wieder. Eben hatte ich noch behauptet, dass ich keine Wirkung spürte, und dann lachte ich über die idiotischen Grimassen, die Mélody schnitt. Warum machte sie das? Sie verzerrte ihr Gesicht, blinzelte, rümpfte die Nase und nagte an der Unterlippe, um ihre Nasenlöcher zu deh-

81

nen. Ahmte sie vielleicht einen Affen nach? Dann knarzte sie wie eine schlecht geölte Tür. Schluchzte und flatterte mit den Händen wie ein Vogel mit seinen Flügeln. Und wurde immer ärgerlicher, je mehr ich lachte.

»Was macht sie denn da?«, fragte ich.

»Sie macht dich nach!«, antwortete Brigitte.

Plötzlich spuckte ich alles, was ich im Mund hatte, auf den Couchtisch: Tee, Crêpe, Butter, Speichel und Zucker im Strahl. Die heiße Flüssigkeit war mir in die Nase gestiegen und hatte meine Nebenhöhlen und meine Augen gereizt.

»Oh nein! Sorry, tut mir leid, sorry!«, stammelte ich entsetzt. Und begann den Auswurf mit dem Ärmel aufzuwischen.

»Lass es, macht doch nichts!«, grinste Assia.

Brigitte kam mit einem Schwamm.

»Alles okay, Jeanne. Zerbrich dir darüber nicht den Kopf.«

In meinem Kopf drehte sich alles. Der Champagner, das Gras, die Gefühle. Ich schloss für einen Moment die Augen.

»Setz dich in meinen Sessel!«

Das tat ich.

Danach war alles wieder wie vorher. Ruhe. Jede hing ihren Gedanken nach. Brigitte hatte eine Jazz-Platte aufgelegt. Sie saß am Tisch und ordnete irgendwelche Papiere. Mélody tippte auf ihrem Handy herum. Assia brachte Tassen und Teller in die Küche. Alle drei waren hier zu Hause. Und ich beneidete sie darum. Es war eine große Wohnung. Vierter Stock in einem klassizistischen Haussmann-Bau. Wohnzimmer, Esszimmer, drei Schlafzimmer und eine riesige Küche. Assia und Brigitte waren vor fünf Jahren hier eingezogen. Mélody war letztes Jahr dazugekommen.

»Wir haben sie aufgelesen, ein Vögelchen, das aus dem Nest gefallen war«, erklärte Brigitte.

Brigittes Eltern kamen aus dem Finistère. Sie hatten eine Arbeiterkneipe in Roscoff betrieben. Der Vater am Herd, die Mutter im Gastraum. Dort war das Mädchen aufgewachsen, zwischen Tischen und Töpfen. Und hatte die Kochkunst für sich entdeckt. Im Oktober 2010 kamen beide Eltern bei einem Schiffbruch ums Leben. Mitsamt dem Onkel. Er war der Kapitän der »Ker Loquet«, ein alter Muschelfischer, der sie oft aufs Meer mitnahm. »Jakobsmuscheln, frisch gefangen vom Patron«, hatte der Vater dann stolz auf seine Tagestafel geschrieben. An diesem Morgen jedoch ließ ein Hindernis den kleinen Trawler kentern. Das Schleppnetz hatte sich verfangen, der Fischer wollte es nicht opfern. Also versuchte er es einzuholen, bis das Boot sich auf die Seite legte. Bald danach wurde das erste Karzinom entdeckt. Mit 43 war Brigitte auf einen Schlag verwaist, krank und allein.

Ich wusste fast gar nichts von den drei Frauen. Hatte aber auch nie gefragt. Wieder einmal der verstörende Eindruck, dass ich von einem Fenster aus gerufen wurde und zum Feiern hinaufging, ohne Fragen zu stellen.

Für sie hatte ich das vermaledeite Bild mitgebracht, wie meine Mutter es nannte. Meine Tasche stand zu meinen Füßen. Jetzt oder nie.

»Ich muss euch was zeigen«, sagte ich und nahm das Foto heraus.

Mélody setzte sich auf die Armlehne, Assia hockte sich auf den Boden, Brigitte blieb hinter mir stehen und beugte sich über mich.

»Mein Gott!«

Mélody verzog das Gesicht.

»Was läufst du damit rum? Das ist ja krank!«

Das Bild zeigte eine Frau inmitten von Männern. Ihr schwarzer Rock zerfetzt. Die weiße Bluse aufgerissen. Ein Ärmel hängt herunter, der Ausschnitt geht bis zum Bauch, eine Brust ist aus dem Büstenhalter gerutscht. Ein schwarzes Hakenkreuz ist auf ihre Stirn geschmiert. Sie trägt ein Hundehalsband und ein Schild um den Hals: »Hat mit dem Feind geschlafen«. Um sie herum ein wildes Volksfest. Junge Männer und ältere. Mit tief in die Stirn gezogenen Schirm- oder Baskenmützen, eine Zigarette im Mundwinkel. Viele plaudern miteinander. Eine Krankenschwester im Kittel hockt auf einem Karren. Ein Polizist mit Käppi, zugeknöpfter Jacke und Pfeife. Lächelnd. Viele lachen. In einer Ecke legt ein Mann mit Armbinde auf die Gequälte an. Richtet seine Maschinenpistole und seinen amüsierten Blick auf das Ziel.

Die Frau sitzt mit gefalteten Händen auf einem Stuhl und schaut auf ihre nackten Füße. Ein junger Mann hinter ihr schert ihr die Haare ab. Er beugt sich über ihren Kopf, das rechte Auge zusammengekniffen wegen des Rauchs aus seiner Zigarette, und macht sich mit einer mechanischen Schermaschine eifrig an die Arbeit.

Ich drehte das Foto um. Auf die Rückseite hatte jemand mit Bleistift in einer feinen, schrägen, eleganten Schrift die Legende dazu geschrieben:

Ein Deutschenflittchen
3. September 1944, Place Bellecour, Lyon

Ich sah wieder auf. Brigitte hatte sich von mir entfernt.

Nach dem Abschminken hatte sie keine Brauen mehr zum Zusammenziehen.

»Glaubst du wirklich, dass jetzt der richtige Moment dafür ist?«

Assia riss mir das Foto aus den Händen. Ich sprang auf.

»Gib mir das zurück!«

Das Gesicht ein paar Zentimeter vor meinem, schrie sie mich

an: »Bist du blöd oder was? Was hast du denn für einen Spleen? Leute erschrecken?«

Brigitte legte ihr die Hände auf die Schultern, um sie zurückzuhalten.

»Was willst du uns damit sagen? Was ist das für eine Message? Kahl geschorene Nutten, meinst du?«

Ganz ruhig hatte ich die Hand ausgestreckt.

»Gib her!«

Assia warf mein Foto über ihren Kopf nach hinten. Und packte mich mit beiden Händen am Kragen.

»Wozu bist du eigentlich hergekommen? Was willst du hier?«

Brigittes Gesicht, zwischen den Schultern versunken.

»Beruhige dich, Liebling, beruhige dich. Sie wird es uns schon erklären.«

»Das ist mein Großvater«, sagte ich.

Assia öffnete den Mund und ließ mich los.

»Wie, dein Großvater?«

»Er ist der, der sie schert. Er war noch jung damals, achtundzwanzig.«

Sie stieß mich heftig zurück.

»Und was geht uns das an?«

Brigitte hob das Foto vom Boden auf. Schaute es noch einmal an.

»Nichts. Ich wollte nur, dass ihr wisst, was bei mir noch dazukommt.«

Assia drehte sich zu mir um. Noch nie hatte ich so einen Blick ausgehalten.

»Was dazukommt? Wo dazu? Und was überhaupt? Mehr Leid vielleicht, meinst du das? Bist du vielleicht kahler als Brigitte, als Mélody, als deine Chemofreundinnen?«

Ich war verwirrt und erschrocken.

»Sorry«, murmelte ich.

Brigitte ging dazwischen.

»Hör damit auf, Assia, sofort!«

»Aufhören? Womit?«, schrie sie und drehte die Handflächen nach oben. »Willst du einfach zusehen, wie sie hier mit ihrem Extrapäckchen ankommt?«

Mélody näherte sich Assia.

»Sie wollte was ganz anderes sagen.«

Assia stutzte.

»Verdammt, Buchhändlerin! Gleich zwei Anwältinnen, die dich verteidigen wollen! Du bist echt stark. Bravo!«

Sie rannte hinaus. Knallte die Tür zu. Und kam wieder, am Rand der Tränen.

»Jetzt hör mir mal zu, Jeanne Irgendwie, man ist nicht schuld an seinem Krebs, klar? Brigitte hat ihn sich nicht eingefangen, weil sie im Knast war. Und Mélody haben sie nicht die Brust abgeschnitten, weil sie mit ihrem Kind Scheiße gebaut hat. Und du hast auch keine Glatze, weil dein Großvater das Arschloch spielen musste, okay?«

Ich gab keine Antwort. Konnte nicht. Ich schaute Brigitte an. Sie war im Knast gewesen? Was hatte sie angestellt? Und was war mit dem Kind von Mélody passiert?

Assia wütete weiter.

»Und weißt du was? Mein Vater hat meine Schwester kahl geschoren, weil sie sich die Haare blond gefärbt hat. Mit Gewalt. Mit seinem Scheißrasierer! Und nerv ich dich vielleicht damit?«

Brigitte ging langsam auf sie zu, sie wich zurück.

»Verdammt, Brigitte! Sag ihr, dass ihr an nichts schuld seid!«

Brigitte breitete die Arme aus.

»Und du nervst mit deinem ewigen Scheißgrinsen«, schleuderte Assia ihr ins Gesicht.

Und ging in ihr Zimmer.

Fast eine Stunde lang fiel kein Wort. Ich war in den Sessel zurück-
gefallen, innerlich aufgewühlt, das Foto meines Großvaters im
Schoß, das er mir sein Leben lang lachend unter die Nase gehalten hatte. Mélody lag rücklings auf dem Teppich mit Kopfhörern
auf den Ohren und dem Mobiltelefon in den Händen. Brigitte las,
im Sofa versunken, in meinem Taschenbuch.

Ich hielt das für eine Friedensgeste.

»Brigitte?«

Sie hob den Kopf.

»Du warst im Gefängnis?«

Sie nickte. Und legte dann die Hände an die Schläfen. Litt
schweigend.

»Scheint ganz gut zu sein, dein Buch.«

»Antworte mir, bitte.«

Sie zwinkerte mir zu.

»Ein andermal, Jeanne. Nicht heute Abend.«

»Mélody?«

Sie nahm den Kopfhörer ab und warf mir einen fragenden Blick
zu.

»Du hast ein Kind?«

»Eine Tochter, ja.«

Sie setzte sich in den Schneidersitz und wischte über den Bildschirm ihres Handys.

»Willst du sie sehen?«

Ich zögerte. Mir war schwindlig. Eine ehemalige Gefängnis-
insassin und eine Mutter, die »Scheiß gebaut« hatte. Nicht meine
Art von Geschichten.

Mélody streckte mir das Handy entgegen, ohne sich vom Fleck
zu rühren. Also stand ich auf. Ich war müde. Es war dumm von
mir gewesen, hierherzukommen, und dumm, hierzubleiben.

»Mein Gott, ist die hübsch!«, sprudelte es aus mir heraus.

»Das hübscheste Mädchen der Welt«, lächelte Mélody.

Ein Kind im Sonnenlicht. Das Gesicht wie aus weißem Marmor, riesengroße Augen, ein perfekter Pony, brünettes Haar bis über die Taille. In einem lila Schmetterlingskleid, mit Strohhut und einem Weidenkörbchen voller Blumen posierte es in einem Lavendelfeld.

»Das ist Eva.«

Brigitte kam zu uns. Ich hatte mich auf dem Teppich niedergelassen. Sie setzte sich daneben.

»Zeig ihr mal das Gesicht mit den Perlenohrringen!«

Mélody suchte nach dem Foto und reichte mir dann ihr Handy. Tiefblaue Katzenaugen, umrahmt von langen schwarzen Wimpern. Darüber eine Zopfkrone.

Mélody legte ihr Telefon auf den Teppich.

»Ich wollte sie Ljubow nennen. Ljubow ist eine Mischung aus Liebe, Zuneigung und Frömmigkeit.«

»Ihr Vater ist Russe?«

»Das ist sehr kompliziert«, antwortete Brigitte.

Zerstreut strich sie Mélody über den Rücken.

»Sehr kompliziert? Rede lieber über dich!«

Mit einer drolligen kleinen Schnute näherte Mélody sich Brigitte. »Bist du nicht vielleicht auch selber Mutter?«

Brigitte stieß sie lachend weg.

»Bist du nicht gerade dabei, unsere kleinen Geheimnisse vor einer Fremden auszubreiten?«

Die Tür ging auf. Assia kam wieder, ich verspannte mich. Die Hände in den Taschen, machte sie ein paar Schritte ins Zimmer. Sie war verlegen.

»Der Shit ist nicht gut für das, was ich habe.«

Sie hockte sich vor uns hin.

»Ich möchte mich entschuldigen, Jeanne. So. Jetzt hab ich's gesagt.«

Es war, als ob ich wieder Luft bekäme. Sie streckte mir ihre Hand hin. Ich bot ihr meine. Ich glaube, wir haben beide gezittert. Ihr Blick fiel auf Mélodys Handy, das noch nicht ausgegangen war. Die kleine Eva schaute uns an. Assia fuhr hoch. Ihr fehlten die Worte. Sie zeigte nur mit dem Finger auf mich. Brigitte schüttelte den Kopf. Ihre Augen riefen ihr zu, dass sie schweigen solle.

»Ihr habt sie eingeweiht?«

Brigitte wedelte mit der Hand.

»Beruhige dich, Assia. Wir haben nichts gesagt, es ist alles gut.«

»Ich glaub das nicht!«

Sie nahm den Mantel, den sie auf einen Stuhl geworfen hatte. Und kehrte uns den Rücken.

»Ihr seid doch ballaballa, Mädels! Total behämmert!«

Dann verschwand sie türenknallend.

Der Blick, den Brigitte Mélody zuwarf, gefiel mir gar nicht. Ein wildes Aufblitzen zwischen niedergeschlagen und vorwurfsvoll. Diesmal begriff ich überhaupt nichts. Ich fühlte mich schuldig, hier zu sein. Ich faltete mein Tuch und wickelte es mir um den Kopf, ohne das mit dem Überkreuzen im Nacken zu versuchen.

»Ich gehe jetzt.«

»Ist auch besser so«, antwortete Brigitte.

An der Tür blieb ich noch einmal stehen.

»Sorry, aber hab ich was falsch gemacht?«

Sie umarmte mich.

»Nein, Jeanne, du hast nichts falsch gemacht.«

Ich rief den Aufzug. Sie steckte ihren Kopf durch die Tür. Zwinkerte mir zu.

»Irgendwann erzähl ich dir alles. Von meinem Sohn, Eva, alles.«

»Versprochen?«

»Nein, Jeanne. Ich verspreche gerade gar nichts mehr.«

5

PASS AUF DICH AUF

Matt kam nachts heim, ich saß im Nachthemd im Wohnzimmer. Mit trockenem Mund erwartete ich ihn. Er sollte meinen kahlen Schädel nicht unvorbereitet auf dem Kissen sehen. Sondern es aus meinem Mund erfahren. Ich hatte das kreolische Tuch an. Um den Kopf gewickelt, die Enden überkreuzt, und noch einmal mit der bunten Seite rundherum.

»Du schläfst noch nicht?«

Seine Stimme im Flur. Er ließ die Tasche fallen.

»Jeanne?«

Ich saß auf dem Sofa, die Arme um die Beine geschlungen, das Kinn auf den Knien. Meine Kleinmädchenhaltung. Hélène hatte mir ein Dutzend fette Brocken aus dem Frühjahrsprogramm vorbeigeschickt. Lauter zweite Bücher. Meine Lieblingsromane. Wo noch alles möglich ist oder schon vorbei. Ich hatte die Klappentexte gelesen und die Bücher nach Thema auf dem Boden gestapelt.

Matt kam herein. Ohne zu lächeln. Bei meinem Anblick entglitten ihm seine Gesichtszüge. Er lehnte in der Tür.

»Was ist passiert, Jeanne?«, fragte er mit müder Stimme.

Das sieht man doch, sagten meine nach oben gedrehten Handflächen.

»Sind deine Haare alle auf einmal ausgefallen?«

Ich richtete meinen Turban.

»Nein, abrasiert.«

Er riss Mund und Augen auf, schüttelte den Kopf.

»Das ist doch Wahnsinn!«

»Was?«

Er legte Schal und Mantel ab.

»Na, dass du sie einfach abrasiert hast! Du hättest doch warten können, wie sich das Ganze entwickelt.«

Ich fuhr mit der Hand unter den Stoff.

»Sie sind mir büschelweise ausgefallen und haben schon den Abfluss verstopft. Ich hatte keine Wahl.«

Schweigend schaute er mich noch einmal an. Dann ging er in die Küche und holte sich ein Glas Wasser. Kam zurück. Betrachtete mich lange, das Glas in der Hand.

»Gibt es auch Tücher für die Nacht?«

Häubchen, ja. Ich hätte eines gekauft. Sie säßen auf dem Schädel wie Duschhauben.

Matt machte ein unangenehmes Geräusch beim Trinken.

»Hast du nicht was von einer Perücke gesagt?«

Ja, auch. Sie liege im Schrank, gefalle mir aber nicht. Eine medizinische Perücke aus synthetischen Fasern. Angeblich von Echthaar nicht zu unterscheiden, aber bei Licht wirke sie künstlich.

»Vielleicht trotzdem besser«, meinte mein Mann.

Er drehte sich um und rollte seinen Koffer ins Schlafzimmer. Ich blieb sitzen, mein kunstvoll geschlungener Turban war verlorene Liebesmüh.

Der Schrank, die Wäsche, das Zuziehen der Vorhänge. Dann seine Stimme: »War das deine Idee oder die deiner Freundinnen?«

»Meine.«

Schweigen. Ich hatte die Augen geschlossen. Jetzt saß er wahrscheinlich auf dem Bett und löste seine Schnürsenkel. Dann flog ein Schuh Richtung Stuhl, der andere hinterher.

»Ich weiß nicht, ob das eine gute Idee war.«

Ich hörte Wasser rauschen. Stand auf. Er war im Bad, die Tür halb offen. Ich hatte das Nachthäubchen aufgesetzt. Es saß so eng wie eine Badekappe. Bedeckte die Ohren, schnitt in die Stirn. Im Spiegel sah ich ein winziges Ding. Mit riesigen Augenringen. Ich ging zu Bett, bevor er aus dem Bad kam. Machte die Deckenlampe aus und ließ nur seine Nachtlampe an.

Es war der erste Abend. Ich wollte ihn schonen.

Er blieb mitten im Zimmer stehen, in T-Shirt und Unterhose. Matt hatte nie nackt geschlafen. Das fand er ekelhaft. Und mich hatte er auch gezwungen, mir nachts etwas anzuziehen.

Ich lag vor ihm, auf der Seite. Er schlug die Decke zurück und schaute mich wieder an.

»Schon seltsam.«

Ich stützte mich auf einen Ellbogen, eine Wange in der Hand.

»Was?«

»Als ob du ein Mann wärst.«

Ich ließ mich auf das Kissen zurückfallen.

»Du kannst ja nichts dafür, aber es ist speziell.«

Ich fragte ihn, ob ich das Häubchen abnehmen solle. Damit er mich einmal ganz nackt sehen könne. Wir wollten doch aus unserem Leben kein Versteckspiel machen. Was denn so schwer daran sei? Der Zustand würde bis zum Ende des Sommers dauern. Dann wüchsen meine Haare wieder nach. Einen Zentimeter pro Monat. Warum könnten wir diese Momente nicht miteinander teilen?

»Ich kann dich nicht so sehen«, antwortete er schlicht.

Er legte sich hin und löschte seine Lampe. Drehte mir den Rücken zu. Ohne eine zärtliche Geste, ohne ein weiteres Wort. Matts Rücken. Mein nächtlicher Anblick seit Jules' Tod.

Es war 3.40 Uhr, als ich hochschreckte. Der Platz neben mir war leer.

»Matthew?«, rief ich leise.

Ein goldenes Licht floss ins Zimmer. Matt hatte die Lampe im Bad angemacht und die Tür halb offengelassen. Ich richtete mich auf. Ich hatte Angst vor dieser Gestalt. Im Halbdunkel saß Matt schweigend auf einem Stuhl am Fußende unseres Betts. Leicht nach vorn gebeugt, die Hände auf die Schenkel gestützt. Und sah mich an.

»Was machst du da?«

Schweigen.

»Matt, was ist los mit dir?«

Er schüttelte langsam den Kopf.

»Ich kann das nicht.«

Ich machte meine Nachttischlampe an. Das Häubchen war verrutscht, es entblößte mein linkes Ohr, die Schläfe und ein Stück weiße Haut. Ich setzte es wieder zurecht und zog es bis fast zu den Augen herunter.

»Was kannst du nicht, Matt?«

Er atmete lange ein. Legte die Handfläche an seine Stirn, wie um zu prüfen, ob er Fieber habe.

»Dich, deine Krankheit, uns. Keine Ahnung«, sagte er dann mit gebrochener Stimme. »Ich kann nicht mehr.«

Auf einmal kam mir alles hoch. Mir war speiübel. Um den Reflux zu verbergen, hielt ich mir die Hand vor den Mund.

»Entschuldige mich«, murmelte mein Mann und ging hinaus.

Ich wartete auf seine Rückkehr. Wartete lange. Er hatte das Schlafsofa im Wohnzimmer ausgezogen und Bettwäsche aus dem Schrank genommen. Ich hörte, wie er sich hinlegte, seufzte, langsamer atmete, einschlief. Dann schlief ich auch ein, ließ aber die Lampe brennen, falls er wiederkäme. Aber er kam nicht wieder.

Am nächsten Tag fand ich eine Nachricht auf dem Küchentisch. Er sei ganz durcheinander. Wolle erst einmal über all das nachdenken. Meine Krankheit quäle ihn. Er ertrage es nicht, mich leiden zu sehen. Vielleicht sei es für uns beide besser, nicht mehr zusammenzuleben. Wenigstens eine Zeit lang. Seit ich Krebs habe, gehe es ihm wie nach Jules' Tod: Er frage sich, was er hier mache. Er sei doch bloß eine Belastung, kalt, distanziert und unfähig, mir zu helfen. Es sei nur zu meinem Besten, wenn er gehe. Um mir nicht mehr zur Last zu fallen. Ich sei ihm voraus, und er bremse mich immer nur. Ich sei so stark. Ich verdiente etwas Besseres als ihn. Absolut. Ob ich mir trotzdem dessen bewusst sei, was das mit ihm mache? Als Mann nichts für seine Frau tun zu können? Diese Ohnmacht sei entwürdigend. Er liebe mich, daran ändere sich auch nichts. Aber ich hätte doch eher Fürsorge nötig als Liebe. Ich müsse mich wiederherstellen. Ich würde das schaffen. Ich würde geheilt werden. Ich hätte die ganze Kraft der Welt in mir, und er sei meiner nicht würdig.

»Pass auf dich auf.«

Ich brauchte lange, um es zu begreifen. Ich las die Nachricht wieder und wieder, versuchte, jeden seiner tristen Sätze, jedes klägliche Wort zu verstehen. Verließ er mich, wie zwei Körper auseinanderreißen, oder war es eher eine Bitte, ihn davon abzuhalten? Hätte ich ihm sagen sollen, dass ohne ihn meine Augen nicht mehr sehen könnten, meine Haut nicht mehr erschauern, meine Lippen nicht mehr sprechen und mein Herz nichts mehr hoffen?

Ich blieb einfach am Küchentisch sitzen, bis es Zeit war für meine Chemo. Fast hätte ich sie versäumt. Ich stürzte hinaus, ohne Handy, ohne Unterlagen, ohne Gutschein fürs Taxi, ohne meine Sitzungstasche, ohne Bücher, Kekse, Wasser.

Matt verlässt mich. Das war wie ein Schlag in den Magen. Ich weinte nicht. Ich war versteinert. Beim Einsteigen in die Metro taten mir zum ersten Mal die Beine weh. Und der Kopf. Alles verschwamm vor meinen Augen. Ich versuchte, ruhig zu atmen. Zu schlucken. Mein Mund brannte. Mein Hals war geschwollen. Meine Finger auch. Ohne Matt würde das Gift mich holen.

Ich fand einen Platz in der Metro. Sah, wie eine Mutter den Arm ihres Sohnes hinunterdrückte. Er hatte mit dem Finger auf mich gezeigt. Ich betrachtete mich im Fenster. Erblickte mein Spiegelbild. Mit Nachthaube. Und schämte mich. Diese penetrante Neugier des kleinen Jungen. Stumm starrte er die Wahnsinnige an. Eine Frau mir gegenüber stand auf. Ich wechselte den Platz. Fühlte aber weiter seinen Blick im Nacken.

Sie waren nicht da. Brigitte nicht, Assia nicht, Mélody nicht. Also wartete ich allein. Auf die Nadel in meiner Haut. Betrachtete den Frühlingsbaum in einer Ecke der Panoramascheibe. Bintou sprach mich heute nicht an. Sie durchschaute mich. Erwiderte mein Lächeln und respektierte mein Schweigen. Wahrscheinlich hatte sie mir die Biene geschickt, die jetzt den Kopf durch den Vorhang steckte, eine Tabelle in der Hand.

»Madeleine?«

Ich zuckte zusammen. Draußen peitschte ein eisiger Regen gegen die Scheiben.

»Kakao?«

Brigitte hatte mir von den Bienen erzählt. Ehrenamtlichen im gelben Kittel, oft Rentnerinnen, die Kranken ihre Zeit schenkten. Diese hieß Valentine, ihr Name war über dem Herzen an ihren Kittel geheftet. Sie hatte den feuchten Blick meiner Mutter, große Augen hinter dicken Brillengläsern. Gern Kakao. Mit einer Madeleine. Aber mir fehlten die Worte. Also nickte ich nur.

Sie legte die Madeleine auf eine Serviette und suchte in ihren Taschen nach der Karte für die Kaffeemaschine. Fand sie und schwenkte sie über dem Kopf.

»Die verliere ich immer!«

Kam zurückgetrippelt und überreichte mir den Becher wie eine Opfergabe.

Ich kostete. Sie zog einen Stuhl heran.

»Darf ich?«

Sie durfte. Ich tauchte die Madeleine in das heiße Getränk. Und schloss für einen Moment die Augen.

»Ist es auch nicht zu schwer für Sie?«

Nein. Zurzeit gehe es, aber ich fürchtete den nächsten Tag. Die Beschwerden, Nebenwirkungen, den Protest des Körpers. Ich sei nur furchtbar müde, sonst nichts.

»Aber?«

Ich lächelte sie an.

»Aber was?«

»Der Körper ist ja nicht alles.«

Sie legte die Hände auf die Knie und sah mich liebevoll an.

»Ich glaube, mein Mann hat mich verlassen.«

Das hätte ich nicht sagen sollen. Es war unüberlegt. Ich ärgerte mich über mich selbst. Aber der Satz hatte mir schon auf der Zunge gelegen. Valentine nickte. Regen peitschte ans Fenster.

»Zu kompliziert für ihn, ja?«

Sie betrachtete die grauen Wolken. Erwartete keine Antwort.

»Ja.«

»Das hören wir grade ständig im Dienst. Dass Männer abhauen.«

Sie las die Überraschung in meinem Blick.

»Wundert Sie das?«

Ich öffnete den Mund.

97

»Und da ist alles dabei! Ältere Herren, die die Chance auf eine zweite Jugend wittern, Jüngere, denen die Prüfung zu schwer ist, und auch der Schweinehund, der lieber seine Frau schmoren lässt, als sich die Finger zu verbrennen.«

Sie senkte die Stimme. Und unterstrich den nächsten Satz mit einer Handbewegung.

»Für den Schweinehund möchte ich mich entschuldigen. Das ist sonst nicht meine Ausdrucksweise.«

Sie kräuselte die Nase wie ein Kind.

»Meiner konnte es nicht ertragen, Vater zu sein. Also hab ich das Baby allein durchgebracht.«

Schneller Blick zum Vorhang. Auf dem Flur ging eine Krankenschwester vorbei.

»Jetzt krieg ich gleich Schimpfe.«

»Warum?«

»Ich soll Sie doch unterhalten, nicht Ihnen auf die Nerven gehen.«

Da richtete ich mich auf. Die Hände auf den Sessellehnen, holte ich tief Luft und begann laut zu lachen. Bis eine Träne über meine Wange rollte. Valentine zuckte zusammen. Aber als Bintou den Kopf hereinsteckte, verstand sie.

»So sehe ich Sie lieber, Jeanne«, lächelte die Krankenschwester und öffnete den Vorhang.

Dann sagte sie zu der Biene: »Madame Grangier hat heute keinen guten Tag.«

»Ich komme schon«, antwortete Valentine.

Sie wartete, bis Bintou das Abteil verließ. Und flüsterte mir dann ins Ohr: »Sie werden gesund, daran sollten Sie immer denken!«

*

Mit Gebeten solle ich mich an die heilige Katharina wenden, hatte Flavia gescherzt. Und ich hatte ihre Bemerkung in einem Winkel meiner Erinnerung aufbewahrt.

Die Kirche Notre-Dame-du-Rosaire war voll an diesem Sonntag. Goldgelber Backstein, das Gewölbe mit offenem Gebälk. Einige Frauen hatten ihren Hut aufbehalten, also nahm ich meinen Turban auch nicht ab. Ich hatte mich noch nie ohne gezeigt. Matt war seit drei Monaten weg. Er nutzte ein Seminar in Brüssel, um nachzudenken. So hatte er es formuliert: um nachzudenken. Worüber, hatte er nicht gesagt. Übers Bleiben, übers Gehen oder darüber, was aus unserer Wohnung, unseren Erinnerungen, den Trümmern unserer Ehe werden sollte? Ich kam zu spät zur Messe, aber niemand drehte sich nach mir um. In der Stuhlreihe vor mir gähnte ein kleines Mädchen. Dessen Bruder blätterte in einem Heft von »Magnificat Junior« mit den Abenteuern der »Katechismus-Freunde Tom und Zoé«. Der Vater der beiden betete kniend daneben im Gang, die Mutter strich ihren Rock glatt. Mein Hals war geschwollen. Mein Herz schlug zu schnell.

Der Priester hinter dem Altartisch.

»Sechs Mal spricht er von seinem Fleisch als Nahrung zum Essen und von seinem Blut als Getränk zum Trinken.«

Die heilige Katharina dahinter über dem Chor. Die magere Heilige, die meine Großmutter so verehrte. Die Dornenkrone auf dem Kopf, kniete sie zur Linken der Jungfrau Maria. Diese drückte, majestätisch thronend, das Kind an ihre Brust, das der Nonne einen Rosenkranz überreichte. Eine große Steinskulptur, eingelassen in eine Nische mit blau-goldener Umfassung aus Weinblättern und Trauben, die einer Grotte glich.

»Lassen wir dieses Brot und diesen Wein in uns wirken, auch wenn wir nicht alles verstehen.«

Als Kind ging ich manchmal mit meiner Mutter in die Messe.

Ich fand es immer ungerecht, dass Mädchen nicht Ministrantinnen sein durften. Nach ihrem Tod besuchte ich weiter die Kirche, gelegentlich, wenn die Tür weit offen stand. Zur Hochzeit von Freunden oder deren endgültigem Abschied.

Matt war aus Gewohnheit katholisch. Er billigte die Taufe unseres Sohnes. Konnte das Vaterunser auf Englisch am Grab seines Großvaters aufsagen, ging aber nicht zur Kommunion. Nicht einmal während der schlimmsten Stunden meines Sohnes hatte ich zu Katharina von Siena gebetet. Ihr gemarterter Körper ließ nicht an Genesung denken.

Damals flehte ich den heiligen Judas Thaddäus um Fürbitte an. Das verheimlichte ich vor allen. Ich schämte mich ein bisschen dafür und war gleichzeitig voller Hoffnung. Neben unserer Buchhandlung »Livres à Vous« stand eine Kirche. Dort schlich ich manchmal zwischendurch hin. In einem abgelegenen Winkel, unter einer Darstellung der neunten Kreuzwegstation, bei der Jesus zum dritten Mal unter dem Kreuz fällt, hing ein Gemälde des Apostels mit Wanderstab, Flämmchen über dem Kopf und Christus-Medaillon um den Hals. Sieben Jahre habe ich zu ihm gebetet. Dort oder woanders, oft, überall, wenn ich durch den Regen ging, wenn ich Bücher auszeichnete und in die Regale stellte, wenn ich Brei für meinen Sohn machte, wenn ich ihn in seinem Rollstuhl spazieren fuhr, wenn ich, im Dunkel seines Zimmers sitzend, über ihn wachte und mein Atem seinem antwortete. Und je mehr ich betete, desto ungeduldiger wurde ich. Ich sagte nichts auf, rezitierte kein Wort aus der Liturgie. Ich erzählte Judas einfach von Jules und bat ihn, meinem Sohn zu helfen. Und zündete Kerzen an. Manchmal steckte mein Kind sie selbst in den Sand. Es warf auch Münzen in den Opferstock und lachte über den dumpfen Klang. Sieben Jahre glauben, hoffen, die Faust drohend gegen den verschlossenen Himmel schütteln, ohne dass Judas sich zu einer

Antwort herabließ. Als Jules starb, verabschiedete ich mich von Gott, der Jungfrau Maria und allen Heiligen.

Der Priester erhob den Kelch. Ich hatte als Einzige den Kopf nicht gesenkt. Das hatte ich schon zu oft gemacht und vor zu vielen Leuten. Die steinerne Katharina wandte den Blick ab. Noch einmal fragte ich mich, was ich hier machte. Ich summte ein Vaterunser. Den Klang, nicht die Worte. Und zuckte zusammen.

»Der Friede Christi sei mit dir.«

Ich hatte die ausgestreckte Hand nicht gesehen. Da war noch eine. Und noch eine. Jemand tippte mir auf die Schulter. Ich drehte mich um. Zwei Frauen von den Antillen, eine alte und eine junge. Die junge war sehr dünn, mit schmalen Lippen und blauen Augenringen. Sie trug ein ähnliches Tuch wie ich. Die Ältere nahm meine Hände in die ihren. Die Jüngere verneigte sich nur.

»Friede sei mit dir.«

Mit schamloser Zärtlichkeit, den betrübten Blick auf mich gerichtet, strich die Ältere der Jüngeren über den Kopf. Sie und ich. Wir waren enttarnt. Die Geschorenen mit den Infusionen. Und die Alte mit ihrem klebrigen Mitgefühl. Ich nickte. Verzog die Lippen zu einem Lächeln. Die Krebskranke war empört. Zog sich das Tuch tief in die Stirn. Unsere Blicke kreuzten sich. Ich legte meine Hand auf ihren Arm. Bat sie so um Verzeihung. Unsere Reise war die gleiche.

Bis zum Ende des Gottesdienstes hatte Katharina von Siena ihre Augen nicht zu mir erhoben. Ich hatte ihr alles erzählt, leise, mit zitternden Lippen, wie im Gebet. Aber sie gab keine Antwort. Also stand ich auf und wollte schon gehen, als mich die Alte am Arm nahm.

»Kommen Sie«, flüsterte sie.

Die Jüngere folgte uns, peinlich berührt. Wir gingen zu einem kleinen Tisch mit einem Stapel Papier vor einem Kirchenfenster. Blasse Tinte auf billigem Papier, schlecht fotokopiert. Sie hielt mir ein Blatt hin. Ich wollte nicht. Sie nötigte mich, es zu nehmen.

Sankt Judas, Apostel für ausweglose Fälle

In der rechten Ecke eine Reproduktion des Mannes, der mich verraten hatte. Mit Stab, Flamme und Halskette.

Ich las: *Diese Novene muss täglich 6 x konsequent 9 Tage lang gebetet werden. 9 Exemplare dieser Novene müssen jeden Tag in einer Kirche ausgelegt werden. Das Anliegen wird erhört werden, spätestens am neunten Tag der Novene, wenn nicht früher, und ist noch niemals unerhört geblieben.*

Ich hob den Kopf, die Hand der Frau lag immer noch auf meinem Arm.

»Lesen Sie alles, bitte.«

Gesegnet sei der heilige Judas Thaddäus, und gesegnet wurden auch Jesus und Maria und sämtliche heiligen Herzen im Himmel und auf Erden. *Beten Sie in tiefem Glauben, so unmöglich es auch erscheinen mag,* wurde mir noch geraten. Ich bedankte mich. Und legte das Blatt zurück.

»Nein, nein, das ist Ihres. Sie müssen es mitnehmen, sonst kann es nicht funktionieren.«

Sie musste um die sechzig sein. Eine zarte, gekrümmte kleine Dame.

»Haben Sie das hier hingelegt?«

Sie nickte heftig.

»Ja, und heute ist der fünfte Tag.«

Sie zeigte auf die junge Frau.

»In vier Tagen wird es meiner Tochter wieder besser gehen.«

Sie drehte sich um und bekreuzigte sich vor der Statue der heiligen Therese.

»Ich verlange ja nicht einmal, dass sie geheilt wird, nur dass sie nicht so leiden muss.«

Ich nahm ihr das Blatt ab. Faltete es langsam zusammen, ohne die junge Frau aus den Augen zu lassen.

»Wie heißen Sie?«

Sie trug Spitzenhandschuhe. Legte einen Finger auf ihre Lippen.

»Rosane«, sagte sie schließlich zögernd.

»Ein schöner Name!«

Ich hielt immer noch die Novene in der Hand.

»Stecken Sie sie ein«, befahl die Mutter.

Sie beobachtete mich.

»Werden Sie die einundachtzig Fotokopien machen?«

Ich seufzte.

»Nein, ich glaube nicht.«

Sie zog die Augenbrauen hoch.

»Sie kennen doch den heiligen Judas!«

Ja, den kannte ich. Ich erzählte, dass ich ihn schon einmal um Hilfe angefleht hatte. Sieben Jahre hätte ich zu ihm gebetet.

»Aber war es denn das richtige Gebet?«

Nein. Nicht genau. Eher wie ein Gespräch unter Freunden. Ich erzählte von meinen Tagen und Nächten, der Atemnot meines Sohnes, seinem Bluthusten, seinen Schmerzen.

»Und? Was ist passiert?«

Ich betrachtete die beiden Frauen, die alte und die junge. Beide standen mit offenem Mund da. Die Mutter hielt den Atem an. Noch vier Tage Hoffnung.

»Und was hat der heilige Judas für Sie getan?«

Sie hatte sich so weit vorgebeugt, dass sie mich fast berührte.

Um uns herum verlief sich das Leben langsam. Samt den Gläubigen, die ihr frommes Gesicht abgelegt hatten. Glockengeläut zum Ende der Messe, ein letztes Gespräch mit den Priestern, es war Sonntag. Katharina kniete in ihrer Felsengrotte. Rosane, die junge Kranke, und ihre Mutter warteten auf Antwort. Ich lächelte den beiden zu. Wie Brigitte mir alles Gute wünschte.

»Mein Sohn heißt Jules. Er ist dreizehn. Dieses Jahr ist er in die Fünfte gekommen.«

Die alte Frau riss ihre schönen Augen auf. Sie war überwältigt.

»Der Apostel hat ihn geheilt?«

Ich schenkte ihr ein Lächeln.

»Ich weiß nicht. Aber ich habe sehr viel gebetet, und vor sechs Jahren war er dann geheilt.«

Die junge Frau hatte den Kopf gesenkt. Die alte strich ihr über das Gesicht.

»Siehst du?«

Die Kranke nickte, ohne den Blick von mir abzuwenden.

»Da siehst du's, Liebes, ich mache das nicht umsonst!«

Sie breitete die Arme aus. Eine Mutter.

»Darf ich Sie umarmen, Madame?«

Ich ließ es geschehen. Dann kehrte sie mir den Rücken, um einen vorbeikommenden Pfarrer anzusprechen.

Die Tochter und ich blieben allein zurück. Im Licht des großen Kirchenfensters lehnten wir an der Ziegelwand. Sie zog den rechten Handschuh aus und reichte mir mit feucht schimmernden Augen ihre heiße Hand.

»Ich danke Ihnen für meine Mutter.«

Dann murmelte sie: »Und es tut mir leid um Ihren Sohn.«

*

»So ein Drecksack!«

Brigitte hatte mich angerufen, um zu fragen, wie es mir gehe.

»Pack deine Tasche, wir holen dich ab.«

Ich protestierte. Nein, nicht nötig. Alles in Ordnung. Mein Mann würde nach seinem Seminar nach Hause kommen, dann könnten wir uns aussprechen. Wenn ich ginge, wäre ich schuld.

»Woran?«

Ich schwieg.

»Sorry! Sorry! Hast du nicht langsam die Schnauze voll davon, dich immer dafür zu entschuldigen, dass du existierst?«

Ich saß auf unserem Doppelbett. Auf dem Kamin meine Fotos und seine. Seine Mutter, sein Vater, Matt als Kind, Matt als Jugendlicher, Matt als Ehemann, Arm in Arm mit dieser schönen jungen Frau. Ein einziges Bild von Jules. Das hatte ich durchgesetzt. Eine verlogene Großaufnahme ohne Rollstuhl, Krücken, Windeln. Das Lächeln meines Sohnes hinter einem Foto des Mausoleums von Dieppe.

»In einer Stunde?«

Brigitte hatte mich an Mélody weitergereicht. Ihre kreischige Mickymaus-Stimme: Ich könnte doch bei ihnen bleiben, bis Matt wiederkäme, um nicht allein zu sein. Wie lange er in Brüssel sei? Acht Tage? Dann hätte ich diese Zeit für mich. Brigitte könne gut kochen, Assia sei friedlich, und ich käme mal raus aus dem Schweigen. Und wenn er heimkehrte und von mir verlangte, die Wohnung zu verlassen, würde ich einfach bei ihnen bleiben, bis ich was Neues gefunden hätte. Okay?

Den Hörer noch in der Hand, öffnete ich den Schrank mit den Koffern.

»Passt es dir in einer Stunde?«, hörte ich wieder Brigitte.

Ich sagte nicht ja, nannte aber meine Adresse, den Code und das Stockwerk, bevor ich ohne ein weiteres Wort auflegte. Ich nahm eine große Tasche. Packte erst meine Medikamente, meine Krankenhausunterlagen, mein Waschzeug, ein paar Romane und das Foto von Jules hinein. Blusen, Hosen. Schwarz, grau, beerdigungsviolett. Seit dem Tod meines Sohnes mied ich Farben. Kaufte keine Damen-, sondern Trauerkleidung. Im Wohnzimmer, die Tasche zu meinen Füßen, zögerte ich. Vor mir ein Blatt Papier und ein Kuvert. Was schreiben? Er war ja gegangen, warum sollte ich mich entschuldigen? Schließlich ließ ich das leere Blatt mit dem Kugelschreiber darauf in der Mitte des Tisches liegen. Das Schweigen der weißen Seite war schlimmer als alles andere. Das war nicht richtig. Das war brutal. Ich brauchte das, diese Gewalt.

Tatsächlich wirkte Assia freundlich. Sie saß neben mir im Auto, Mélody vorn und Brigitte, die nicht aufhörte, mich im Rückspiegel zu betrachten, am Steuer.

»Der K-Club vollzählig versammelt!«, verkündete sie fröhlich.

»Lasst mich aus dem Spiel!«, rief Assia.

Brigitte zuckte mit den Schultern. Und zwinkerte mir zu.

»Madame möchte uns daran erinnern, dass sie unverschämt gesund ist.«

»Unverschämt, genau«, bestätigte Assia und hob den Daumen.

Mélody drehte sich um, gab mit erhobenem Zeigefinger den Rhythmus vor und begann zu singen: »*Let's go girls! One, two, three* ... ›Oh, ich bin so unverschämt.‹«

Keine Reaktion.

»Okay«, sagte Brigitte, »tut mir leid. *Let's go!*«

»*One, two, three* ...«, wiederholte Mélody.

Nun sangen alle drei einfach los und nickten im Takt mit dem Kopf: »»Ohohoh, ich bin so unverschämt, und wer ist dran schuld?‹«

Ich umklammerte die Tasche auf meinen Knien. Wo war ich hier gelandet?

»Was ist das?«

»Du kennst Aynine nicht, die Sängerin? Du brauchst wirklich noch Nachhilfe«, lächelte Mélody.

Brigitte schlug mit der flachen Hand aufs Lenkrad. Assia schnippte mit den Fingern. Mélody klatschte. »Ich bin eine, die den Kopf verliert, wenn einer Gedichte rezitiert.«

Ich war verblüfft. Frauen mit Krebs, die das Leben besangen. Weil sie keine Zeit mehr zu verlieren hatten. Und ich mit meinem kreolischen Tuch, die ihrem Krebs einen Namen gegeben hatte, weil sie ihn fürchtete wie den Tod. Der buchstäblich der Angstschweiß aus allen Poren brach.

»Du solltest zweimal täglich duschen«, hatte Matt mir geraten.

Ich hatte mich heimlich im Bad eingeschlossen. Mein aufgequollener Körper. Die Wunde an meiner Brust. Die Schwellung über dem Port. Die nackten Achselhöhlen. Feucht von derselben Angst. Wie mein Nacken. Die Beine glänzend, die Arme glatt. Ich hatte damit gerechnet, dass mir die Haare ausfallen würden, aber nicht damit, dass das auch Wimpern, Augenbrauen und Körperbehaarung betraf. Ich hatte vergessen, wie mein Geschlecht aussah. Gewölbt und verschlossen.

»Keine Angst, die Männer stehen drauf«, hatte Brigitte gescherzt.

Und jetzt sah ich sie und die anderen im Auto singen. Die Krankheit? Egal. Sie lachten über den Tod. Gingen zur Chemo wie andere zur Maniküre. Dabei war es hart. Jede von ihnen litt, weinte, schrie vor Schmerzen, wenn sie morgens aufstand. Aber keine klagte. Schwindel? Komische Sache. Erbrechen? Geht vorbei. Hitzewallungen? Eis essen hilft. Sie hatten genauso Angst wie ich. Davon war ich überzeugt. Aber sie zeigten es nie. Sie lebten nicht nur so dahin, sie schöpften aus dem Vollen. Tranken, rauchten, machten die Nacht zum Tag. Einen Moment lang schämte ich mich für meine Kamelie. Mein spiralgebundenes Notizbuch. Schämte mich fürs Niederknien. Und für mein Flehen, dass mein Sohn am Leben bliebe. Dass ich nicht stürbe. Dass Matt zu mir zurückkäme. Schämte mich für die Kerzen, die ich angezündet hatte, die heimlichen Gebete, die Zauberformeln, nur um das Monster unter dem Bett zu vertreiben, keine Angst mehr zu haben, zu wachsen, wo ich doch so klein war. Und dann sang ich ganz laut den Refrain mit: »Ich bin so unverschämt!« Ich war unverschämt. Endlich, zum ersten Mal. Und das war peinlich, verrückt, wunderbar.

Brigitte stellte meine Tasche mitten ins Wohnzimmer.

»Ich erklär's dir. Die Wohnung hat drei Zimmer. Das blaue ist meins. Das rosa Zimmer gehört Assia, und das graue ist von Mélody besetzt, unserer kleinen Nagelpflegerin.«

Ich setzte mich.

»Aber eigentlich wird das rosa Zimmer nur selten benutzt. Um runterzukommen. Im Notfall.«

Ich sah Assia und Brigitte an.

»Seid ihr sicher? Ich möchte nicht stören.«

»Du störst uns höchstens beim Streiten!«, grinste Assia.

»Und für den Fall der Fälle gibt's ja noch das Sofa«, seufzte Brigitte.

Dann zeigte sie mir die Zimmer. Das rosa Zimmer wirkte unbewohnt. Ein gemachtes schmales Bett, kahle Wände ohne Foto oder Zeichnung, kein Nippes, nichts, was als Erinnerung taugte. Bunte Vorhänge, ein Schrank, ein Arbeits- und ein Nachttisch. Stehlampe, Teppich.

»Hier kannst du dich einrichten«, sagte Brigitte.

»Fühl dich wie zu Hause«, bekräftigte Mélody.

Ich öffnete den Schrank und fuhr zurück. Da lag eine große schwarze Pistole auf einer Decke.

»Assia?«

Sie kam herein und sah meine schreckgeweiteten Augen.

»Ach, stimmt ja, Scheiße! Das ist der einzige Kerl im Haus!«

Sie nahm die Waffe. Ganz selbstverständlich.

»Ich befreie dich sofort davon!«

Sie wollte das Zimmer verlassen, da hob ich die Hand.

»Warte! Was ist das für ein Plan?«

Assia lächelte.

»Die hab ich von einem Ex. Andere Männer schenken einem Ringe, bei ihm war's ne Knarre.«

Ich hatte mich auf das Bett fallen lassen, saß mit zusammengepressten Beinen da, winzig. Wieder fiel mir auf, dass ich nichts von diesen Frauen wusste.

»Ist die echt?«

Sie barst fast vor Lachen.

»Natürlich nicht! Schau mal!«

Ich tat nichts anderes. Sah den harten Stahl und dessen glatte Haut.

»Ich entsichere die Waffe. Spanne den Hahn.«

Gedämpftes Klacken.

»Lege den Finger auf den Abzug und ...«

Sie richtete den Lauf auf den Boden. Klick. Klick. Klick.

»Siehst du, das ist alles. Wie wenn nach dem Feuerwerk der Liebe der Bettrost nur leise knackt.«

Brigitte kam dazu.

»Willst du Jeanne Albträume machen?«

Assia zuckte mit den Schultern.

»Tut mir leid, aber sie hat sie gefunden.«

Dann verließ sie das Zimmer, das Spielzeug in beiden Händen, ging bis zur Mitte des Flurs und riss es nach links und rechts hoch, als wäre sie in einen Schusswechsel verwickelt.

»Sie war mit einem echten Arschloch zusammen«, murmelte Brigitte, während sie die Schubladen für mich aufzog.

»Sorry, aber das waren wir ja anscheinend alle, wenn ich es richtig verstanden habe.«

»Ja, Jeanne Sorry, ich glaube, das hast du richtig verstanden.«

6

BRIGITTE MENEUR

Brigitte hatte sich mit 25 in einen bösen Buben verliebt. Den »Piraten«, wie sie ihn nannte. Bei ihren Eltern in Roscoff war er unerwünscht. Auch am Tisch der Freunde war er nicht gern gesehen. Bevor er der Vater ihres Sohnes wurde, war er viele Jahre ihr Lover. Weder Freund noch Gefährte. Nur ein nächtlicher Besucher, dem es um nichts als seine Lust ging. Tiziano. Er behauptete, aus Argentinien zu kommen, sprach aber ganz schlecht Spanisch. In einem kubanischen Restaurant im Bastille-Viertel musste Brigitte ihm den Scherz eines Kellners übersetzen. Er zuckte mit den Schultern. Seine Mutter sei eine Indigene, eine Guarani. Im 17. Jahrhundert seien seine Vorfahren zwangschristianisiert worden. Deshalb sei das Spanische für ihn die Sprache der Kolonisatoren. Er behauptete auch, dass seine Eltern 1980 vor der Militärdiktatur geflohen seien. »Sie waren Rebellen.« Und hätten nicht nur um ihr eigenes Leben gefürchtet, sondern auch um seines. Mit fünfzehn sei er mit Flugblättern der Peronistischen Jugend verhaftet worden. 1979, in Córdoba. Tiziano erzählte Brigitte von der »Operation Condor«, den »Todesschwadronen«, schwieg aber über die drei Wochen, die er in Polizeigewahrsam war.

»Ich habe gelitten, aber anderen ist es viel schlimmer ergangen«, murmelte er.

Nachts wachte er manchmal schreiend auf. Seit seiner Jugend

träumte er von »Todesflügen«. Soldaten warfen ihn aus einem Flugzeug ins Meer, unter Drogen, aber lebendig, wie es die Junta mit Tausenden Oppositionellen getan hatte. Nach solchen Albträumen verschwand er meist für mehrere Wochen und ließ nichts mehr von sich hören. Anfangs machte Brigitte sich Sorgen, irgendwann gewöhnte sie sich daran. Sie liebte diesen Mann, aber es fiel ihr schwer, seine Geschichten zu glauben. Nie nahm er an einem Treffen, einer Veranstaltung, einer Debatte über Argentinien teil. Nie hatte er ihr einen Mitstreiter vorgestellt, einen Ex-Genossen, einen Flüchtling, ja nicht einmal einen Argentinier. Nie. Er sagte nur immer wieder, das gehe niemanden etwas an. Sein Leben war geheim. Seine Wohnung auch. Ein einziges Mal hatte Brigitte sie betreten: ein fast leeres Einzimmerappartement ohne irgendetwas Persönliches. Ein an die Wand gepinntes Foto zeigte ein afrikanisches Paar im Hochzeitsstaat. Brigitte hatte nicht nachgefragt. Nichts von ihm verlangt. Es genügte ihr, dass er da war. Das war wie ein Geschenk. In jüngeren Jahren hatte sie alles genommen. Alkohol, Drogen, respektlose Liebhaber. Nachdem sie Roscoff türenknallend verlassen hatte, schlug sie sich in Brest durch, dann in Paris. Dort lernte sie Tiziano kennen. Sie arbeitete an einem Crêpe-Stand. Er saß auf einer Terrasse auf der anderen Straßenseite und lächelte sie an. Beobachtete sie durch sein Glas, das er sich wie ein Fernglas vor die Augen hielt. Sie fand ihn charmant. Wandte sich ab, um ihr Lächeln zu verbergen. Er hatte es gesehen. Stand auf und ging.

»Der war verdammt gerissen«, sagte Brigitte.

Als er um die Ecke gebogen war, beugte sie sich, den Spatel in der Hand, über ihre Platte. Sie war überzeugt, dass er umkehren würde. Aber er kam erst am nächsten Tag wieder. Derselbe Platz, dasselbe Spiel mit dem Glas. Dasselbe breite Grinsen. Wie die Cheshire Cat. Diesmal überquerte er die Straße und kämpfte

dabei wie ein Torero gegen die Autos. Schließlich bestellte er ein
»panqueque« mit Zucker.

»Pancake?«

Nein. Er buchstabierte: P-a-n-q-u-e-q-u-e. Er sei aus Argenti-
nien. Brigitte nannte er *kuña*, wie die Frauen in seiner Heimat.
Sie steckte sich die Haare hoch. Schnell, eine Antwort! Egal was!
Hauptsache, er ist verblüfft.

»*Panqueque* zu einer bretonischen Crêpe zu sagen ist blöd!«
Der Mann machte große Augen und begann zu lachen. Sie auch.
Das war im Frühjahr 1993. Er war 29, sie 25.

Dieser Mann war anders als alle Männer, die sie vor ihm kennengelernt hatte. Er machte ihr den Hof. Ernsthaft. Und berührte sie
nicht, bevor sie es wünschte. Sie war verliebt. Er verunsicherte sie.
War bald da, bald weg, irgendwo unterwegs und plötzlich ohne
Vorwarnung wieder zurück. Sie gab ihm den Zweitschlüssel zu ihrer Wohnung. Das schönste Geschenk, das eine Frau einem Mann
machen kann. Als Brigitte 1998 schwanger wurde, fuhr der Pirat
nicht mehr fort. Sprach aber nur noch über Geld. Die Unterkunft
sei für zwei schon eng. Für drei wäre sie unerträglich. Brigitte bezahlte Miete, Wasser, Strom, die Krippe, die Einkäufe, ihr Leben.
Tiziano schlug sich so durch. Sagte er.

»Man schlägt sich halt so durch.«

Manchmal schnorrte er sie um zehn Euro an. Dann wieder hatte er ein Bündel zusammengerollter Scheine in der Tasche und
machte mit Frau und Kind einen Wochenendausflug in die Normandie. Je älter Matias wurde, desto mehr Sorgen machte er seinem Vater. Nie hätte er gedacht, dass ein Kind so teuer sei. Im
März 2010 konnte Brigitte die Miete nicht bezahlen. Im nächsten
Monat auch nicht. Und im folgenden auch nicht. Sie bettelte in der
Schulkantine und bei den Lebensmittelhändlern um Aufschub.

Schwor, dass sie bald alles bezahlen würde. Tiziano wurde immer nervöser. Er trank nicht und rauchte nicht. Nie hatte er die Hand gegen Brigitte oder ihr Kind erhoben. Aber als zum ersten Mal der Gerichtsvollzieher vor der Tür stand, zerriss er den Räumungsbescheid und schlug den Garderobenschrank kurz und klein.

Den Rest der Geschichte übersprang Brigitte, sie wolle nicht in die Details gehen. Was mich denn interessiere? Wie einer dazu kommt, eines Tages mit einer Spielzeugpistole im Kassenraum eines großen Warenhauses herumzufuchteln? Und warum seine Geliebte am Steuer eines gestohlenen Wagens auf ihn wartet und betet, dass ihm nichts passiert? Nun ja, Geldprobleme, Abstiegsangst, der Wunsch nach Würde. Und wie es sich anfühlt, zum Outlaw zu werden, wüsste ich wohl auch gern. Nein. Keine Lust. Ihr Gesicht war grau, ihr Blick ging ins Leere. Sie erlebte diesen Morgen aufs Neue.

Der Geldtransporter stand schon vor dem Warenhaus. Das war so nicht vorgesehen. Nicht zu dieser Zeit. Der Informant hatte geschworen, dass der Transporter immer erst um elf käme, nie früher. Tiziano hätte also genug Zeit, dem Kassierer den Geldkoffer abzunehmen und das Personal in Schach zu halten, zur Not auch noch den Direktor, falls dieser auf die dumme Idee kommen sollte, hereinzuschneien. So stand Tiziano also mit seiner Pistole mitten in der Buchhaltung. Eine Angestellte schrie. Er murmelte, dass sie nichts zu befürchten hätten. Ein Wachmann tauchte von hinten mit den Geldboten auf, und alle drei hatten echte Revolver dabei.

»Die ist nicht echt!«, schrie der Pirat. »Das ist nur ein Spielzeug!«

Er hob die Hände, ging vor den auf ihn gerichteten Revolverläufen in die Knie und legte langsam seine Spielzeugpistole auf den Boden. Und dann sich selbst auf den Bauch, Gesicht nach unten, Hände im Rücken. Der Wachmann stürzte sich auf ihn und bohrte ihm das Knie ins Kreuz.

»Und du?«, fragte ich.

Brigitte wartete. Mit Sonnenbrille, da es nicht regnete. Sie hatte das Fenster heruntergelassen und ihrem Piraten die Autotür geöffnet. Beobachtete den Transporter. Dann die Männer, die aus den Polizeiautos sprangen und orangefarbene Binden am Jackenärmel befestigten. Langhaarig, schlecht rasiert, die Jeans an den Knien zerrissen. »Wie Penner«, dachte Brigitte. Die Hände am Lenkrad, wartete sie, ohne das Auto zu starten. Und dann kamen sie, mit gezückter Waffe. Rannten auf ihr Auto zu. Einer von ihnen senkte ein Knie auf den Boden und zielte auf die Windschutzscheibe.

»Aussteigen, mit erhobenen Händen!«

Sie nahm die Brille ab. Legte sich wie zuvor ihr Mann mit dem Gesicht nach unten auf den Bauch. Lange rätselte sie, wer die Verbindung zwischen ihnen hergestellt hatte. Es war der Wachmann, der alles mitangesehen hatte. Ihr Auto stand auf einem für Lieferwagen reservierten Parkplatz. Eigentlich wollte der Mann vom Sicherheitsdienst sie nur auffordern wegzufahren. Aber dann blieb er plötzlich auf dem Bürgersteig stehen. Eine Ziffer löste sich vom Nummernschild. Misstrauisch geworden, folgte er instinktiv dem Ausbildungshandbuch und wandte ihnen den Rücken zu. Lieber unauffällig die Spiegelung verfolgen, als Aug in Aug auf sie zuzugehen. Im großen Schaufenster sah er den Mann aus dem Wagen aussteigen. Er wirkte nervös. Schaute nach rechts und links und steckte dann etwas in seinen Gürtel. Betrat das Haus durch den Personaleingang. Die Jacke im Rücken ausgebeult. Stempelte zweimal. Und nahm die Hintertreppe. Der Wachmann blieb ihm auf den Fersen.

Der Anklagepunkt der Bildung einer kriminellen Vereinigung

wurde im Prozess fallen gelassen. Brigitte bekam zwei Jahre Gefängnis und Hervé zehn. So hieß Tiziano nämlich in Wahrheit. Geboren worden war er in Mont-de-Marsan. Sein Vater war Beamter in der Industrie- und Handelskammer von Landes, seine Mutter arbeitete in der Geschäftsstelle des Gefängnisses. Sie stammte aus Spanien, war aber vor nichts geflohen. Richter und Geschworene waren nicht mit schönen Geschichten zu beeindrucken. Hervé kam ins Gefängnis von Poissy bei Paris. Er hatte schon ein Dutzend kleinerer Verurteilungen im Strafregister. Für Diebstahl und arglistige Täuschung. Die Bewährung wurde aufgehoben. Brigitte kam in ein Gefängnis in der Normandie.

Der Frauentrakt hatte elf Zellen und siebenunddreißig Betten. Hier, hinter Gittern, erfuhr sie vom Tod ihrer Familie. Mutter, Vater, Onkel, wegen eines Grundschleppnetzes vom Meer verschlungen. Da sie zu weniger als fünf Jahren verurteilt war, bekam Brigitte »aufgrund gravierender familiärer Umstände« drei Tage Sonderurlaub, um an der Beerdigung teilzunehmen. Ihre Angst, in Handschellen und Sträflingskleidung von Gendarmen zum Grab geführt zu werden, war unbegründet. Der Richter hatte entschieden, dass sie allein das Gefängnis verlassen und ohne Begleitschutz an der Begräbnisfeier teilnehmen dürfte. Hier, unter diesen verlorenen Frauen, erfuhr sie auch von ihrem Krebs. Der Gefängnisarzt nahm keine Gewebeproben, die Gynäkologin kam selten. Brigitte wusste nie, wann. Vier Monate lang hatte sie sich geweigert, einen Abstrich zu machen, eines Tages aber wegen guter Laune nachgegeben.

»Und dann hat sie zu mir gesagt, dass ich was habe.«

Wegen Krankheit, guter Führung, ihrer Arbeit während der Haft und ihrer Bemühungen um Wiedereingliederung wurde Brigitte nach sechzehn Monaten vorzeitig entlassen. Dann lief ihr Assia über den Weg, damals Serviererin in einem Restaurant in Saint-Denis. Für den Chef des Lokals war der Entlassungsschein, den Brigitte ihm hinhielt, nichts Neues. Zwei seiner Tellerwäscher hatten so etwas in der Tasche. Er warf einen zerstreuten Blick darauf. »Kontostand zum Zeitpunkt der Entlassung: hundertein Euro und fünfzig Cent.«

»Da muss noch was drauf«, stellte er sachlich fest.

Ein Jahr lang arbeitete Brigitte in Saint-Denis. 2013 erfuhr sie, dass ihre Eltern ihr die Crêperie in Roscoff und Geld auf zwei Bankkonten hinterlassen hatten. Trotz Knast, trotz der Drohungen ihres Vaters und der Klagen ihrer Mutter, die »den Argentinier« nicht ausstehen konnte, hatten sie ihre Tochter nicht enterbt. Oder nicht mehr die Zeit dazu gehabt. Das sollte Brigitte nie erfahren. Jedenfalls verkaufte sie das Restaurant und ihr Elternhaus, umzingelt von alten Frauen, die heimlich mit dem Finger auf sie zeigten. Sie kehrte dem Land mitsamt den Lästermäulern und der Handvoll verbitterter Cousins, die ihr noch verblieben waren, den Rücken. Und eröffnete ein Restaurant in Paris, wohin sie Assias Herz gleich mitnahm.

»Und dein Sohn?«

Brigitte ließ den Kopf sinken. Als Schmerzensfrau kannte ich sie noch nicht. Mit zwölf kam Matias ins Heim, dann zu vertrauenswürdigen Dritten, wie vom Gesetz vorgesehen. Im Einvernehmen mit dem falschen Argentinier übergab das Gericht Brigittes Sohn der Obhut seiner Großeltern väterlicherseits, die er bis dahin nicht kannte. Sie gaben Brigitte die ganze Schuld. Dieser Crêpebäckerstochter. Dieser zurückgebliebenen Jugendlichen. Dieser unreifen Persönlichkeit, die ihren Sohn ins Unglück gestürzt hatte. Und dessen Sohn gleich mit. Zwei Jahre, nachdem sie Matias nach Mont-de-Marsan verschleppt hatten wie eine Kriegsbeute, verlangten sie von der Mutter, ihn ihnen zu überlassen.

Sie wollten ihren Enkel adoptieren. Brigitte nahm sich einen Anwalt. Sie weigerte sich. Anders als Matias' Vater verfügte sie über das Sorgerecht. Sie hatte eine Wohnung und eine Arbeit. Sorgfältig achtete sie darauf, ihr Zusammenleben mit Assia geheim zu halten, aber das reichte nicht. Ihr Sohn blieb bei diesen Fremden. Und zwar auf eigenen Wunsch. Jedes Mal, wenn sie ihn besuchte, bat er seine Großeltern, das Treffen abzukürzen. Nie erfuhr Brigitte, was diese Leute über sie gesagt hatten. Die Abstände zwischen ihren Besuchen, Briefen, auf die Matias nie antwortete, blockierten Mails und sinnlosen SMS wurden immer länger. 2016 wurde Matias achtzehn. Und ließ seiner Mutter ausrichten, dass sie ihn nie wieder belästigen solle.

»Belästigen, Jeanne! Kannst du dir vorstellen, wie brutal das ist?«

Vor ihrem Sohn kapitulierte Brigitte. Als Mutter schwer verletzt. Als Frau wieder schwer krank. Nachdem der Krebs den Uterus befallen hatte, verwüstete er ihre Vagina.

Brigitte nahm ein Foto aus ihrer Brieftasche.

»Schau, mein Sohn vor meiner Verhaftung.«

Ein Ebenbild seines Vaters, fanden die Großeltern. Seinen Namen mochten sie nicht. Nannten ihn lieber zärtlich »Hervé junior«. Braune Locken, ovales Gesicht, glühende Augen. Da griff ich auch in meine Tasche. Nicht, dass ich ihrem Leid noch welches hinzufügen wollte, ich wollte nur meines ein wenig teilen. Also erzählte ich ihr von Jules.

»Schau, das ist er.«

Das verlogene Foto. Auf dem mein Sohn das Leben anlachte. Ohne Rollstuhl, Krücken und Windeln. Ohne Angst um sich oder sonst wen.

»Wir haben uns wirklich gefunden, Jeanne«, murmelte Brigitte und legte ihre Hand auf meine.

7

PERIG LE GWENN

Das »Bro Gozh Ma Zadoù« war eine Zuflucht, irgendwo zwischen Bar, Crêperie und Arbeiterkneipe. Für Studenten, Angestellte, Anwälte aus der Kanzlei Catala und die Bullen vom Kommissariat gegenüber – Brigitte war nicht wählerisch bei ihrer Kundschaft. Sie hatte sogar eine Schwäche für einen Kommissar. Einen aus ihrer Gegend, aus Roscoff. Pierre Le Gwenn und Brigitte waren an den beiden Enden derselben Straße zur Welt gekommen, er nahe dem Hôtel de France, sie dreißig Schritte von Notre-Dame-de-Croaz-Batz entfernt, an einem Tag im Mai, mit zehn Jahren Abstand. Der Junge wollte Seeräuber werden, das Mädchen wurde Piratin.

Brigitte als die Ältere von beiden nannte den Kommissar manchmal scherzhaft Perig, Peterchen auf Bretonisch. Die Kollegen bekamen so oft mit, wie er sein Glas schwenkte und mehr Cidre verlangte: »Verdammich, Brigitte! Die Möwen fallen trocken«, worauf die Wirtin erwiderte: »Zeit zum Abflug, Perig!«, dass sie den Spitznamen schließlich übernahmen. Nach dem letzten Glas hatte ihn einmal selbst der Revierleiter beim Zuprosten so genannt.

Eines Abends waren Perig und Brigitte allein hinter dem heruntergelassenen Rollladen zurückgeblieben. Er erzählte ihr von seinem Leben. Dem Tod seiner Frau, die bei einer Panne auf der Autobahn von einem Lkw überrollt worden war. Von seiner

Einsamkeit. Brigitte gestand ihm ihren Gefängnisaufenthalt. Und dass ihr Sohn sie nicht mehr sehen wollte. Sie tranken. Und als Brigitte einen Joint drehte, streckte der Polizist zwei Finger aus, um ihn zu übernehmen. Zwei verirrte Kinder. Selbe Gegend, selbe Stadt, selbe Gemeinde, selbe Straße. Das Herz vom Exil zermürbt. Ein paar Stunden vor Tagesanbruch legte er seine Hand auf ihre. Sie zog sie nicht zurück. Schaute ihm tief in die Augen, lächelnd, aber nicht spöttisch, und sprach über Assia, die Frau, die sie liebte. Da nahm Perig seine Hand wieder weg. Sie war heiß, er rot geworden. Die Sätze überstürzten sich, als er sich entschuldigte. Wie dumm er doch sei. Und dass er ihr alles Glück der Welt wünsche, Assia sei wirklich zu beneiden. Dasselbe hätte er – beschämt – über einen Ehemann gesagt.

Doch Brigitte nahm wieder seine Hand. Und fragte ganz ernst, mit einem übertriebenen bretonischen Akzent: »Willst du nicht mein *mignon* sein?«

Der Kommissar war überrumpelt. Dann lachte er. Kindheitserinnerungen fluteten sein Herz. *Mignon* und *mignonez*. Die bretonische Sprache hatte ihn nie interessiert. Aber er hörte noch seine Großmutter jene Koseworte murmeln, auf denen sein Leben ruhte. Wie *mignon* und *mignonez* – Freund und Freundin.

Er drückte ihre Hand. Lächelnd.

»Also gut, Freunde.«

In dieser Nacht schlossen Brigitte und Perig einen Pakt.

Morgens, wenn Perig am Tresen seinen Kaffee trank, erzählte er von einem Fall, der ihn beschäftigte. Seit zwei Jahren überfiel eine Frauengang Schmuckgeschäfte in der Pariser Banlieue. Einmal sogar mitten in Paris, ein paar Meter vom Kommissariat entfernt. Sieben Überfälle und keine Spur. Das Drehbuch war immer dasselbe: Toupets, schwarze Brillen, Waffen. Und eine magere Beute.

»Was ist für dich eine magere Beute?«, fragte Brigitte.

»Nie mehr als 300 000 Euro.«

»Das nennst du mager?«

»Bei dem, was sie riskieren? Ein Witz!«

Eine Frau hatte die Ermittler immer wieder aufhorchen lassen. Eine groß gewachsene Person, die den Raubzug anführte und anschließend die Flucht deckte. Dabei trug sie eine dreifarbige Afroperücke wie die Fans der französischen Nationalmannschaft. Und eine Theatermaske mit drei horizontalen Streifen: vom Haaransatz bis zu den Augen rot, von den Augen bis zu den Nasenlöchern blau und von da bis zum Kinn weiß. Perig, seine Leute, der Staatsanwalt und der Untersuchungsrichter vermuteten, dass sie sich damit über die staatliche Autorität lustig machte. Stets hob sie drei Finger der rechten Hand, Daumen, Zeigefinger und Mittelfinger, zum Gruß in die Überwachungskameras. Die Boulevardzeitungen nannten sie »Pompom Girl« oder »La Bleue« – nach der französischen Nationalmannschaft. Unter deren Fans fahndete die Polizei denn auch nach Verdächtigen. Doch nachdem ein Farbfoto aus einer Überwachungskamera schärfer und detailgenauer denn je in einem Magazin abgedruckt worden war, platzte eines Morgens eine junge Polizistin in das Büro von Kommissar Le Gwenn.

»Wir sind auf der falschen Spur, Kommissar!«, rief sie und schwenkte strahlend die Zeitschrift über ihrem Kopf. »Die Schlampe ist Serbin!«

Der Kommissar erstarrte. Maß die junge Frau von Kopf bis Fuß. Ließ ein langes Schweigen entstehen. Er war gerade im Gespräch mit einem Kollegen gewesen. Und sie hatte vor ihrem Kommen weder angerufen noch geklopft.

»Und Sie sind?«

Sie nahm Haltung an und salutierte mit herausgestreckter Brust, rechte Hand an der Schläfe, Handfläche nach vorn.

»Polizeimeisterin auf Probe Krasniqi.«

»Wir haben hier eine Politesse?«, fragte der Kommissar den anwesenden Lieutenant. Mit einem Lächeln.

Die junge Frau war verunsichert.

»Wir sind hier nicht beim Militär, Mademoiselle.«

Sie errötete. Und entspannte sich.

»Sie können an meinem Sarg salutieren, wenn Sie Wert darauf legen. Aber jetzt geben wir uns erst mal die Hand.«

Le Gwenn drehte sich zu seinem Kollegen um.

»Girard?«

Der Lieutenant erhob sich.

»Krasniqi, frisch von der Polizeiakademie.«

»Aus Sens?«

»Ja«, antwortete Krasniqi, »École nationale de Sens, Monsieur.«

»Da haben Sie etwas mit Lieutenant Girard gemeinsam.«

Sie sei zuständig für großräumige Verkehrskontrollen, Überwachung der French Open an den Tagen des Turniers, des U2-Konzerts im Stade de France und Verwarnungen bei Regelübertretungen. »Verkehrspolizei«, erklärte sie stolz. Letzte Woche sei sie mit ihrer Mannschaft in einem Fall von Hehlerei mit gestohlenen Krankenwagen tätig geworden und habe bei einer ersten Personalienfeststellung mitgewirkt.

Der Kommissar wies auf einen Stuhl.

»Ich schlage vor, wir fangen noch einmal von vorn an.«

Sie setzte sich.

»Wie war das jetzt mit dieser Serbin?«

Sie legte die Zeitschrift vor den Kommissar auf den Schreibtisch.

»Das sind nicht die französischen Farben auf der Perücke, sondern die serbischen.«

Die beiden Männer beugten sich über das Bild.

»Blau, Weiß, Rot«, murmelte der Lieutenant.

»Rot, Blau, Weiß«, verbesserte sie.

Perig Le Gwenn schnalzte mit der Zunge, eine Gewohnheit von klein auf.

»Und deswegen sind Sie hierhergekommen?«

Die junge Polizistin nahm einen Fadenzähler heraus und legte ihn auf die Maske der Diebin.

»Sehen Sie, hier! Das ist das Wappen der serbischen Königsfamilie.«

Ein weißes Kreuz, umgeben von vier Häkchen, prangte in der Mitte des roten Streifens auf der Stirn.

Sie tippte auf das Foto. Die Männer verstummten.

Dann sah der Kommissar auf.

»Und das bedeutet?«

»Das sind vier Cs, also das kyrillische S.«

Le Gwenn wurde ungeduldig.

»Und was will uns das jetzt sagen?«

»*Samo sloga Srbina spasava* – nur Eintracht rettet den Serben.«

Le Gwenn stand auf. Machte bedächtig drei Schritte bis zu seinem Fenster und schaute hinaus, die Hände in den Taschen. Eine Backsteinwand, die Lüftungsanlage eines Restaurants und zwei Fingerbreit Himmel als Horizont.

»Und das mit den drei Fingern ist ein alter Nationalistengruß«, hörte er Krasniqi hinter sich sagen.

Er ging zurück an seinen Schreibtisch und ließ sich schwer auf seinen Stuhl fallen.

»Sind Sie Serbin, Krasniqi?«

Die junge Frau zuckte zusammen.

Er schrieb ein paar Worte auf ein Blatt Papier.

»Nein, Kommissar. Ich bin Kosovarin, aus Reçak.«

Er hob den Kopf. Blickte sie scharf an.

»Das Wort ›Schlampe‹ möchte ich hier nie wieder hören.«

Sie senkte den Blick.

»Solche Ausdrücke dulde ich nicht bei meinen Männern. Und Sie gehören dazu.«

Der Lieutenant lächelte leicht.

»Ich würde jetzt gern gehen, Herr Kommissar«, sagte die junge Polizistin.

Er deutete mit dem Kinn auf die Tür.

Sie war schon aufgestanden, als er sie noch einmal zurückhielt.

»Sprechen Sie Serbisch?«

»Ja, und Albanisch. Und Türkisch auch.«

Le Gwenn nickte.

»Wie heißen Sie mit Vornamen?«

»Drita.«

»Drita, irgendetwas sagt mir, dass Sie nicht mehr lange auf Probe sind.«

Drita Krasniqi sollte recht behalten. Die Diebesbande bestand aus vier Serbinnen, die alle aus Niš kamen, einer Stadt im Südwesten des Landes. Ein Komplize, der ein paar Wochen später an der Grenze verhaftet wurde, verriet sie, aber nur ihre Nationalität, keine Namen oder Adressen. Eine von ihnen trug tatsächlich immer eine Perücke in den Nationalfarben Rot, Blau, Weiß. Und die Maske mit dem auf die Stirn gemalten serbischen Kreuz. Sämtliche Opfer hatten ausgesagt, dass sie es war, die mit einer Hacke die Auslage eingeschlagen habe. Eine stolze Verbrecherin namens Mirjana. Zumindest hatte ein Bandenmitglied sie bei einem Überfall so gerufen. Auf dem Kommissariat firmierte die Gruppe unter dem Codenamen »La brise de Niš« – ein Wortspiel aus »Brise de mer«, dem Namen eines korsischen Mafia-Syndikats, und der populären Filmkomödie ›Brice de Nice‹. Für die Ermittler waren das hartgesottene, zu allem bereite Kriminelle – schließlich hatten sie als Rückendeckung für die Flucht schon zweimal Sprengstoff eingesetzt –, gewissenlose Killerinnen wie die Mafiosi, die nach dem Fall der Mauer, den Kriegen und Konflikten zwischen den Völkern zahlreich vom Balkan gekommen waren.

Einmal an ihrer Theke hörte Brigitte, wie ein Polizist zum anderen sagte: »Wir werden uns die arabischen oder korsischen Banditen noch zurückwünschen, sag ich dir. Die spielen wenigstens nach Regeln. Anders als dieses Kroppzeug aus dem Osten.«

»Franzosen eben«, erwiderte der andere und trank sein Glas leer.

Brigitte interessierte sich brennend für die Frauen aus Niš. Jedes Mal, wenn sie Perig sah, wollte sie das Neueste von Mirjana hören. Wieder hatte die Bande zugeschlagen. Ein Altgoldankauf in Bondy. Drei in die Kamera gereckte Finger. Und schon nahm die jüngste Falschmeldung ihren Lauf. »Liebeserklärung an Nationalspieler«, schrieb eine Illustrierte. Die Panzerglasknackerin habe absichtlich in dieser Stadt zugeschlagen, zu Ehren des »Prinzen von Bondy«, Kylian Mbappé, wurde eine »sichere Quelle aus polizeinahen Kreisen« zitiert.

»Sichere Quelle, giftige Quelle«, spottete der Kommissar.

Die Ente ging viral. Überflutete Bildschirme, Blogs und Kommentarspalten. Jeder fügte noch ein Detail, ein Ornament hinzu, einen Satz, den irgendein Polizist oder Politiker »off the records« fallen gelassen habe. Ein Dolmetscher für Zeichensprache erklärte in einer Talkshow, die seltsame Dreifingergeste bedeute nichts anderes als den Anfangsbuchstaben des Sportlernamens. Ein Psychoanalytiker sprach von Übertragungsliebe. Ein Banlieue-Experte behauptete in den Abendnachrichten, die Geste, die ursprünglich aus amerikanischen Gefängnissen komme, sei das Erkennungszeichen gewisser benachteiligter Jugendlicher in Seine-Saint-Denis. Ein Kriminologe erinnerte an die Geschichte der sogenannten Fifi-Bande und dozierte über die Verwendung falscher Haare im organisierten Verbrechen.

Sogar das Innenministerium sollte einen Beitrag liefern. Ein »enger Berater des Ministers«, der wegen einer ganz anderen Angelegenheit in einer landesweiten Radiosendung zu Gast war, weigerte sich jedoch, etwas dazu zu sagen. Das war der ultimative Beweis dafür, wie peinlich die durchgesickerten Informationen an höchster Stelle waren.

Die Polizei dementierte nichts. Und hielt auch die Balkan-Spur geheim. Der Untersuchungsrichter schwieg. Der Fußballer war klug genug, die Affäre zu ignorieren. Nicht so wichtig, das Ganze. Aber die Gläubigen hatten ihre Legende. Und die Serbinnen glaubten sich über jeden Verdacht erhaben.

Nach Bondy jedenfalls tauchte die Gang nie wieder auf.

»Wir vermuten, dass sie für eine Weile in ihrer Heimat untergetaucht sind«, erklärte der Kommissar.

»Oder hier um die Ecke«, spottete Brigitte.

8

MÉLODY FRAMPIN

Matt hatte noch am selben Morgen angerufen und mir auf die
Mailbox gesprochen. Er sei zurück von der Reise. Er habe den
Stift und das stumme Blatt auf dem Tisch gefunden, den halb ge-
öffneten Schrank und die leeren Kleiderbügel entdeckt. Ich sei ja
so tapfer. Wie ich dieses Wort hasste!
»Du bist ja so tapfer, Jeanne.«
Tapfer. Das hörte ich ständig. Warum tapfer? Weil ich die Buchhandlung mit einem Lächeln betrat? Weil ich ein nicht zu dunk-
les Baguette verlangte und nach Kleingeld suchte? Weil ich mich
auf dem Bürgersteig zwischen lauter Leuten bewegte, denen es
gut ging? Was sollte das für eine Tapferkeit sein? Ich war nicht
tapfer, ich hielt nur stand. Schlug mich durch. Stand jeden Morgen auf, trotz dieser Angst im Bauch. Meine Brust war zerschnit-
ten, ein Schächtelchen unter die Haut implantiert, mein Schädel
war kahl, durch meine Adern floss rotes Gift, mein Mund brannte, mein Herz hämmerte, meine Gelenke schmerzten, ich hatte
Bauchkrämpfe und Anfälle von Übelkeit. Ich war nicht tapfer, ich
machte nur weiter. Soweit es ging.
   Ich betrachtete den Himmel, die Bäume, die Sonne auf einem
Gesicht, den Regen in jemandes Haaren. Alles war anders. Alles
war dringlich.
   »Ich weiß nicht, wo du bist und bei wem, aber ich finde dich

sehr tapfer, Jeanne. Das wollte ich dir sagen. Durch deinen Rückzug schützt du dich und nimmst Rücksicht auf mich. Danke dafür.«

»Oberarschloch«, sagte Brigitte und verzog angewidert den Mund, als ich ihr die Nachricht vorspielte.

Ich müsse unbedingt mal ihre Galettes und ihren Cidre probieren. Sie würde mich in ihr Versteck fahren, wie sie es nannten. Das zweite Wohnzimmer des K-Clubs. Wo alles möglich sei, alles gestanden und alles verziehen werde. Wenn die Kundschaft weg sei und der Rollladen unten.

Brigitte hielt mir die Tür zum »Bro Gozh Ma Zadoù« auf. Ihre theatralische Willkommensgeste hatte etwas von einem Ritual.

»»Das alte Land meiner Väter‹«, stellte Brigitte lächelnd vor, »unser Hauptquartier.«

Es war das erste Mal, dass ich diese Zitadelle der Frauen betrat. Lange Tische und Bänke, Papierservietten. Das Lokal, in dem man so eng beieinandersaß, erinnerte sie an die Crêperie ihrer Eltern. Die Leute im Viertel nannten es »Bro« oder »La Bolée«, wie es unter den früheren Besitzern geheißen hatte. Aber es gab auch immer einen Bretonen, der sich in die Stadt verirrt hatte und Brigitte beim Eintreten gratulierte, dass sie ihre Hymne hochhielt.

Bretonisch konnte sie genauso wenig wie Perig. Sie hatte ein paar unsichtbare Blessuren aus der Region. Aber ihr Vater hatte sie ihr vorgesungen: *Ni, Breizhiz a galon, karomp hon gwir Vro!* – »Wir, Bretonen von Herzen, lieben unsere wahre Heimat!« Sie hatte nichts verstanden, aber auch keine Erklärung oder Übersetzung verlangt. Nur diesem Mann gelauscht, der mit geschlossenen Augen im Dunkeln am Fußende ihres Bettes saß. Seiner tiefen Stimme, manchmal auch seinen Tränen nach einem Glas zu viel. Seine Bretagne war rot. Das Land von Rol-Tanguy, nicht der

128

kriminelle Wahn eines Célestin Lainé und seiner »Bretonischen«
in SS-Uniform. Diese geheimnisvolle Ballade war alles, was ihr
von ihrem Vater geblieben war. Dem einzigen Mann, der sie je beschützt hatte.

Brigitte war eigentlich krankgeschrieben, kam aber manchmal
in die Küche und half Assia im Service. An diesem Abend lud sie
mich also zum gemeinsamen Abendessen ein. Die Mädels seien
so. Nähe ließen sie nur Schritt für Schritt zu. Und mich im »Bro
Gozh« zu empfangen hatte anscheinend eine viel größere Bedeutung, als mir ein Plätzchen in ihrer Wohnung einzuräumen. Die
Crêperie war ihre Burg.

Es war kurz nach Mitternacht. Ich half Assia und Brigitte, die Tische für den nächsten Tag einzudecken, als Mélody ans Fenster
klopfte. Ihre blonde Perücke saß schief. Sie weinte. Kindertränen.
Assia eilte auf sie zu und nahm sie in den Arm. Dann setzte sie
sie auf einen Stuhl hinter der Theke. Brigitte kam aus der Küche.
Warf ihre Schürze auf einen Tisch.

»Was hast du?«

Mélody wischte sich mit beiden Händen die Tränen aus dem
Gesicht. Assia nahm sie an der Schulter.

»Mélody? Hörst du mich? Tut dir was weh?«

Mélody sah zu mir hin. Dann zu Brigitte.

»Wir haben keine Geheimnisse mehr vor Jeanne.«

Assia zeigte ihr Misstrauen deutlich, schon aus Prinzip.

»Er hat den Preis verdoppelt!«, schluchzte Mélody.

Brigitte trat gegen die Theke. Assia wandte sich ab und sah auf
die schwarze Straße hinaus.

»Abschaum!«, zischte sie.

Ich hatte mich ein wenig entfernt. Ein paar herumstehende Gläser abgeräumt und in die Küche getragen. Als ich wiederkam, hat-

ten die drei Frauen die Arme umeinandergelegt. Mélody weinte immer noch.

»Wie viel will er?«, fragte Brigitte.

Mélody machte eine wegwerfende Handbewegung.

»Wie viel? Sag es uns!«

Mélody mit gesenktem Kopf und Mäusestimmchen: »Hunderttausend.«

Assia fuhr hoch.

»Scheiße!«

Brigitte massierte ihr Gesicht. Sah Mélody an, den Boden, die schwarz-weiße Fahne der Bretagne, die einen Teil der Decke schmückte, und wiederholte langsam: »Hunderttausend.«

Dann machte sie eine Flasche Chouchen auf. Stellte vier kleine Gläschen auf die Theke. Gab eines Mélody und eines Assia. Dann bot sie mir eines an.

»Chouchen?«

»Kenn ich nicht.«

»Der Göttertrunk.«

Ihr harter Blick.

»Willkommen im anderen Haifischbecken.«

Ich stellte meinen Honigwein ab.

»Was meinst du?«

»Wir werden dir alles erzählen müssen«, seufzte Assia.

»Wir wussten doch, dass es so kommt«, sagte Brigitte.

*

Auch Mélody war an einen üblen Kerl geraten. Keinen kleinen Hervé aus Mont-de-Marsan. Sondern einen Russen namens Arseni, geboren in Saratow, am rechten Ufer der Wolga. Mit neunzehn hatte sie ihn kennengelernt. In der Metro und vor den Cafés an der Place du Tertre besang er sein Land. Er hatte sogar eine kleine CD aufgenommen, die er an Passanten verkaufte. Mélody wollte nie die Geschichte ihrer Beziehung erzählen. Sie waren einander begegnet. Sie hatte sich in ihn verliebt. Ihn in ihrer kleinen Wohnung aufgenommen und monatelang ausgehalten. Arseni sang, aber er trank auch. Schlug sie und entschuldigte sich dann unter Tränen. Jammerte, dass er sterben wolle. Nahm sie mit Gewalt. Mit zwanzig gebar sie ein Mädchen. Arseni erkannte sie nicht sofort als seine Tochter an, bestand aber darauf, sie nach seiner Großmutter Eva zu nennen. Mélody war für Ljubow, aber Arseni war strikt dagegen.

Vor dem Krebs arbeitete Mélody in einem Nagelstudio in einem Einkaufszentrum. Sie nannte es »Institut« und sich selbst »Nagelstylistin und -prothetikerin«, obwohl sie kein Diplom hatte, ja überhaupt keine einschlägige Ausbildung. Sie hatte dort einmal die Vertretung für eine kranke Freundin übernommen und war geblieben. Klebte falsche Nägel mit Gel an, formte neue aus Kunstharz, verzierte und füllte auf, lackierte und hatte sich bald unentbehrlich gemacht. 2016 holte Arseni ihre Tochter einmal vom Kindergarten ab und kam nicht mehr wieder. Mélody sei dem Muttersein nicht gewachsen, fand er. Auf zwanzig Quadratmetern habe sein Kind keine Zukunft. Deshalb habe er beschlossen, mit ihm nach Russland zurückzukehren. Das sagte er Mélody am Telefon. Nicht einmal ins Gesicht. Nur seine Stimme und Eva, die ihrer Mami Tschüss sagte wie jeden Morgen. Mélody drohte, die Polizei zu informieren.

»Wenn du das machst, bring ich sie um und erschieße mich!«

Da war Eva fünf. Und ihre Mutter hatte Krebs, wie sie ein paar Monate nach der Entführung erfuhr. Sie war niedergeschlagen, gebrochen, schreckensstarr. Sie wagte den Kampf nicht. Und machte, was Opfer immer machen. Sie fühlte sich schuldig, hielt sich für eine Rabenmutter, eine dumme kleine Nageltussi. Ein Nichts, das es nicht besser verdient hatte. Nach ihrer Brustamputation versuchte sie sich umzubringen. Mit Medikamenten und Alkohol – typisch Frau. Es folgten Krankenhaus und ein paar Wochen Psychiatrie. Danach beschloss sie, sich ihr Kind zurückzuholen. Eine irre, starke Idee. Wie viel sie dafür bezahlen müsse? Der Russe am Telefon drehte durch. Das hübscheste kleine Mädchen der Welt sei nicht zu verkaufen. Er brüllte, schimpfte, vergaß darüber das Französische, aber Mélody hielt durch. Jedes Mal, wenn er anrief, bat sie ihn, ihr seinen Preis zu nennen. Das Kind lebte bei Arsenis Eltern. In einem Plattenbau in Wolgograd. Für sie war die Mutter gestorben. Doch das Kind war dort auch nicht willkommen. Ein hungriger Mund zu viel. Und ständig krank. Der Hals, die Nase. Sie sei sehr zart, sagte der Arzt. Manchmal bekam sie keine Luft. Eines Abends rief Arseni heimlich an. Atmete leise in den Hörer.

»Fünfzigtausend.«

Mélody erstarrte.

»Was sagst du da?«

»Für deine Tochter. Fünfzigtausend.«

Dann legte er auf. Und Mélody war verzweifelt. Sie verdiente 1600 Euro im Monat. Auf ihrem Sparbuch waren 5740 Euro. In dieser Nacht tat sie kein Auge zu. Irrte in ihrer Wohnung umher, zwischen Wodkaflasche und Beruhigungsmitteln, leerte ein ganzes Röhrchen in die hohle Hand, zögerte und füllte dann Tablette für Tablette wieder ein. Am Morgen musste sie zur Chemotherapie. Ihr kamen Zweifel. Wozu sollte sie da hin? Warum sollte sie geheilt werden? Sie hatte alles verloren, ihr Kind, ihre Brust und wegen der Krankheit auch ihre Arbeit. Sie war reif für die Gosse. Sie hasste sich selbst. Doch dann dieser Sonnenstrahl morgens, der Vogel auf der Brüstung. Am Ende setzte sie doch ihre aschblonde Perücke auf, zog die rote Lederjacke an und stieg in die Metro. Ein junger Mann pfiff ihr hinterher. Der Warteraum des Krankenhauses war leer bis auf eine schöne Frau mit steifem Nacken und kahlem Kopf. Mélody setzte sich. Nahm eine Zeitschrift aus dem Ständer und begann zu weinen. Die andere Frau kam mit ausgestreckter Hand auf sie zu. Sie hatte eine tiefe, melodische Stimme.

»Brigitte.«

Schweigen. Mélody hatte keine Lust zu reden.

»Ich habe Zeit«, lächelte die schöne Frau.

Wie sie es bei mir gemacht hatte, erwartete sie Mélody nach der Sitzung mit einer Flasche Wasser und einer süßen Crêpe in Alufolie. Mélody hatte schwarze Augenringe und blaue Lippen. Sie hatte vier Stunden lang geheult.

»Holt dich jemand ab?«

Nein, niemand. Sie war allein auf der Welt, und das sagte sie auch so.

»Das ist Assia.«

Sie streckte eine schlaffe Hand aus.

»Mélody.«

Brigitte musste lachen.

»Ist das ein Künstlername?«

Keine Reaktion. Mélody war geschwächt, konnte sich kaum auf den Beinen halten.

»Komm, wir nehmen dich mit«, sagte Brigitte und hängte sich bei ihr ein.

Dann ging alles sehr schnell. Mélody erzählte. Von Arseni, von Eva, dem Kindesraub, dem Lösegeld. Die beiden anderen schlugen vor, gemeinsam zur Polizei zu gehen, Brigitte brachte einen befreundeten Kommissar ins Spiel, sie könnten die russische Botschaft informieren oder einen Anwalt beauftragen, aber die Mutter

133

sagte jedes Mal Nein. Wenn sie von ihrer Tochter sprach, begann sie zu zittern. Auch wenn sie Fotos von ihr zeigte. Das Mädchen mit dem Lavendelkorb, im gestreiften Badeanzug, mit den riesigen Augen und der Zopfkrone in Großaufnahme. Der Russe habe einen Mörderinstinkt. Der Mann sei fähig zu töten. Davon war sie überzeugt.

Nachdem die Frauen ihre winzige Butze gesehen hatten, adoptierten sie sie. Wie ein Kind. Brigitte erzählte von ihrem Sohn, den sie nie wiedersehen würde. Und Assia murmelte etwas von einem Baby, das sie nicht kriegen könne.

*

Ich erwachte von einem Lichtstrahl. Leisen Schritten auf dem Parkett. Hörte die Kühlschranktür gehen. Ein Glas fallen. Ein Quieken wie von einer Maus.

»Hallo?«

Ich sprang aus dem Bett. Gerade als ich aus meiner Tür trat, kam Brigitte ins Wohnzimmer. Mélody saß nackt auf dem Boden und hielt sich mit beiden Händen den Bauch.

»Bleib, Liebes, wir helfen dir gleich.«

Assia nahm sie sanft unter den Achseln, Brigitte zog sie an beiden Händen hoch. Ich öffnete die Badezimmertür. Mélody erbrach sich fast jeden Tag. Meist heimlich. Doch diesmal hatten sie ihre Kräfte verlassen. Zu dritt hielten wir sie über die Kloschüssel. Eine Mischung aus Angst und zu wenig Essen. Kein Fieber, nur eine tiefe Erschöpfung. Am Tag davor war sie gestürzt. Auf der Straße, einfach vornübergefallen, sie konnte sich gerade noch mit den Armen abstützen. Stirn und Wange waren geschwollen. Ein Unwohlsein aus heiterem Himmel, hatte sie uns erklärt.

»Bis auf Weiteres kein Mopedfahren mehr«, sprach der Onkologe.

Ich hatte nur im Flur Licht gemacht, nicht im Bad. Da standen wir, ich im T-Shirt, Brigitte in ihrem zu großen Pyjama, Assia im Nachthemd, das sie über dem Bauch zusammenhielt. Drei verknautschte Frauen, die einen jugendlichen Körper stützten. Mélodys Magerkeit erschreckte mich. Die amputierte Brust, der hohle Bauch, ein Schädel wie aus Porzellan, Beine und Arme zum Zerbrechen dünn. Wie konnte so ein Hungerhaken überhaupt ein Kind bekommen? Sie erbrach sich lange, ohne dass viel herauskam. Ein bisschen Galle. Schmerzhaftes Würgen.

Brigitte brachte sie wieder in ihr Zimmer, wie man ein Kind trägt. Dann küssten wir uns alle auf die Stirn. Assia saß noch ein bisschen bei Mélody auf dem Bett und hielt ihr die Hand. Um sie einzuschläfern, summte sie ein Lied der Berber, das ihre Mutter ihr vorgesungen hatte, als sie noch ein Kind war. Ein Wiegenlied aus dem Aurès in der Sprache der Chaoui. Ich hatte meine Tür offen gelassen. Auch wenn sie flüsterte, war Assias Stimme kraftvoll. Sie stieg in die Höhen, ließ sich in den Tiefen fallen, wehte wie Wind über der Wüste. So beruhigte sie auch meinen tobenden Bauch.

9

DIE ÜBELKEIT

Uns allen fehlte ein Kind. Diese Erkenntnis machte mich sprachlos. Deshalb hatte Brigitte sich für Assia entschieden, deshalb hatten die beiden Mélody adoptiert, deshalb hatten sie mich in ihren magischen Zirkel aufgenommen. An der Theke wurden an diesem Abend Berechnungen angestellt. Hunderttausend Euro. Brigitte könnte ihr Sparbuch auflösen. Assia ihr altes Auto verkaufen. Mélody hatte nichts außer ihren Tränen. Und ich? Ich hatte ein Scheckheft und mein Gehalt für zwei Monate im Voraus, nichts, was uns groß weiterhalf. Blieb noch das Silberbesteck meiner Mutter. Das gäbe höchstens ein paar Hundert Euro, falls ich mich davon trennen würde. Die Rechnung ging einfach nicht auf. Ohne ein Wort zu wechseln, fuhren wir zurück in die Wohnung. Ich ging als Erste schlafen, mit brennendem Bauch. Mélody ging noch einmal aus. Brigitte und Assia flüsterten noch bis spät in die Nacht miteinander.

Am nächsten Tag verließ ich zeitig die Wohnung. Clarisse war allein im Buchladen. Ich holte mir mein Notebook und setzte mich in ein Café, bis meine Bank aufmachte. Und loggte mich in mein Onlinekonto ein. Dort wurde mir ein Privatkredit bis zu 75 000 Euro angeboten, rückzahlbar in 108 Monatsraten à 825,25 Euro. Neun Jahre lang, das war nicht schlimm. Zinssatz: 3,99%. Meine Schläfen pochten. Meine Finger bebten auf den Tasten. Warum nicht? Wenn wir uns alle drei darauf einließen, würde es gehen. Nachdem Mélody ihre Tochter wiederhätte, könnte sie in der Crêperie arbeiten, servieren, in der Küche helfen und so ihre Schulden abstottern. Das war Eva doch wert. Und nach dem Ende ihrer Behandlung würde sie in ihr »Institut« zurückkehren.

Ich ging auf die Toilette. Zum ersten Mal hatte ich meine Rothaarperücke auf. Sie sah ein bisschen platt aus im Spiegel, und die Haare glänzten zu sehr, aber zur Täuschung reichte es.

Vorher hatte ich einen Termin mit meinem Bankberater vereinbart. Seit fast zehn Jahren kümmerte er sich um meine Finanzen, spielte mit Matt Tennis und kam manchmal mit seiner Frau Géraldine zum Abendessen. Und er war scharf auf mich. Das hatte er mir einfach ins Gesicht gesagt, in unserer Küche, nachdem er angeboten hatte, mir beim Abräumen zu helfen. Er warf sich mächtig ins Zeug vor mir, vor seiner Frau, vor Frauen allgemein. Ein junger Pfau, der glucksend sein Rad schlug.

»Sie haben pfundweise Bücher, ich habe Pfund Sterling. Wir gäben doch ein hübsches Paar ab?«

Géraldine senkte den Blick. Matt sah nichts. Die beiden Männer sprachen nur über Zahlen. Eines Nachts, als er mich allein wusste, rief er mich auf dem Handy an.

»Hallo, Frau Buchhändlerin? Welches Buch könnten Sie mir empfehlen für eine unvergessliche Nacht?«

Ich erwiderte höflich, dass er nicht mein Typ sei. Er legte auf. Und würdigte mich von da ab keines Blickes mehr. Aus einer Frau, der er den Hof machte, war ich zur Frau seines Freundes geworden.

Am Telefon hatte ich etwas von einem wichtigen Privatkredit gesagt. Er wusste, dass zwischen Matt und mir Eiszeit herrschte. Er wäre gern vormittags für mich da.

»Dann schauen wir uns das alles mal an.«

So hatte er es formuliert.

Als ich sein Büro betrat, erhob er sich lächelnd, kam mir entgegen und küsste mich höflich, die Hände auf meinen Schultern.

»Also, meine liebe Jeanne, worüber reden wir hier?«

Das hörte sich merkwürdig an. Ich hatte mein Spiralheft herausgenommen, in dem ich die Resultate meiner Onlinekreditanfrage notiert hatte. Summe, Zinssatz, Laufzeit. Da. Da stehe alles. Er saß etwas vornübergebeugt an seinem Schreibtisch, auf die Ellbogen gestützt, den Zeigefinger an die Lippen gelegt. Dann nahm er ein Formular aus einer Schublade und legte es vor mich hin.

Gesundheitserklärung

Was das denn solle?

»Das muss ausgefüllt werden.«

Mir lief ein Schauer über den Rücken. Ich sah ihn an, dann diesen Zettel. Suchte nach meiner Brille. *Sind Sie zurzeit arbeitsunfähig? Bestehen Ihres Wissens Krankheiten oder gesundheitliche Beeinträchtigungen irgendwelcher Art? Befinden Sie sich in ärztlicher Behandlung?* Ich schaute auf. Er hielt mir einen Kugelschreiber hin.

»Wenn du ein einziges Ja ankreuzt, haben wir ein Problem.«

»Was für ein Problem?«

Im Fall einer schweren Erkrankung sei die Höchstsumme für Kredite begrenzt. Die Restschuldversicherung falle dann so hoch aus, dass die meisten darauf verzichteten. Seine Stimme hatte sich verändert, sie klang jetzt blechern, mechanisch. Auch die Begrif-

139

fe, die er benutzte. Ich kannte bisher nur den Freund, nicht den Banker. Hinter der Glastür seines Büros aber war ihm der Schutz seiner Filiale heilig.

»Also was jetzt? Ja oder nein?«

Er wedelte mit dem Formular für die Restschuldversicherung wie mit einem Fächer vor seinen Augen.

Mein Mund war trocken. Seit ein paar Tagen behinderten Aphten meine Zunge und damit meine Aussprache. Ich stieß das Blatt mit dem Finger zurück. Und trat den Rückzug an.

»Wie läuft's mit deiner Behandlung, Jeanne?«

Das verschlug mir den Atem.

»Wie bitte?«

»Na, mit deiner Chemotherapie.«

Matt hatte es ihm also gesagt. Es konnte nicht anders sein. Ich nahm meine Brille ab, steckte mein Notizbuch ein, machte meine Tasche zu. Hatte nicht mehr den Mut aufzuschauen. Meine Stirn war feucht, meine Wangen glühten. Und schon wieder rann mir der Schweiß über die Schläfen. Ich erhob mich langsam. Ohne ihm die Hand zu geben, ohne mehr zu sagen als mein gesenkter Blick.

»Siehst trotzdem nicht schlecht aus.«

Ich drehte mich um. Er grinste. Ich weiß nicht, warum ich ihn nicht anspuckte.

»Außerdem sieht man kaum, dass deine Haare nicht echt sind.«

Da spuckte ich.

Draußen auf dem Bürgersteig musste ich weinen. Auch in der Metro, wo ich die Augen hinter den Händen verbarg. Auf der Treppe zum Ausgang traf ich auf eine Kundin, die ich nur flüchtig kannte.

»Jeanne?«

Sie blieb mitten auf der Treppe stehen. Hatte offenbar Zeit. Sah mich merkwürdig an. Sie hatte von meiner Krankheit gehört. Stellte mir Fragen, ohne die Antwort abzuwarten. Ich sähe ziemlich gut aus. Und meine Haare seien seltsamerweise nachgewachsen. Bei ihrer Schwester sei das was ganz anderes gewesen. Brustkrebs habe sie gehabt, die Arme. Aber die Chemo überhaupt nicht vertragen. Was die sich immer gequält habe! Grauenhaft! Und dann sei sie von der großen zu ihrer kleinen Schwester geworden. Ständig habe sie Bauchschmerzen, Kopfschmerzen und verliere das Gleichgewicht, wenn sie morgens aufstehe. Aber sie sei ja so tapfer. Wie ich ungefähr.

»Da muss man schon ganz schön tapfer sein, nicht wahr, Jeanne?«

Während sie sprach, beobachtete sie die Passanten. Sie redete und redete. Setzte sich an die Stelle meines Tumors.

»Sie werden sehen«, hatte Flavia mir einmal schalkhaft versichert, »die anderen wissen immer am besten Bescheid über Ihren Krebs.«

Meine Onkologin hatte recht. Sie hechelten miteinander mein Leben durch.

Die Cousine meiner flüchtig bekannten Kundin hatte auch so was wie ich gehabt. Tod mit achtundzwanzig. Können Sie sich so was vorstellen? Natürlich. Wie schrecklich! Meine Augen brannten, meine Nase war verstopft. Ich hörte nichts mehr. Nur ein fernes Brummen. Ein Pfeifen in den Ohren wie nach einer Explosion. Die Frau zog Gesichter. Beschrieb die Schmerzen ihrer Schwester und imitierte deren Stimme, um das Gespräch lebendiger zu machen. Ich hatte gerade einen Mann angespuckt. Das hätte ich mir niemals zugetraut. Und wenn ich jetzt diese Frau ohrfeigte? Einfach so, ohne ein Wort zu verlieren? Nur damit ihre Lippen aufhörten, diese Geräusche zu machen? Aber ich ließ es bleiben. Sie war kein schlechter Mensch. Nur einsam, sie hatte ja außer Verkäuferinnen niemanden, mit dem sie sich unterhalten konnte.

Heute hatte sie Jeanne getroffen, die Buchhändlerin, die immer so nett war. Immer ein Lächeln auf den Lippen. Und so was von höflich! Da merkt man die gute Erziehung! Dabei war sie mit zwanzig schon Waise und musste sich ganz allein durchbeißen, mit Zähnen und Klauen, aber die hat sie nie gezeigt. Eine sehr gute Partie hat sie gemacht, aber dann leider ein Kind verloren, einen Jungen, glaube ich. Ihre Schwester habe auch beinahe ihren Sohn verloren. Aber er sei Gott sei Dank noch am Leben! Habe eine richtige Bilderbuchfamilie und könne sich auch finanziell nicht beklagen. Sie sprach, ich starb. Ich war ihre Mittagspause. Kein einziges Mal fragte sie, wie es mir gehe, kein einziges Mal. Sie beherrschte die Treppe, ihre Einkaufstasche hatte sie auf den Stufen abgestellt. Schließlich sah sie auf die Uhr und heuchelte Überraschung.

»Da reden wir und reden, dabei hab ich ja auch noch was anderes zu tun!«

Dann ging sie.

In der Wohnung angekommen, fiel ich in mich zusammen. Zum ersten Mal seit Beginn meiner Behandlung erbrach ich meinen Morgenkaffee. Mein Bauch krampfte, als wühlten Hände darin herum. Ich konnte nicht mehr atmen. Ein Schmerz spaltete mir den Kopf bis zum Kiefer. Und diese bleierne Müdigkeit raubte mir die Worte. Ich konnte meine Sätze nicht mehr beenden. Mich nicht mehr erinnern an Gesichter, Menschen, Orte, Daten. Ich hatte mein Gedächtnis verloren. Als ich eintrat, fing Assia mich auf. Ich war leichenblass.

»Komm, setz dich, Jeanne!«

Sie schloss mich in die Arme. Nahm mir sanft die Perücke ab. Ich schenkte ihr die letzten Tränen, die mir geblieben waren. Erzählte ihr von dem Banker, dem Kredit, der Gesundheitserklärung. Ich kauerte auf dem Sofa. Sie streichelte mir den Kopf.

»Niemand borgt Krebskranken Geld. Das wusstest du nicht?«
Vorsichtig schüttelte ich den Kopf. Nein, das hatte ich nicht gewusst. Ich war Jeanne Hervineau, eine anständige, fleißige Person. Genauso wie vor der Krankheit. Nichts hatte sich geändert.
Was gab diesen Menschen ein Recht über mich? Warum sollte ich
mich anders fühlen? Assia liebkoste mich, wie es lange niemand
mehr getan hatte. Diese tiefe Rührung in ihrem Blick kannte ich
noch nicht. Die Lippen nah an meinem Ohr, summte sie leise, wie
man ein Kind beruhigt. Ich hob den Blick. Das Licht war zu hell.
Assia stand auf, um es zu löschen. Zündete eine Kerze an. Und
setzte sich mit einer Zigarette zwischen den Fingern mir gegenüber in den Sessel.

»Danke fürs Wiederaufbauen, Assia!«

Mehr brachte ich nicht heraus. Sie lächelte.

»Da bist du nicht die Erste.«

Sie streckte sich.

»Das ist hier das Mütterhaus.«

Mir war kalt. Sie legte mir ein Tuch um die Schultern. Wie Brigitte erzählte ich auch ihr von Jules. Dem Kind, das mir aus den
Armen gerissen worden war. Wieder holte ich das Foto meines
Sohnes heraus. Seit ich es vom Kamin genommen hatte, streichelte ich es fast ununterbrochen. In der Metro, während der Infusionen, am Abend vor dem Einschlafen. Es war zu einem Talisman
geworden. Ein hübscher Junge, murmelte Assia. Ja, das war er. Sie
schaute zum Fenster, in den bleiernen Himmel, den Regen, der an
die Scheiben peitschte. Und dann erzählte Assia, die Zarte, mir
endlich etwas von sich.

10

ASSIA BELOUANE

Bevor sie Brigitte kennenlernte, lebte Assia mit einem Mann zusammen. Einem Enfant terrible. Er hieß Franck und spielte im Wald Airsoft, ein Kriegsspiel in Lebensgröße mit Flaggenraub. Einmal im Monat schlüpfte Assia aus Zuneigung zu ihm in Drillich und Ranger Boots und zog sich die Schirmmütze bis zur Schutzbrille in ihr schwarz beschmiertes Gesicht.

Franck spielte gern Soldat. Ihn lieben hieß ihm folgen. Wäre er Briefmarkensammler gewesen, hätte sie für die Penny Black von 1840 geschwärmt. Aber ihr Operettenkrieger robbte nun mal durchs Unterholz, also robbte Assia mit ihm. Er nannte sie »die Araberin«. Sie hatte ihm erklärt, dass Assia die Frau des Pharao war, die Moses gefunden hatte. Und dass ihr Name »die Hegende, Pflegende« bedeute, aber Franck kam nicht über »die Araberin« hinaus. Und sie beharrte darauf, darin ein Zeichen der Zärtlichkeit zu sehen. Zum Spaß hatte er ihr sogar eine tarnfarbene Stoffmütze mit Schirm und Nackenschutz geschenkt, wie sie die französischen Truppen in Algerien getragen hatten.

»Steht dir gar nicht schlecht, die Bigeard-Mütze!«

Diese Araberin war nicht bösartig. Und ziemlich hübsch. Also hatten die Jungs sie adoptiert.

Ein Jahr lang spielte sie mit ihrem Pfannkuchenhelden Sterben. Genauso lang redete sie auch von einem Baby, aber er wollte nicht. Er verabscheute Schwangere, Kinderwagen, Schulschluss und die Schreie der Menschenjungen. Er fand, dass die Familie den Untergang des Paars bedeute. Dann wurde Assia schwanger. Und verheimlichte es vor ihm. Aus Angst, ihn zu verlieren, ging sie an einem Novembermorgen allein in die Klinik, um ihr Kind zu verlieren. Sie weinte unterwegs und trocknete ihre Tränen, als sie die Tür aufstieß. Binnen weniger Stunden war aus der werdenden Mutter ein Nichts geworden. Sie sagte ihm nichts davon. Entfernte sich aber von ihm. Hatte allmählich genug von ihrer Fügsamkeit. Genug davon, die »Araberin« zu sein, genug von den kindischen Kriegen, dem Faschingsdrillich und dem verschmierten Gesicht, mit dem man in den Kampf zog. Und irgendwann auch genug von seinem Körper, seinen Worten, seinen Blicken. Sie warf sich vor, im Feld der Unehre gefallen zu sein.

Eines Morgens stand Franck auf. Manchmal blieb sie bei ihm, wenn es spät geworden war. Er brachte sie nie nach Hause. Doch was uns nicht umbringt, macht uns stärker. Sie musste sich auf sich selbst verlassen. An diesem Tag sah sie ihn von hinten. Ein Schwindel erfasste sie. Er war nackt. Er war nichts mehr. Am Abend davor hatten sie sich noch geliebt. Am Morgen danach war die Liebe perdu. Ein Fremder schlurfte durchs Zimmer ins Bad. Sie hörte sein Gurgeln, Wasser plätscherte auf Emaille, die Zahnbürste kratzte an seinen Zähnen. Lügnerische Geräusche eines Lebens zu zweit. Er beugte sich über das Waschbecken. Betrachtete sich im Spiegel. Dort trafen sich ihre Blicke. Ihr Kopf auf dem Kissen. Seiner im grellen Licht. Er hob die Hand. Sie antwortete mit einem halben Lächeln. Eine einzige Nacht hatte ein ganzes Jahr ausgelöscht und alle Tage, die noch hätten kommen können. Sie hatte keine

Kraft mehr, vom Muttersein zu träumen. Keine Lust mehr, mit erhobenen Händen aus dem Unterholz zu springen und Gefangene zu spielen, weil eine blöde Kugel sie getroffen hatte. Verachtung sprang sie an. Sie schämte sich. Das war nicht mehr ihr Mann. Nur noch das Schubbern von Zahnpasta auf Zähnen. Das Rauschen der Klospülung. Fremde Schritte auf Teppichboden. Da verstand sie. Sie war wieder allein. Ihr Körper fühlte sich leicht an. Das Ende einer Trauer, die uns nichts mehr zuflüstern kann. Man macht die Vorhänge auf, es ist schön draußen, und plötzlich sieht man sich in der Fensterscheibe leise lächeln. Assia war ohne den Abdruck des Anderen erwacht, ohne den Geschmack seiner Haut. Frei.

Sie stand auf. Würdigte ihn keines Blickes, keiner Geste mehr.

Als sie Brigitte traf, war sie seit zehn Monaten Single. Aber sie hatte Francks Softairwaffe behalten. Kriegsbeute. Die zeigte sie ihrer Freundin. Und erzählte ihr alles.

»Das glaub ich nicht! Das hast du alles für diesen Typen getan?«

Brigitte wog die falsche Tokarew in der Hand.

»Was hast du dir davon erhofft?«

Geliebt, bewundert, unterstützt zu werden. Ein Kind zu bekommen. Mehr fiel Assia nicht ein.

»Sie nennen dich Araberin, und du machst ihnen Couscous?«

Brigitte zog spöttisch den Mundwinkel nach oben.

Assia nahm ihr die Tokarew wieder ab.

»So siehst du mich? Als fügsames Frauchen?«

Sie hob die Stirn und steckte sich einhändig die Haare hoch.

»Du hast keine Ahnung, Schwester!«

*

1982 hatte Assias Mutter ihren Mann verlassen. Die Abiturientin aus Tizi-Ouzou und der fromme Fellache aus Biskra, der Arbeiter bei Renault geworden war, hatten einander in Le Mans kennengelernt. Ihm gefielen die Kleider und das Benehmen seiner Frau nicht. Und die Freiheit, die sie ihrer Erstgeborenen gewährte.

»Du hast uns eine kabylische Nutte ins Nest gelegt!«, schrie der Mann.

Als Assia geboren wurde, verlangte der Vater, dass seine Familie mit ihm nach Tolga im Nordosten Algeriens gehe. Sein Bruder hatte ihm versprochen, dass der Handel mit Datteln ihm, seiner Frau, seiner großen Tochter und später auch Assia ein Auskommen sichern würde. Assias Vater war nach Jahren am Fließband von Frankreich enttäuscht. Man hatte seine Arme genommen und ihm nichts dafür gegeben. Er wollte weg aus diesem Land, das seine Frau und seine Töchter beschmutzte. Er verzichtete auf diese Hölle ohne Gott, der ihn bestraft hatte, indem er ihm keinen Sohn schenkte.

Aber seine Frau weigerte sich. Sie war Krankenschwester und nicht bereit, ihr Leben aufzugeben.

»Du fasst den ganzen Tag Männer an«, schimpfte er.

Er drohte, seinen Schwager aus Oran zu holen, damit der seine Schwester zur Raison bringe. Dann damit, seine Töchter zu entführen. Er heulte und schimpfte. Eines Nachmittags holte er Assia aus der Krippe ab und versteckte sie eine Woche lang bei Freunden. Als die Polizei ihn festnahm, verstand er gar nichts mehr. Entführung? Welche Entführung? Ein Vater kann seine Tochter gar nicht entführen, er schützt sie. Er sei doch kein Verbrecher. Warum legten sie ihm Handschellen an?

Dann verlor er alles. Den Prozess, die Scheidung, das Sorgerecht für die Kinder. Ende 1982 kehrte er zurück. Um das Land zu beackern, das er vor zwanzig Jahren verlassen hatte. Er wollte nicht als alter Chibani enden, im Dreck eines französischen Heims vegetieren wie im Gefängnis, mit Verachtung und Einsamkeit geschlagen. So kehrte er allein in sein Land zurück, besiegt, besudelt, mit gesenktem Kopf, die Eingeweide von der Schande zerfetzt. Ohne etwas begriffen zu haben. Frau und Tochter blieben in Frankreich …

*

»… mit mir, die damals zwei war«, lächelte Assia.

Beidhändig zielte sie mit der Softairpistole auf ihre Freundin.

»Siehst du, Gallierin? Bei uns gibt's keine fügsamen Frauchen!«

Brigitte hob lachend die Hände. Okay, du bist stark. Sie entschuldigte sich. Und ergab sich.

Assia schwankte noch zwischen Traurigkeit und Zorn.

»Ich mag dich«, murmelte Brigitte.

Sie hatten ein bisschen getrunken. Und dann geraucht.

»Du hast schon einiges mit Männern erlebt, oder?«

»Die Liebe der Frauen war mir immer lieber.«

Da ging Brigitte auf sie zu und nahm ihr sanft die Pistole aus den Händen.

»Ich liebe dich.«

Und schloss sie in die Arme.

Wie man tröstet, wie man beschützt, wie man unsagbares Leid besänftigt.

11

DAS HEILIGE FEUER

Als ich aus der Chemo kam, standen alle drei Frauen da. Mit Crêpe und Wasserflasche. Brigitte und Mélody waren am Vorabend dran gewesen. Normalerweise kam nur eine, um mich abzuholen. Oft Assia. Seit unserem Tränenabend wurde ich von ihr verhätschelt. Es war Montag. Ruhetag im »Bro Gozh«. Brigitte nahm mich um die Taille.

»Wir entführen dich jetzt.«

Assia legte mir den Arm um die Schulter.

»Ich bin sehr müde!«, protestierte ich.

»Wir auch, aber keine Sorge, du musst nur zuhören«, lächelte Mélody.

Sie war mit dem Moped gekommen. Fuhr unserem Wagen hinterher und winkte mir jedes Mal, wenn wir an einer Ampel hielten. Ich döste fast ein. Mein Kopf begann zu schmerzen. Mein Bauch rumorte. Im Auto schwiegen alle. Brigitte hatte mich auf der Rückbank untergebracht und in ein Kuscheltuch gehüllt, das sie immer zu ihrer Behandlung mitnahm. Sie beobachtete mich im Rückspiegel. Zwinkerte mir zu. Wir parkten vor der Crêperie. Brigitte ließ hier stets einen orangefarbenen Kegel mit weißen Streifen stehen, um den Platz zu reservieren. Sie nannte ihn »Hexenhut«.

Mélody öffnete den Rollladen und ließ ihn gleich wieder herunter. Schaltete eine Deckenlampe und ein Thekenlicht an. Nachtbeleuchtung. Brigitte zeigte auf einen Stuhl. Die anderen nahmen mir gegenüber am Tisch Platz.

»Was führt ihr denn im Schilde?«

»Es ist viel schlimmer, als du dir vorstellen kannst«, grinste Assia.

Sie streckte die Hand aus.

»Dein Handy, Jeanne!«

»Wie bitte?«

Brigitte und Mélody legten ihre Mobiltelefone auf den Tisch.

»Los, gib her!«

Assia verstaute all unsere Geräte in einer Lade am Tresen.

Mir war schwindlig. Und ein bisschen übel. Seit dem Beginn dieser Chemo träumte ich nur noch davon, mich hinzulegen.

»Erklärst du's mir?«

Brigitte klatschte in die Hände. Setzte sich auf die hölzerne Bank. Nahm eine Mappe aus schwarzem Karton aus ihrer Umhängetasche. Darin zwei ausgedruckte Screenshots. Mit prachtvollen Schmuckstücken darauf. Sie gab Mélody einen Wink mit dem Kinn.

Die legte mir das erste Bild vor.

»Aus der Familie der Vesta-Medaillons präsentiere ich dir das ›Heilige Feuer‹.«

Ein fantastisches Collier. Ich nahm das Blatt in die Hand.

»531 runde Diamanten, 2 birnenförmige Diamanten, 109 Zuchtperlen und Bergkristall.«

»Graugold, Rotgold, 7 Karat«, ergänzte Assia.

Mélody gab mir den zweiten Ausdruck. Noch ein Collier.

»Das ist der ›Quetzal impérial‹. Ein Halsband mit 625 Diamanten in Wabenform.«

»29 Karat«, lächelte Assia.

Ich betrachtete die Geschmeide. Und die drei Frauen beobachteten mich.

»Und?«, fragte Brigitte.

Ich drehte die Handflächen nach oben.

»Und was?«

Assia warf einen schnellen Blick auf den Rollladen.

Dann nahm sie einen Block aus ihrer hinteren Hosentasche und schlug ihn auf.

»Also, das ›Heilige Feuer‹: 106 000 Euro, der ›Quetzal‹: 205 000 Euro.«

Mir fielen fast die Augen zu.

»Tut mir leid, aber ich verstehe nicht.«

Brigitte stand auf und setzte sich auf eine Ecke des Tisches.

»Der Russe will 100 000 Euro, die beiden Colliers sind zusammen 311 000 wert.«

Ich nahm noch einmal einen Ausdruck zur Hand. Das Foto war signiert von einem berühmten Juwelier an der Place Vendôme. Ich sah von Brigitte zu Assia zu Mélody. Eine Schweißperle rann meinen Rücken hinunter. Mein Mund war trocken. Mein Herz klopfte. Assias Pistole, Brigittes Knastaufenthalt. Diebinnen!

»Nein!«, rief ich.

Assia lächelte.

»Das wollt ihr doch nicht wirklich tun?«

»Ich fürchte schon.«

Brigitte öffnete eine Flasche kühlen Roten. Stellte vier Gläser hin.

»Für mich nicht, bitte.«

»Ein Schlückchen ist gut gegen das, was wir haben.«

Die Frauen tranken schweigend und betrachteten die Schmuckstücke verträumt. Ich setzte das Glas an die Lippen. Und klapperte mit den Zähnen.

»Ist dir kalt, Jeanne?«

»Nein, aber das ist ein Albtraum.«

Assia knallte ihr Glas auf den Tisch.

»Für Mélody und ihre Tochter ist es ein Albtraum. Für sonst keinen. Klar?«

Jetzt klang sie wieder fies.

»Assia, bitte!«, grummelte Brigitte.

Sie drehte einen Joint. Mélody ging hinter die Theke und holte eine Karaffe Wasser.

»Entschuldige«, murmelte Assia.

Ich saß in der Falle. Die Crêperie war von innen abgeschlossen. Ich wurde von drei Unbekannten im Dunkeln festgehalten. Eine davon war vorbestraft. Die zweite lief mit dem Modell einer russischen Handfeuerwaffe durch die Gegend. Die dritte streunte tagsüber sonst wo herum. Stimmte eigentlich überhaupt etwas von dem, was sie mir erzählt hatten? Es waren ein bisschen zu viele Dramen. Zu viele abhandengekommene Kinder, zu viel geteiltes Leid. Ich hatte meine Erinnerung an Jules mit dem Geschwätz böser Mädchen verknüpft. Ich wohnte bei ihnen. Ich war ihre Komplizin. Ich konnte sonst nirgendwo hin. Wenn alles gelogen war, müsste ich aufstehen und gehen. Aber wenn alles wahr wäre, wäre es noch viel schlimmer. Dann wären Brigitte, Assia und Mélody verrückt. Denn es war verrückt, sich diesen Diebstahl auszudenken, mich mitzunehmen und dann urplötzlich ins Vertrauen zu ziehen. Mir wurde heiß. Dann schauderte ich vor Kälte. Mein Hals war geschwollen.

»Wart ihr zu dritt nicht genug? Habt ihr mich deshalb aufgenommen?«

Brigitte schaute mir direkt ins Gesicht.

»Sag mir bitte, dass ich mich verhört habe!«

Ich kam wieder zu Atem.

»Nein, du hast richtig gehört. Wenn ihr mich nur da mit reinziehen wollt, finde ich das zum Kotzen.«

Mélody brach in Tränen aus. Bittere Tränen, das ganze Elend der Welt. Ich wunderte mich. Im Haschischrauch und dem goldenen Licht hatte dieses Unglück gar keinen Platz. Assia stand auf. Nahm Mélody in die Arme. Brigitte nickte.

»Das war nicht gerade die feine Art, Jeanne.«

Mélody schob Assia sanft von sich weg.

»Jeanne kann nichts dafür. Das ist alles meine Schuld!«, stieß sie zwischen zwei Schluchzern hervor.

»Das ist die feine Art«, sagte Assia und schaute mich an.

Brigitte legte die Fotos wieder in die schwarze Mappe. Und gab uns die Handys zurück.

»Die Sitzung ist beendet, würde ich sagen.«

Sie schob den Rollladen ein wenig auf, sodass wir gerade darunter durchpassten. Dann standen wir draußen herum und wussten nicht, was wir sagen sollten. Vier zerzauste Schatten. Keine Zärtlichkeit, keine Wärme. Nutzlos hingen unsere Hände an den Armen. Ich kehrte den Frauen den Rücken. Den Schlüssel zu ihrer Wohnung hatte ich an den Bund meiner Ehe gehängt. Ich berührte ihn durch die Tasche. Kam von diesem eisigen Stück Metall auf das gemeinsame Dach mit Matt, unseren Briefkasten, unseren Keller.

»Ich gehe ein Stück zu Fuß.«

Meine Stimme versagte.

Brigitte nickte.

»Du bist bei uns immer willkommen.«

Assia streichelte meinen Arm. Mélody küsste mich auf die Wange.

So trennten wir uns.

In Paris hatte ich noch nie im Hotel übernachtet. Dieses hieß »Hôtel du Change«. Es war trist und teuer. Ein wertloser Stern. Mein Zimmer eine grün ausgemalte Abstellkammer unterm Dach mit Oberlicht, Klo und »Gratisdusche«, die man sich mit zwei anderen teilen musste.

Ich war am Ende. Ich legte mich hin wie zum Sterben, auf den Rücken, die Hände gefaltet, innerlich aufgewühlt, Mélodys Tränen auf den Wangen.

Am nächsten Tag ging ich zu Flavia. Und zu Doktor Hamm. Meine Onkologin und mein alter Hausarzt nahmen mich beide in den Arm. Meine Röntgenbilder sahen gut aus. Meine Blutproben auch. Ein Mangel an weißen Blutkörperchen, nichts Besorgniserregendes. Ich gestand ihnen, dass ich trotzdem sehr müde war. Schlecht schlief und wenig aß. Dass mein Körper empfindlich war und schmerzte. Und dass mir morgens manchmal jeder Schritt zu viel war. Dass meine Augen sich gar keine Mühe mehr gaben. Und die Welt unscharf und grau zeigten. Dass Zunge und Gaumen nach Eisen schmeckten. Und außerdem ein neuer Zorn in mir wuchs.

Vor ein paar Tagen hatte Matt mich gefragt, wann ich eigentlich meine Sachen abholen käme. Der Abstand war zum Ende geworden. Ich hatte ihm nicht geantwortet. Sondern seine Nummer blockiert.

Nach dieser Nacht im Hotel war der Tag kriegerisch verlaufen. Mein giftverseuchtes Blut schäumte. In der Métro beschimpfte ich einen Mann, der einen alten Afrikaner angerempelt hatte. Einem Fahrradkurier, der mich streifte und mir dann seinen Mittelfinger zeigte, schrie ich hinterher: »Ich reiß dir den Kopf ab!« Breitbeinig und mit geballten Fäusten stand ich auf dem Bürgersteig. Der Typ drehte sich um und trat dann schneller in die Pedale. Einer

Frau im Bus, die mir erzählte, dass die Haare einen Zentimeter im Monat nachwachsen würden, warf ich an den Kopf, dass sie sich ihre Weisheiten sonst wohin schmieren könne.

So hatte ich noch nie reagiert. Ich war schwach und unverwüstlich, unbesiegbar und sterblich zugleich. Die Kamelie hatte meine Haut rotbraun verfärbt wie dickes Leder. Als das Skalpell sie entwurzelte, hatte sie ein Stück von meinem Herzen mitgerissen. Da war etwas zu Bruch gegangen. Aber nichts von Bedeutung. Nur das Höfliche, Anständige, Respektable, Dezente, das den Erwartungen von Matt und seiner Umgebung an die kleine Jeanne entsprach. Durch den Krebs war ich drängend und lebhaft, aber auch grob geworden. Das Wichtigste war, es bis zum nächsten Morgen zu schaffen. Ich entschuldigte mich nicht mehr. Ich hatte aufgehört, die Straßenlaternen zu grüßen. Ich senkte nicht mehr die Augen vor dem Hundeblick eines Mannes. Ich ging mit einem Turban, aber erhobenen Hauptes durch die Straßen. Mein Körper war erschöpft, aber ich sog das Leben in mich ein. Zum ersten Mal seit meiner Kindheit und dem Tod meiner Eltern hatte ich wieder angefangen, auf der Straße zu pfeifen.

Eines Nachmittags ging ich zum Bois de Vincennes und setzte mich auf die Böschung gegenüber der Île de Reuilly. Am stillen Wasser ein paar Möwen, Spatzen, Gänse. Mein Kommen störte eine Schwanenfamilie. Männchen, Weibchen und zwei Küken mit zerzaustem Gefieder. Sie watschelten aus dem Unterholz Richtung Ufer, eine Stockente mit weißem Halsband hinterher. Sie folgte ihnen. Nahm ihre Spuren auf, machte dieselben Umwege und Abweichungen. Als die Schwanenfamilie in den See glitt, paddelte sie weiter in ihrem Kielwasser. Ich holte mein Handy heraus, um die Gruppe zu fotografieren, ließ es dann aber bleiben. Ich wollte sie nicht festhalten. Als sie langsam Richtung Inselkiosk zogen, drehte die Ente sich um und sah mich an. Nur für einen Augenblick.

Ich winkte. Nicht zum Abschied, sondern als Versprechen: »Bis bald!« Irgendwann würde ich weg sein, aber die Schwäne nicht. Auch die Enten, die Möwen, die Sommerwolken, das Herbstlaub, der Winterwind und das Lachen am Ufer – all das würde nach mir weiterexistieren. Meine Kamelie hatte mich gelehrt, dass die Welt nicht so zerbrechlich war, wie ich befürchtet hatte. Ich atmete so lange ein und aus, bis es wehtat. Die Angst war verschwunden. Nach den Schrecken des Todes fürchtete ich sie nicht mehr.

*

Als ich die Wohnungstür öffnete, stürzte Mélody auf mich zu. Kuschelte sich in meine Arme. Jules' Wärme. Ich schloss die Augen.

»Die Rückkehr der verlorenen Tochter«, neckte Brigitte.

Assia steckte den Kopf durch die Zimmertür.

»Ach ja? Und wozu?«

Dann begrüßte auch sie mich, indem sie zwei Finger an die Schläfe legte.

Ich stand in der Mitte des Zimmers, noch überwältigt vom Vorabend und meiner Nacht.

»Ich wollte …«

Brigitte hob die Hand.

»Später, Jeanne. Wenn du bleibst, hast du genügend Zeit.«

Ich stand immer noch da.

»Ich bleibe.«

»Ach, so ein Pech, jetzt haben wir dein Zimmer schon an eine neue Komplizin vergeben!«, hörte ich Assias Stimme durch die Trennwand.

Brigitte hob die Schultern.

»Zieh mal deinen Mantel aus.«

»Ich wollte mit dir reden …«

»Wie sind deine Untersuchungen gelaufen?«

Ich seufzte.

»Hör zu, Brigitte. Ich habe nachgedacht …«

Mélody kam näher. Setzte sich auf die Sessellehne.

»Nimm Platz, Jeanne.«

Ich knetete meine Finger wie ein Kind.

»Ich will euch helfen.«

Mélody schüttelte den Kopf.

»Nein, Jeanne«, erwiderte Brigitte.

Assia war aus ihrem Zimmer gekommen. Setzte sich an den Tisch und behielt mich im Auge.

»Ich will euch helfen, wirklich.«

Mélody ließ sich in den Sessel gleiten.

»Für Eva. Für die Kleine.«

Brigitte stellte meine Tasche auf den Tisch. Und warf Assia einen fragenden Blick zu.

»Wenn wir sie ihrem Vater abkaufen, wird das unsere Rache sein«, fuhr ich fort. »Meine für Jules, deine für Matias und deine für das Kind, das du nie hattest.«

Alle schwiegen.

»Ihr beschützt Mélody. Ich will sie auch beschützen.«

Sie hatte ihre Faust auf den Mund gelegt.

»Eva würde irgendwie unser aller Tochter sein.«

Brigitte steckte ihre Hände in die Taschen.

»Wir wollen sie doch nicht kaufen, Jeanne. Sondern ihrer Mutter zurückgeben.«

Ich lächelte. Das hatte ich nicht gemeint. Mélody würde das sein, was wir nicht sein könnten. Sie würde unsere Hoffnung verkörpern. Und das Leben, das weitergeht.

»Wir werden sie auch nicht adoptieren«, präzisierte Assia.

159

Brigitte lachte.

»Vier Mamas?«

Sie nahm Assia am Arm.

»Was die Familienschützer von der Manif pour Tous wohl dazu sagen würden?«

Ich setzte mich.

»Bitte!«

Die anderen liefen herum.

»Mélody, sag ja!«

Sie schnitt eine Grimasse.

»Weißt du, wie gefährlich das ist?«

»Und ihr?«

»Ich frage aber dich, Jeanne!«

»Bei mir ist es wie bei Brigitte und Assia: Ich lasse niemanden zurück.«

Brigitte hatte begonnen, einen Joint zu bauen. Sie beobachtete ihre Gefährtin.

»Assia?«

Die Pistolenfrau sah die Knastschwester an.

»Gib uns eine Woche.«

Brigitte warf mir einen fragenden Blick zu.

»Eine Woche, okay?«

Mit einem Foto von Eva in der Hand kam Mélody auf mich zu. Das lächelnde Mädchen mit dem Strohhut auf einer Blumenwiese.

»Wir haben alle dasselbe.«

Ich nahm es. Bei Assia steckte es in der Brieftasche, über dem Führerschein. Brigitte hatte es in der Handtasche, zwischen Geldbörse und Schlüsselbund. Mélody hatte immer Blusen mit Brusttaschen an, um das Bild ihrer Tochter am Herzen zu tragen.

»Das ist für dich.«

Das Lächeln des Mädchens, die riesigen Augen.

Eva träume schon immer von einem riesigen Bären, erzählte Mélody. Einem Spielzeug, wie man es in Russland nirgends finde. Lächelnd betrachtete sie das Foto.

»Der größte Teddy der Welt für das hübscheste Mädchen der Welt.«

Sie habe ihr versprochen, sie mit diesem gigantischen Plüschtier abzuholen. Daran, das wünschte sie sich, sollte das Kind seine Mama erkennen, ob am Bahnsteig, am Flughafen, beim Aussteigen aus dem Auto oder wo auch immer sein durchgeknallter Vater es abliefern sollte. An dem fröhlichen Bären, der über den Köpfen tanzte.

Ich steckte Eva neben Jules ins Innenfach meiner Tasche, zu der Muschel aus Dieppe, der Kastanie vom letzten Herbst und meiner Kamelienknospe.

Mélody sagte, dieses Foto sei ihr ganzer Reichtum. Ihr Talisman. Brigitte streichelte das Mädchen auf dem Foto und ging zur Chemo. Assia beruhigte es mit dem Versprechen, dass es nicht mehr lange dauern würde. Sie betrachte das Bild jeden Abend vor dem Schlafengehen und jeden Morgen vor dem Aufstehen.

Sie nahm meine Hände.

»Jeanne?«

Ich lächelte sie an.

»Wenn dir einmal Zweifel kommen an dem, was wir vorhaben, schau dir einfach das Foto an.«

Ich nickte.

»Versprochen?«

»Versprochen.«

12

DER PLAN

Als Brigitte ein Pappmodell des Juweliergeschäfts, Fotos von den Verkaufsräumen und eine Zeichnung der Place Vendôme mit gemarkerten Notizen hervorholte, wurde mir klar, dass die Frauen den Coup schon länger planten. Sie hatten ein Dutzend Schuhkartons verbraucht, um einfache Zwischenwände aufzustellen, die Fenster auszuschneiden und die Vitrinen nachzubauen. Wochenlang hatten Brigitte und Assia den Platz erkundet, waren die Rue de la Paix und die Straßen der Umgebung abgegangen, bevor sie sich für einen großen französischen Juwelier entschieden hatten. Das dreistöckige Geschäftsgebäude wurde seit einem Jahr renoviert, die Fassade war von einer Plane mit Trompe-l'œil-Malerei verdeckt, auf der Haussmann-Reliefs zu sehen waren. Vor den verschlossenen Türen stand ein Ladentisch in Tannengrün und Gold mit dem Namen des Hauses auf dem Bürgersteig. Ein junger Mann im dunklen Anzug informierte über die Bauarbeiten. Wenn ein Kunde sich wegen der Schließung Sorgen machte, verließ er seinen Posten und begleitete diesen auf die gegenüberliegende Seite des Platzes zu einem Entrée ohne Türschild oder Beschriftung.

Brigitte war letzte Weihnachten als Erste dort gewesen. Sie trug eine Allerweltsperücke mit sonntäglichem Samtband, ein Kleid mit Bubikragen, einen granatroten Trachtenjanker mit Stehkragen

163

und Lackschuhe mit kleinem Absatz. Dazu hatte sie eine Schmetterlingsbrille mit Fensterglas gewählt.

»Ist das nicht zu viel mit der Brille?«

Mélody schüttelte den Kopf. Assia war mit offenem Mund im Sessel versunken.

»Zu viel? Viel zu schön«, kommentierte sie mit nach oben gerecktem Daumen.

Brigitte ging auf den jungen Portier zu, der ihr schon entgegenkam. Nicht ostentativ, sondern ganz dezent. Er wahrte zwei Schritte Distanz zu ihrem Kurs, ohne sie aus den Augen zu verlieren, um der schönen Frau, die sich ihm näherte, zu verstehen zu geben, dass er sie instinktiv als Kundin erkannt hatte. Mit gespieltem Erstaunen betrachtete sie das Schild »Wegen Bauarbeiten geschlossen« an den verschlossenen Türen. Daraufhin sagte er sein Sprüchlein auf: Erweiterungsmaßnahmen, Fassadenrenovierung, deshalb der Umzug in provisorische Räumlichkeiten gegenüber. Für ein paar Monate nur. Zurzeit empfange die Maison ihr Klientel hinter einer namenlosen Tür. Ob er sie dorthin begleiten dürfe?

»Sehr gern.«

Sie wolle heiraten und solle sich auf Wunsch ihres Zukünftigen einen Verlobungsring aussuchen. Dieser verabscheue misslungene Überraschungen und unwillkommene Geschenke. Während sie den Platz überqueren, sprach der Portier über Sicherheitsfragen. Man mache möglichst kein Aufsehen um diese vorübergehende Adresse. Er könne schließlich nicht mitten auf dem Platz mit ausgestrecktem Zeigefinger und erhobener Stimme Kunden den Weg dorthin weisen wie zum Eiffelturm. Der junge Mann plauderte liebenswürdig, Brigitte merkte sich jeden Schritt und amüsierte sich damit, die Platten des Bürgersteigs zu zählen. Und die Tannen mit Weihnachtsbeleuchtung in den Arkadenbögen rund um den Platz.

»Hier bitte!«

Der junge Mann zeigte auf einen abgeblätterten Hauseingang zwischen zwei Luxusjuwelieren. Brigitte wich ein wenig zurück.

»Ja, das übersieht man leicht«, entschuldigte sich der junge Mann.

An der Fassade war nichts zu erkennen. In der großen Eingangshalle, die auf einen gepflasterten Hof hinausging, ein paar Schilder: eine Anwaltskanzlei, ein Consultingunternehmen, die Zentrale eines großen Chocolatiers und das Büro des Start-ups Air'Nouvo, dessen verknitterte Post schon aus dem Briefschlitz quoll. In der Ecke eine Hausmeisterloge mit zugezogenen Vorhängen. Als sie das Haus betraten, rannten zwei Jungen lachend die breite Steintreppe hinauf. Ein Mann kam aus dem Hof, eine Frau rief den Aufzug. Das Haus war offensichtlich bewohnt. Im ersten Stock läutete der Portier an der einzigen Tür der ganzen Etage. Sie war von außen unbewacht. Dann verabschiedete er sich von Brigitte und ging. Ein anderer Mann mit guten Manieren, strengem Anzug, weißen Handschuhen, rasiertem Schädel, transparenten Kopfhörern und Ansteckmikrofon, irgendwo auf der Skala zwischen Nightclub-Türsteher und Edel-Leichenbestatter, nahm Brigitte in Empfang. Er verbeugte sich. Und verzichtete auf eine Taschenkontrolle. Hinter ihm versteckten sich zwei lachende Frauen, eine davon Asiatin. Die andere hieß Brigitte willkommen. Die Asiatin verschwand wieder. Der Sicherheitsmann blieb in der Tür stehen.

»Wie kann ich Ihnen helfen?«

Sie suche einen Ehering, erklärte Brigitte. Aus Weißgold mit Diamanten. Bis zu einem Karat. Ihr Verlobter habe da sehr genaue Vorstellungen. Es sei seine zweite Ehe, und er trage keinen Ring. Die Verkäuferin lächelte. Sie ließ Brigitte den Vortritt zu den hinteren Räumlichkeiten. Eine Fünf- oder Sechs-Zimmer-Wohnung. Die Schmuckstücke waren in Vitrinen entlang der Wände und in der Mitte des Salons ausgestellt. Parkettboden aus dem 18. Jahrhundert, elfenbeinfarbene Wände, vergoldete Täfelungen und Stuck – die perfekte Nachbildung eines Juweliergeschäfts. Die Verkäuferin platzierte Brigitte an einem leeren Tisch mit einer kleinen Schreibtischlampe und einem runden Spiegel.

»Sie haben gestern Vormittag bei uns angerufen?«

Ja, genau, das war sie. Nathalie Gauthier. Sie habe im Online-katalog zwei zauberhafte Ringe gesehen und wolle wissen, ob sie sie sehen könne. Den einen ja, den anderen nein. Wegen des Um-zugs habe man nicht alles auf Lager, der andere käme Ende der Woche. Aber sie könne ja erst mal den einen probieren.

»Kaffee?«

Nein. Bloß keine Spuren hinterlassen. Während die Frau nach dem Ring suchte, sah Brigitte sich um. Die asiatische Verkäuferin präsentierte zwei Japanerinnen an einem Verkaufstisch eine Per-lenkette. Es gab noch vier weitere Angestellte, die kamen und gin-gen, dazu zwei Männer und eine ganz junge Frau, die am Ende des Flurs herumstanden. Ein zweiter Sicherheitsmann befand sich im Vorraum. Er hatte die Hände vor dem Körper verschränkt. Hier wurde nicht gegangen, sondern übers Parkett geschwebt. Nicht gesprochen, sondern geflüstert. In einer Ecke entdeckte Brigitte eine Kamera, diskret verborgen unter einer dunklen Glaskuppel. Und eine zweite ganz hinten im Raum.

Der Verlobungsring war hinreißend. Weißgold, mit 40 runden Diamanten besetzt.

»0,30 Karat«, flüsterte die Verkäuferin.

Den Preis sagte sie nicht, sondern tippte ihn in einen Taschen-rechner, den sie der Kundin zuschob. 2060 Euro? Da würde ihr Verlobter sich aber freuen. Er habe mit dem Fünffachen gerech-net. Die Verkäuferin lächelte. Männer! Brigitte schob den Ring auf ihren Finger.

»Ich wäre fast damit aus dem Fenster gesprungen!«

»Hättest du tun sollen«, lachte Assia.

Brigitte hob die Hand, um die Wirkung des Ringes im Spiegel zu betrachten. Nahm ihr Handy heraus.

»Darf ich ein paar Fotos machen?«

Die Verkäuferin nickte. Selbstverständlich, bitte, gern. Brigitte hielt das Mobiltelefon mit einer Hand weit von sich und spielte Tussi. Warf sich kokett in Pose. Schmiegte die Hand mit dem Ring ans Ohr, schwenkte sie über dem Kopf, drückte sie an die Brust. Nahm verschiedene Sitzhaltungen ein, suchte den richtigen Winkel. Stand auf und ging ans Fenster. Drehte sich leise glucksend oder laut auflachend schamlos um sich selbst. Der Sicherheitsmann hatte sich näher in einer Ecke postiert, die herumwirbelnde Hand fest im Blick. Endlich beruhigte sich Brigitte. Und legte den Ring auf das mit schwarzem Samt überzogene Tablett.

Ganz selbstverständlich und entspannt nahm die Verkäuferin das Schmuckstück entgegen, drehte die Schreibtischlampe an und betrachtete es durch die Lupe.

»Ein ausgesprochen elegantes Stück, Madame Gauthier, Sie werden zufrieden sein.«

Sie machte ihre Sache gut. Wechselte einen Blick mit dem Wachmann. Nein, keine Fälschung. Überprüfung erledigt. Alles bestens. Brigitte lächelte unbeirrt.

»Meinen Sie, Sie könnten mir den zweiten Ring am Freitag zeigen?«

Selbstverständlich. Er sei noch beeindruckender und entspreche exakt dem Rahmen, den sie mit ihrem Verlobten vereinbart habe. Ähnlich, aber etwas überladen. Mit 124 runden Diamanten, genau ein Karat, für 9700 Euro. Ob Madame Gauthier freundlicherweise ihre Telefonnummer hinterlassen würde? Dann könnte die Verkäuferin ihr die Bestätigung per SMS zuschicken. Gern. Assia hatte morgens in einem Tabakladen ein Handy mit Prepaid-Karte gekauft. Brigitte bedankte sich. Ob sie, wenn sie freitags wiederkäme, sich noch einmal bei dem jungen Mann am Schalter anmelden müsse oder gleich nach oben dürfe?

»Kommen Sie doch einfach herauf. Sie kennen ja jetzt den Weg.«

Die Verkäuferin gab ihr eine Visitenkarte. Ève, so hieß sie, begleitete Brigitte zur Tür. Dann also bis bald. Ja, bis bald. Der Wachmann hielt ihr die Tür auf und schloss sie hinter ihr wieder. Im Treppenhaus war es ruhig. Brigitte warf einen Blick zum Türspion, der Licht durchließ. Niemand beobachtete sie. Im dritten Stock befand sich auf einer Seite der Chocolatier, auf der anderen das Anwaltsbüro. Im vierten Stock, wo man durch runde Fenster auf die Straße hinuntersehen konnte, eine Reihe von Türen. Das Consultingunternehmen, ein Türschild mit dem Namen Mauvoisin, und das Start-up am Ende des Ganges. Briefe und Einschreiben waren unter der Tür hindurchgeschoben worden. Brigitte legte ihr Ohr an das Holz. Nichts. Sie drückte auf die Klingel, einen goldfarbenen, in rosa Marmor eingelassenen Knopf. Kein Ton. Sie klopfte, doch niemand machte auf. Schnell hob sie drei Kuverts und eine Postkarte auf, steckte sie in die Tasche und rief den Aufzug.

Kein Mensch in der Eingangshalle und im Hof. Vor dem Haus traf sie auf eine Patrouille der Terrorabwehr Opération Sentinelle. Eine einsame Ordonnanz vor dem Justizministerium. Ein Polizeiwagen auf dem Platz. In der Metro ging sie ihre Fotos durch. Die Anordnung der Räume, die Kameras, die Vitrinen mit Uhren und Schmuck, die Verteilung der Fenster, die beiden Sicherheitsmänner. Brigitte hatte Selfies schon immer gehasst.

Kaum war sie zurück, zeichnete sie einen Plan der Örtlichkeiten. Mélody machte den Vorschlag, ein dreidimensionales Modell zu erstellen. Dann setzten sie sich zusammen vor ein Blatt Papier, das ein blauer Filzstiftstrich in zwei Hälften teilte: Pro und Contra.

Dafür sprach, dass der Juwelier verborgene, von der Straße nicht einsehbare Räume bezogen hatte. Und auch, dass die Wohnung selbst nicht unter polizeilicher Bewachung stand. Und schließlich, dass der Sicherheitsdienst ziemlich schlichte Funkgeräte mit einem Push-to-Talk-Knopf hatte, der die Wachleute zwang, die Hand zum Revers zu führen, um Alarm auszulösen. Man müsste sie also sofort außer Gefecht setzen.

Assia zog ein Gesicht.

Was das denn heiße, sie außer Gefecht zu setzen?

»Das übernehme ich«, erwiderte Brigitte.

Dagegen sprach die sensible Lage: gegenüber einem Ministerium, in einem Luxusquartier, das unter ständiger Bewachung stand. Polizisten in Zivil patrouillierten auf dem Platz, ein unauffälliger Lieferwagen diente als Leitstelle. Die Sache war heikel. Ein zweiter Erkundungsgang wäre nötig.

Eine Woche später schickte die Verkäuferin eine SMS: Der Ein-Karat-Ring sei jetzt da. Brigitte antwortete, sie habe den Ring vor drei Tagen, am Freitag, erwartet. Ihr Verlobter sei sehr verärgert gewesen und habe sich nun anderweitig entschieden. Sie entschuldigte sich für die Umstände und bedankte sich für das Entgegenkommen. »Vielen Dank für Ihren Besuch«, schrieb Ève zurück und lud Madame Gauthier zur bevorstehenden Wiedereröffnung ein.

*

Eines Nachts, als sie ordentlich getrunken und geraucht hatte, gab Assia vor ihren Freundinnen eine orientalische Show. Mit einem durchscheinenden Schleier um den Kopf und schweren Armreifen um die Handgelenke führte sie einen Bauchtanz vor. Brigitte kam von der Chemo, Mélody war am Vortag dort gewesen. Lachend versanken die beiden Frauen im Sofa. Plötzlich sprang Brigitte auf. Drehte den Song von Umm Kulthum ab. Lief gestikulierend im Wohnzimmer auf und ab.

»Ich weiß was!«

Assia hörte zu tanzen auf. Und ließ sich im Schneidersitz zu Boden fallen.

»Was weißt du?«, fragte Mélody.

»Dass eine Araberin vom Golf unseren Juwelier besuchen wird.«

Assia verzog das Gesicht. Ließ ihren Blick über den Schleier, ihren Volantrock und ihre Armreife schweifen.

»Eine Araberin? Was für eine Araberin?«

Brigitte setzte sich ihr gegenüber. Eine von ihnen müsste das Vertrauen einer Verkäuferin gewinnen. Und zwar als reiche Touristin auf Vergnügungsreise in Paris. Eine diesem Ort angemessene Karikatur.

»Eine Araberin«, wiederholte Assia.

Brigitte machte eine aufgebrachte Handbewegung.

»Hör doch mal auf damit! Ich spreche von Katar, von Saudi-Arabien! Ich rede über Geld!«

Assia legte ihren Schleier ab. Und spielte schweigend damit.

»Und was ist dein Plan?«

Brigitte hob die Hand zum High Five.

»So gefällst du mir besser!«

*

Zwei Wochen später fuhren Assia und Mélody in einer Luxuslimousine mit Chauffeur auf der Place Vendôme vor, bis zu dem Ladentisch in Tannengrün und Gold. Assia trug eine perlgraue Abaya und einen ausladenden granatroten Hut. Der Schleier im selben Grau war gold und schwarz gesäumt. Sie machte sich Sorgen um Mélody. Die fühlte sich nicht wohl. Schwitzte stark, redete wirres Zeug, fürchtete, sich zu erbrechen. Ob das auf die Nebenwirkungen der Chemo zurückzuführen war oder ihre panische Angst, wusste sie nicht. Sie hätte ihre Nebenrolle gern an Brigitte abgegeben, aber das Risiko einer Begegnung mit Ève war zu groß. Und da sie nur zu dritt waren, musste sie übernehmen. Mit ihrem gerade geschnittenen Rock, der gegürteten Jacke, schwarzen Strümpfen, Ballerinas und der schweren Schultertasche aus schwarzem Samt sah sie wie ein Schulmädchen aus. Am Vortag hatte sie mit dem Schmuckgeschäft telefoniert. Sie rufe im Auftrag ihrer Chefin an, die zwischen Riad, London, New York und Paris pendle. Auf Durchreise in Frankreich, wünsche sie zwei Stücke des großen Juweliers zu sehen, das ›Heilige Feuer‹ und den ›Quetzal impérial‹.

Sie hatten ein paar Tage gebraucht, um sich zu entscheiden. Die Schmuckstücke, auf die ihre Wahl schließlich fiel, wurden auf der Website nicht als Haute Joaillerie mit dem gefährlichen »Bitte vereinbaren Sie einen Termin mit unseren Beratern« präsentiert, sondern ganz schlicht mit Preisangabe neben den Fotos.

Bevor der Erpresser seine Forderung verdoppelt hatte, hatten sie noch damit gerechnet, dass sich Mélody nach Entrichtung des Lösegelds mit der verbliebenen Summe ein neues Leben aufbauen könnte.

In der Vorweihnachtszeit seien die gewünschten Stücke nicht einfach im Geschäft vorrätig, man könne sie aber zur Ansicht bestellen. Ob es möglich wäre, sich vorher kennenzulernen? Ob Madame vorbeischauen könne? Ja? Man freue sich auf ihren Besuch. Wenn sie nur noch so liebenswürdig wäre, Tag und Uhrzeit ihres Besuches anzukündigen, damit man sie entsprechend empfangen könne …

Beim Eintreten erkannte Mélody auf den ersten Blick ihr Modell wieder. Alles sah exakt so aus. Außer dass es drei Wachleute gab. Die Verkäuferin begrüßte die Dame in der Abaya mit einem strahlenden Lächeln. Ihr Name sei Sadeen. Mélody übersah sie geflissentlich und wandte sich auf Arabisch direkt an Assia. Sie führte die beiden Frauen in ein Hinterzimmer. Kein Kaffee, nein. Auch Tee nicht, danke. Niemand kontrollierte ihre Taschen.

Die Verkäuferin platzierte Assia direkt am Verkaufstisch, Mélody etwas dahinter. Dass sie nicht verstand, was die beiden sagten, machte ihr noch mehr Angst. Sie trug eine Rothaarperücke mit strengem Schnitt und eine Brille wie eine pensionierte Lehrerin. Sadeen schlug den großen Katalog auf, um die Schmuckstücke in Echtgröße zu präsentieren. Assia war ganz in ihrem Element. Sie stellte Fragen, auf die Sadeen mit höflichem Eifer antwortete. Die Prinzessin hatte noch ihre seidenen Handschuhe an. Nun zog sie sorgfältig den linken aus, um selbst die Seiten umzublättern. Mélody streckte die Hand aus. Sie zitterte, als sie den Handschuh ergriff. Auf diesen Handschuh setzten Brigitte, Assia und Mélody die größten Hoffnungen. Und auf den strahlenden Solitär, der Assias Finger zierte.

*

Während ihres Gefängnisaufenthalts hatte sich Brigitte mit ein paar Frauen angefreundet. Sie hatte in der Bibliothek geholfen, Jüngeren Trost gespendet, Sklavinnen verschiedenster Substanzen Linderung verschafft, Neuankömmlinge beruhigt und die Scheidenden zum Abschied umarmt. Wenn in der Kantine zwei Frauen um einen Apfel stritten, teilte sie ihn in zwei Teile. »Friedensrichterin« nannte sie der Gefängnisdirektor, der persönlich zu ihrer Haftentlassung erschien. Wenn alle Häftlinge so wären wie sie, sagte er, wäre das Gefängnis eine Art Ferienclub. Aber sie hatte auch andere Frauen begleitet, geliebt und unterstützt. Profieinbrecherinnen, Hoteldiebinnen, Betrügerinnen, Falschspielerinnen. Eine von ihnen mochte sie besonders: Markaride Agopian, eine alte Armenierin aus dem Libanon, die mit geballten Fäusten vom Genozid 1915 erzählte.

Einen Teil ihrer Familie hatten die Türken getötet, der andere wurde auf der Flucht über die ganze Welt verstreut. Marka war seit sechzehn Jahren Witwe. Ihr Mann war Polizist gewesen. Das hatte sie an ihm geliebt. Seine Uniform, seine Verpflichtung auf die großartige Republik. Weil ihre Vorfahren ermordet worden waren. Frauen und Männer, gefallen, ohne kämpfen zu können. Kinder mit leeren Händen, Frauen mit leeren Brüsten, gedemütigte Väter. Sie hatte sich für Frankreich entschieden wegen Victor Hugo und Jean Jaurès. Wegen François Villon und Jean Gabin. Wegen Marcel Cerdan und der Croissants zum Frühstück. Und für ihren Mann, weil er Recht und Gesetz verkörperte. Weil er stark war. Weil er eine Waffe hatte. Weil er sich niemals von einem Mörder auf die Knie zwingen lassen würde, um eine Kugel in den Nacken zu bekommen. Weil er sie beschützen würde, sie, ihre Kinder und ihr Haus. Weil nie wieder jemand Fackeln durch ihre Fenster werfen sollte. Und weil der Schnee zum Rodeln da wäre statt als Familiengrab.

Doch der Wächter war zu schwach. Jahrelang hatte sie ihn auf-rechterhalten. Am Ende war er krank, deprimiert, seiner Dienst-waffe beraubt, beurlaubt wegen langer Krankheit, er litt an Wahn-vorstellungen und brachte sich schließlich um. Und als er sich vom Balkon stürzte, riss er sie mit in den Abgrund. Sie blieb al-lein zurück auf der Welt und hasste sie dafür. Ihre Söhne waren schon lange aus dem Haus und behandelten ihre Eltern mit dem Egoismus der Wohlhabenden. Sie warfen eine Rose ins Grab und wandten sich ab, wie um wegzuschauen. Marka, die Direktions-sekretärin war, schmiss ihre Hausschlüssel hinterher. Und die Wa-genschlüssel. Zerriss seine Anzüge und ihre Kleider. Zerfetzte die Bücher, zerstörte ihre gemeinsamen Erinnerungen, zerschnitt die Fotos, verkaufte seine Uhr und ihr bisschen Schmuck und lebte fortan auf der Straße. Geriet auf die schiefe Bahn. Gefängnis, Ent-lassung, Gefängnis, Entlassung.

Nach ein paar Jahren verließ sie die Straße wieder. Eine Zellen-genossin hatte ihr vorgeschlagen, mit ihr bei René einzuziehen. Einem Freund. Den schönen Schlemihl nannten ihn die alten Bul-len. Er war ein geschickter Hehler mit der Gabe, sich hinter der Scheibe seines Antiquariats unsichtbar zu machen.

Noch einmal war Marka für fast nichts gestrauchelt. Autoauf-bruch, Handtasche, Scheckheft, klägliche Beute. Doch dieser Rückfall kostete sie die Bewährung. Im Besucherraum hielt ihr zukünftiger Mann ihr eine Moralpredigt. Solche kleinen Diebe-reien hätten keinen Sinn und brächten nur ihn in Gefahr, weil die Bullen so auf seinen Laden kommen könnten. Sie solle es lieber ruhiger angehen. Wenn sie gestatte, würde er ihr mit Freuden ein wenig unter die Arme greifen. Zu zweit tue es manchmal weniger weh. Das war eine Liebeserklärung. Ihr Herz schmolz. Sie weinte vor Rührung in ihrer Zelle, in Brigittes Schoß.

Brigitte und Marka blieben einander auch nach dem Gefängnis
verbunden. Einmal holte Marka ihre Freundin sogar mit einem
Päckchen Macarons von der Chemo ab.

»Ich bin immer für dich da, wenn du mich brauchst«, sagte sie
zu ihr.

Gefängnisfreundschaften sind Versprechen fürs Leben.

Brigittes ehemalige Zellengenossin sah inzwischen wie eine Dame von Welt aus. Couture-Kleider, unaufdringlicher Schmuck,
Markentaschen. Brigitte rief sie an. Ja, sie brauche sie. Oder viel-
mehr ihren Mann.

Auf Markas Vorschlag hin trafen sie sich inmitten der Touristen-
massen auf einem Schiff, das die Seine hinauffuhr. Das sei der beste Ort, um nicht überwacht oder abgehört zu werden. Was Brigitte denn brauche? Einen kostbaren Ring. Ein Prunkjuwel. Ein
Schmuckstück, das niemand auf der Straße tragen würde. Einen
Schatz, der einem den Finger versengt. Und zwar für genau zwei
Stunden. Höchstens. Versprochen.

Marka dachte kurz nach, ihr Blick glitt über die Uferböschung.
Ob sie mit einer Begleitung einverstanden wäre? Selbstverständlich. Aber durch wen und warum? Einer müsse das Schmuckstück ja wieder zurückbringen. In Ordnung. Aber beim Juwelier
wolle sie den Unbekannten nicht dabeihaben. Er solle nicht zu ihrem Komplizen werden. Er könne im Torbogen warten, auf dem
Bürgersteig. Und wenn er auch noch den Anschein eines Leib-
wächters erwecken könnte und der Wagen ein Luxusschlitten
wäre, umso besser.

René, der Hehler, wollte die Adresse erfahren, um eine Vorhut
hinzuschicken. Er misstraute der ganzen Geschichte. Und Häusern mit mehreren Ausgängen sowieso. Er war Algerier, Pied-

Noir, ein Kind der Kasbah, das immer durch die Hinterhöfe gelaufen war, über Treppen, Passagen, Terrassen hinunter bis zum Meer. Ihm würde keiner durch die Hintertür auskommen. Brigitte akzeptierte alles. Vorhut und Aufpasser.

Ein paar Tage später, als Marka ihr das rote Etui mit Goldrand zeigte, traten ihr die Tränen in die Augen. Ein Solitär. 5,99 Karat. Perfekt für eine arabische Prinzessin.

*

Am vereinbarten Tag holte ein Mann Assia und Mélody ab. Trotz der Anspannung mussten die Frauen über den imposanten Gangster mit Käppi und weißen Handschuhen lachen. Das gefiel ihm nicht.

Die schwarze Limousine hielt vor dem Portier. Als dieser Assia die Tür öffnen wollte, mischte der Fahrer sich ein. Jeder bleibe bei seinem Leisten. Der Portier ging drei Schritte zurück. Die Prinzessin stieg aus, dann ihre Assistentin. Mélody war völlig erstarrt. Sprach den jungen Mann an. Aber alles klang falsch in ihren Ohren. Assia reagierte wie eine launische Prinzessin. Stieß Mélody rüde beiseite und wandte sich in Englisch selbst an den Portier. Mélody schlug die Augen nieder. Der junge Mann war entsetzt. Und krümmte sich, als er die beiden Frauen in den ersten Stock begleitete. Der Fahrer hatte den Wagen unter der Place Vendôme geparkt und erreichte das Grüppchen, noch bevor es ins Haus ging.

»*Stay here!*«, befahl ihm die Prinzessin, ohne sich umzudrehen.

Der Riese verkniff sich ein Lächeln. Er nahm sein Käppi ab, lehnte sich an die Wand und steckte sich eine Marlboro zwi-

schen die Lippen. Assia hatte die Bewegung gesehen. Sie machte
kehrt und schlug ihm mit dem Handrücken die Zigarette aus dem
Mund.

»Don't smoke when I'm here!«

Sie blieb ein paar Sekunden vor ihm stehen, so nahe, dass sie
sich fast berührten. Sie reichte ihm bis zur Brust. Forderte ihn
trotzdem mit ihren Blicken heraus. Er ballte die Fäuste. Entspannte sie wieder. Und senkte den Blick.

Mélody war leichenblass. Der Portier wie vor den Kopf geschlagen. Beim Treppensteigen hielt er sich am Geländer fest. Als die
beiden Frauen die Verkaufsräume betraten, machte er nicht gleich
wieder kehrt, sondern erzählte die Szene diskret einem Verant-
wortlichen. Dann einem vom Sicherheitsdienst. Achtung, Prinzessin im Anflug! Bloß nicht reizen! Als ihr Sadeen, die Verkäuferin, die Hand reichte, verschmähte sie sie. Mélody schlotterte.
Sie hätte am liebsten alles stehen und liegen gelassen und wäre
nach Hause gelaufen, um zu schlafen, zu sterben oder Pistazieneis
zu essen, sie wusste es nicht mehr genau. Sie schwankte. Als sie
an einem großen Spiegel vorbeikam, blieb sie stehen. Diese verschleierte Saudi-Araberin und die mickrige kleine Französin. Das
konnten nicht sie sein, das ging doch nicht.

Einmal ließ die pausenlos lächelnde Verkäuferin eine Bemerkung auf Arabisch fallen, die Assia anscheinend verletzte. Sie antwortete kalt und schaute eine Weile in den Katalog, bevor sie das
Gespräch auf Englisch fortsetzte.

Dann zog sie den Handschuh aus und enthüllte den Solitär.

Die Verkäuferin betrachtete den Ring diskret. Sagte etwas zu der Prinzessin. Assia sah Sadeen an, dann ihren Ring, nahm ihn ab und hielt ihn ihr hin. Sadeen streifte ihre weißen Handschuhe über und hob den Ring zum Tageslicht.

»Holen Sie mir Sylvie«, wies sie eine träumende Praktikantin an.

Eine junge blonde Frau kam herein. Sadeen reichte ihr den Diamantring auf einem Tablett.

»Würden Sie diesen Ring polieren?«

Die junge Frau verschwand mit dem Tablett.

»Sylvie? Nur den Ring natürlich, nicht den Stein!«

Die Verkäuferin hatte sich über den maghrebinischen Akzent der Dame vom Golf gewundert. Ihre Mutter sei Marokkanerin, ihr Vater Saudi, hatte Assia erläutert. Und ihr Kindermädchen von den Philippinen. Deshalb klinge ihr Englisch auch wie das einer Nurse aus Manila. Aber Sadeens Verhalten hatte sich verändert. Ihre Liebenswürdigkeit war einer gespannten Aufmerksamkeit gewichen. In ihrem Kopf hatten die Alarmglocken geschrillt. Blicke, Gesten, Worte – alles nur noch mechanisch. Doch als Sylvie mit dem Tablett in beiden Händen zurückkam und mit einem kaum sichtbaren Nicken die Schönheit des Solitärs würdigte, war die Spannung wie weggeblasen. Und das Misstrauen auch. Assia war klar, dass die Goldschmiede in der Werkstatt gleich tätig geworden waren und den Stein auf Echtheit, Größe, Farbe, Karat, Reinheit, Nummer und Signatur überprüft hatten. René hatte ihnen versichert, dass der Diamant sauber sei. Ein Familienerbstück, bekannt und registriert. Brigitte hatte ihm geglaubt. Assia nicht. Schöner Schlemihl hin oder her, Ganove bleibt Ganove.

»Und vor allem, warum sollte er uns denn helfen? Wegen deiner schönen Augen?«

»Weil er die Colliers verticken wird, deshalb«, antwortete Brigitte.

René hatte sich damit abgefunden, nichts von unseren Plänen zu wissen, aber er wusste genau, dass wir eines Tages mit Diamanten in den Händen vor ihm stehen und ihn um seine Hilfe bitten würden. Und dass er dabei einen guten Schnitt machen würde.

Die Prinzessin käme im Sommer wieder nach Paris, wahrscheinlich im Juli. Ihre Assistentin würde vorher anrufen, aber sie wüsste es zu schätzen, wenn sie nicht vergebens aus London anreisen würde. Mit einem knappen Wink wies die Prinzessin ihre Assistentin an, der Verkäuferin ihre Pariser Telefonnummer zu geben.

»Das ist besser zu erreichen«, stammelte Mélody.

Mit gesenktem Kopf hielt sie der Verkäuferin beidhändig eine Visitenkarte hin, auf der nur ein Name stand: *Reema bint al-Mansûr Moqahwi Al Saud*. Das großspurige Pseudonym hatte sich Assia selbst zusammengebastelt, indem sie das Milieu der saudiarabischen Fußballmannschaft mit dem Ehrentitel des Siegers verquickte und mit dem Juwel Al Saud krönte, um das Ganze zum Strahlen zu bringen.

»Al Saud«, las Sadeen ehrfürchtig.

Sie war beeindruckt. Als sie die Prinzessin hinausbegleiten wollte, sagte die Assistentin, ihr Fahrer erwarte sie. Alles würde gut gehen.

Da stand er, auf dem Bürgersteig, an einen Torbogen gelehnt. Die Frauen ignorierten ihn und gingen ruhig vor ihm her Richtung Parkhaus. Beim Aufzug angekommen, überholte er sie. Drückte auf -2 und streckte lächelnd die Hand aus.

»Mitternacht, Aschenputtel.«

Assia streifte den Handschuh ab. Und ließ den Solitär in die dunkle Hand des Gangsters gleiten.

»Nur noch ein paar Formalien.«

Er nahm allein im Wagen Platz. Setzte eine Stirnlampe auf und schaltete sie ein. Hob den Ring hoch und betrachtete ihn. Legte ihn vorsichtig in sein Etui zurück. Dann zündete er sich eine Zigarette an, ließ das Fenster herunter und blies den Rauch Richtung Assia.

»Findest du deinen Kürbis auch wieder, Prinzessin?«

Dann lachte er laut auf. Und fuhr davon.

13

NEUVERTEILUNG DER ROLLEN

Als sie wiederkamen, war Mélody völlig außer sich. Nie wieder Assistentin! Die Rolle war ihr zu kompliziert, zu exponiert. Es mache sie wahnsinnig, immer wie blöde hinter Assia herzulaufen und nichts zu verstehen. Assia diese Prinzessin, sie dagegen sei völlig am Ende. Sie habe sich fast in die Hose gemacht. Ihre Perücke habe gekratzt. Genau wie die Strümpfe. Sie sei nicht die Richtige dafür. Nie in ihrem Leben habe sie solche Angst gehabt. Da mache sie nicht mehr mit. Jedenfalls nicht in dieser Rolle.

»Hast du vergessen, Mélody, dass wir das ganze Risiko nur für deine Tochter auf uns nehmen?«, rief Assia aufgebracht.

Ja, das wisse sie. Klar. Mélody war im Sofa versunken und hielt sich die Ohren zu. Assia lief im Kreis wie eine Gefangene mit Besuchsverbot. Bei jeder Runde blieb sie vor dem Sofa stehen.

»Was glaubst du eigentlich? Dass das für uns so easy ist? Dass wir unser Leben lang nichts anderes gemacht haben?«

Brigitte nahm Assia in die Arme.

»So, jetzt kommen wir alle mal wieder runter. Langsam und vorsichtig, okay?«

Ich beobachtete Assia. Sie erläuterte für mich die Szene, indem sie die beiden anderen nachmachte.

»Und? Hast du dich dann beruhigt?«

Sie lächelte mir zu.

»Ja. Wir sind alle wieder runtergekommen. Langsam und vorsichtig.«

Brigitte stand auf. Räumte das Pappmodell weg, die Fotos von den Colliers, die Pläne mit den gemarkerten Anmerkungen. Am Vorabend des »Heiligen Feuers«, das war der Codename für den Tag X, müssten sie alles verbrennen. Zu zweit sei das Ganze aber nicht machbar. Das wäre dann kein Überfall, sondern eine Schnapsidee. Ich lächelte.

»Und als du mich mit meinem Krebs gesehen hast, hast du gedacht: Warum nicht sie?«

Brigitte verzog das Gesicht, hob die Hand und wischte meinen Satz beiseite, wie man eine Fliege verjagt.

»Das war letzten Januar, Jeanne Paranoia! Da kannten wir dich noch gar nicht!«

Tatsächlich sei Assia dagegen gewesen, mich einzubeziehen. Habe mich insgeheim eine »Bürgersfrau« genannt. Meine Art, Trauer zu tragen, zu sprechen, zu lächeln, verabscheut. Mich einfach nicht leiden können. Bis sie mich genauer beobachtet habe. Ohne Misstrauen oder Eifersucht.

»Dir hat nur die Idee nicht gefallen, dass dann eine schöne Frau unter unserem Dach wohnt, gib's zu!«, neckte Brigitte.

Assia zuckte mit den Schultern. Nein. Sie habe mich schützen wollen. Als Einzige. Ihr habe die Vorstellung missfallen, mich in ein Verbrechen hineinzuziehen.

»Wieso Verbrechen?«, fragte ich verblüfft.

Assia machte sich ein Bier auf.

»Bewaffneter Raubüberfall. Ja, Jeanne, so was nennt man normalerweise ein Verbrechen.«

Zum ersten Mal hatte jemand diese Wörter ausgesprochen: Verbrechen, Raubüberfall. Beklemmung hatte sich über das Zimmer gelegt. Und ihre Gefährtin, die Angst. Mélody heuchelte Beschäftigung und feilte sich hingebungsvoll die Nägel. Assia ging barfuß auf den Balkon, um zu rauchen. Ich betrachtete meine Hände und erwog das Wort Verbrechen und was es in mir auslöste.

Wir waren zu Hause, an diesem Sonntag, dem 24. Juni 2018. Assia setzte sich auf eine Tischkante und dämpfte ihren Stummel in einer Kaffeetasse aus. Sie schaute mich an.

»Willst du uns immer noch helfen, Jeanne?«

Mélody hob den Blick von ihrem Strickzeug. Brigitte gesellte sich mit einer Illustrierten in der Hand zu uns. Ich nickte. Ja, das wollte ich. Und sagte es auch. Wiederholte es. Ich wusste fast alles von ihrem Plan. Nach und nach hatten sie mich eingeweiht in die Entstehung, die Vorbereitungen, die Erkundungen, aber zu keinem Zeitpunkt hatten sie mir erlaubt einzusteigen. Sie hatten mir eine Räuber-und-Gendarm-Geschichte erzählt, sonst nichts. Ich konnte mir Brigittes Entschlossenheit, Mélodys Panik und Assias begnadete Darstellung der Prinzessin vorstellen. Ich hatte mit ihnen über den Gangster mit den weißen Handschuhen gelacht, den Atem angehalten, als sich misstrauische Juweliere über den Solitär beugten, gelächelt, als Assia von den Visitenkarten mit dem Fantasienamen einer Saud-Prinzessin berichtete. Aber nie, zu keinem Zeitpunkt, war ich mehr gewesen als eine Zuhörerin.

»Komplizin«, berichtigte Brigitte.

»Als Komplizin müsste ich doch etwas verbrochen haben.«

»Hast du doch«, amüsierte sich Assia. »Du hast ein geplantes Verbrechen nicht angezeigt.«

*

Der Winter lag hinter uns, der Frühling und der junge Sommer brüsteten sich. Ich hatte noch drei Behandlungszyklen vor mir. Seit Mai bekam ich nur noch eine Infusion pro Woche. Am 11. Juli wäre Schluss mit dem heilenden Gift. Dann noch zwei Monate Strahlentherapie. Dazwischen bliebe mir ein ganzer Monat zur Erholung. Meine erste Bestrahlung war für den 14. August geplant. Dann wäre die Operation »Heiliges Feuer« schon Geschichte. Und wir hätten Eva schon in die Arme geschlossen. Alle. Nur nicht zu heftig, um sie nicht zu erschrecken. Das hübscheste kleine Mädchen der Welt würde seine vier Mamas auf Russisch ansprechen. Und der größte Bär der Welt würde laut mit ihr lachen. Vom Rest des Geldes würde Mélody sich ein Appartement mieten. Die kleine Familie hätte ein Recht auf Privatsphäre. Aber wir wären immer da. Wenn eine von beiden es wünschte. Die andere danach verlangte. Wenn sie unserer Liebe bedurften.

Im August würde auch ich ausziehen. Mit Assia und Brigitte zusammenzuwohnen wäre möglich, aber als Single im Lichtkreis eines Paars unerträglich. Außerdem hätte Assia, ungeachtet ihrer Höflichkeit, immer ein Problem mit einer »Bürgersfrau«. Das war weder bösartig noch feindselig. Sie schützte sich nur. Sie hatte zu sehr gelitten, um ihr Leben aufs Spiel zu setzen.

Anfang Juni rief Matt mich an. Mit dem Handy meiner Chefin Hélène. Das war Matts Trick, um mich zu erreichen. Er fragte mich nicht einmal, wie es mir gehe. Sein einziges Problem war die Wohnung. Ob ich meine Sachen holen und ihm die Schlüssel zurückgeben könne. Was für ein Taktgefühl! Ich drückte ihn weg. Ging in den Buchladen, um Hélène zu informieren. Und um mich nach den Neuerscheinungen des Herbstes zu erkundigen. Mein Krankenstand würde mit den ersten Bestrahlungen enden. Der Arzt hatte mir versichert, dass es kein Problem sei, während der Therapie zu arbeiten. Und wenn ich doch zu müde wäre? Dann würde er mich eben wieder krankschreiben. Mein Leben würde über die Romane triumphieren.

Noch drei Mal war ich im Bois de Vincennes. Beim ersten Mal sah ich die Schwäne mit der Wildente wieder. Ich hatte sie nicht gesucht, aber gehofft, dass sie da wären. Wieder kamen sie bei meiner Ankunft aus dem Unterholz und flohen auf den See. Als wäre es ein Zeremoniell. Genauso wie der merkwürdige Blick, den mir die Ente jedes Mal zuwarf, wenn sie sich vom Ufer entfernt hatte. Ich hatte sie Gavroche getauft, wegen ihres zerzausten Gefieders. Und weil ihr Gang an den eines kleinen Jungen mit zu weiten Hosen ohne Gürtel erinnerte. Wenn Victor Hugos Gavroche das Haus seiner Eltern verließ, ging er zurück auf die Straße. Sein wahres Zuhause war unter den Gaslaternen. Und die Ente war wie er. Allein, elternlos, zerlumpt watschelte sie den wunderbaren Schwänen hinterher und glitt nach ihnen ins Wasser, als wäre sie ein Straßenkind.

Beim zweiten Mal sah ich die Ente nicht. Über eine Stunde wartete ich in einem scheußlichen Frühlingsnieselregen. Traurig und müde. Ich hatte Gavroche zu meiner Lebenshoffnung gemacht. Ohne sein Zutun und ohne sein Wissen war dieses struppige runde Etwas ich geworden. Allein, übel zugerichtet, tollpatschig und hässlich angesichts der stolzen weißen Vögel, aber lebendig, ohne Hass, ohne Zorn und ohne vor irgendetwas Angst zu haben. An diesem Tag verschleierte der Regen meinen Kummer.

Die Behandlung am nächsten Tag machte mich fertig. Und der Besuch beim Radiologen wütend.

»Bitte freimachen!«

Mir reichte es. Ich hatte genug davon, vor Frauen, Männern,

ganzen Ärzteteams meinen BH abzulegen. Ich fühlte mich, als wäre ich seit Februar gar nicht mehr ordentlich angezogen gewesen. Für die anderen war das eine Kleinigkeit. Von Ärzten, Krankenschwestern und dem Akupunkteur hörte ich immer dieselbe Aufforderung: »Bitte freimachen.«

Ich war fast nackt, und sie fanden das Ganze völlig normal. Vor mir war ein Krebs reingekommen, ich war der nächste, und nach mir kam wieder einer. Eine Fleischbeschau.

»Madame Doohan-Hervineau!«

Unterhemd, BH. Die Haut meines Schädels, die Haut meines Körpers. Seit der Diagnose hatte ich kein Recht mehr auf angemessene Bekleidung.

An diesem Tag hätte ich fast abgebrochen. Ich hatte von Frauen gehört, die das gemacht hatten. Die nicht mehr zum Arzt gingen. Schluss jetzt. Pech gehabt. Und tschüss. Vielleicht würde ja gar nichts passieren. Aber mein ganzer Körper würde mich anflehen, ihn nicht zu opfern. Er wolle wieder heil werden und mich für alle Widrigkeiten um Verzeihung bitten. Das Leben würde sich bei mir entschuldigen. Am Nachmittag traute ich mich nicht in den Laden. Ich sah Hélène und Clarisse durchs Schaufenster: Hélène stand an der Kasse, und Clarisse pries einem jungen Mann ein Buch an. Als ich über eine Brücke ging, warf ich Matts Schlüssel in die Seine. Ohne Bedauern. Abends nahm ich Assia eine Bemerkung krumm. Wir waren voller Wut. Brigitte trennte uns. Ich ließ das Abendessen aus. Und ging mit leerem Herzen schlafen.

Eine Woche später nahm ich ein Taxi zum Bois de Vincennes. Setzte mich hin. Und wartete. Die Schwäne zogen auf dem See vorbei, Gavroche in ihrem Kielwasser. Ich hob die Arme zum Himmel. Reckte mich gewaltig. Heulte wie eine Wölfin. Noch nie hatte ich mich so gefreut. Gavroche beruhigte mich. Seine Gegenwart, sein Leben, seine Existenz waren meine. Ich fühlte mich wie Doigneaus »Mädchen mit Ente«. Wie Gavroches geliebte Schwester Éponine. Zusammen mit den stolzen Schwänen war Gavroche der Erste und Einzige gewesen, der mir versichert hatte, dass all dies mich überleben würde. Dass ich eines Tages die Augen vor dem See schließen könnte, ohne fürchten zu müssen, dass er dann nicht mehr existierte.

Ich ging zu Fuß nach Hause. Sonne und graue Wolken. Mitten auf der Straße nahm ich plötzlich mein kreolisches Tuch ab. Einfach so. Warf es in die Tasche, ohne es zusammenzulegen. Und hob dann den Blick. Ging kahlköpfig weiter. Stolzen Hauptes. Wie Athene, ohne Helm aus dem Kampf heimkehrend. Ich begegnete Blicken. Die sich senkten. Und anderen, die meine Stirn wieder aufrichteten. Ich gefiel mir im Schaufenster eines Modegeschäfts. Ich war schön. Würdig. Von Vornehmheit umhüllt.

*

»Willst du uns immer noch helfen, Jeanne?«

Assia, Brigitte und Mélody schauten mich fragend an.

Ich nickte.

Brigitte ergriff das Wort. Bat mich, sie nicht zu unterbrechen. Fragen könne ich später. Sie hatte mir von dem bretonischen Kommissar erzählt, aber nicht von der »Brise de Niš«. Ich hatte die Geschichte von einer als Fußballfan mit entsprechender Perücke maskierten Juwelenräuberin in der Zeitung gelesen, aber noch nie etwas von kriminellen Serbinnen gehört.

»Das wird unsere Tarnung sein«, sagte Brigitte.

Ich verstand kein Wort.

»Na, die sind vier, wir sind vier. Passt doch.«

Sie nahm eine blau-weiß-rote Afroperücke aus einer im Schrank versteckten Tasche. Und eine dreifarbige Maske mit einem weißen Kreuz in der Mitte der Stirn.

»Bist du sicher, dass das mit der Größe hinkommt?«

»Später!«

Tatsächlich wisse niemand etwas Genaueres über die Täterinnen. Von einem Überfall zum anderen wüchsen oder schrumpften sie stets um ein paar Zentimeter. Alle Zeugen hätten ihre eigene Version der Ereignisse. Ein Juwelier habe sogar von einer »Afrikanerin« gesprochen, diese Behauptung aber später zurückgenommen. Die Aussagen seien so unzuverlässig, dass die Polizei auf die Anfertigung von Phantombildern verzichtet habe. Sicher sei nur, dass das Quartett jedes Mal die Kostümierung wechsle. Das Einzige, was den Berichten zufolge jedes Mal gleich blieb, seien die Maske und die Perücke in den Farben der Trikolore. In Paris hätten sie im Krankenschwesternkittel zugeschlagen, in Bondy im Blaumann. Nichts spreche also gegen eine arabische Prinzessin mit Sekretärin an der Place Vendôme.

Kommissar Le Gwenn habe Assia nur ein einziges Mal gesehen. Sie bediene selten tagsüber, arbeite lieber nachts. Mélody überhaupt noch nie. Die beiden existierten für ihn nicht. Unser Überfall würde den Serbinnen zur Last gelegt werden. Davon war Brigitte überzeugt.

»Wenn wir uns nicht erwischen lassen«, murmelte ich.

Mit einer Handbewegung schnitt mir Assia das Wort ab.

»Wenn du uns wirklich helfen willst, behältst du solche Gedanken für dich.«

Als Brigitte die Perücken austeilte, spürte ich zum ersten Mal Angst. Mélody hatte inzwischen das Pappmodell, die Pläne und Notizen zusammengelegt und weggeräumt. Je mehr wir uns damit beschäftigten, desto abstrakter kam mir unser Unternehmen vor. Ohne es den anderen zu sagen, hoffte ich auf einen anderen Ausgang. Einen Juwelier zu überfallen war Wahnsinn, wenn es schiefginge, wäre es eine Tragödie. Außer Brigitte, die einmal in einem gestohlenen Wagen für ihren Kerl Wache geschoben hatte und gleich darauf in Handschellen auf dem Boden lag, war keine von uns je mit dem Gesetz in Konflikt geraten. Jetzt, mit dieser Plastikperücke in den Händen, wurde mir klar, dass das alles ernst war. Für mich war ein braver Pagenkopf mit Pony in Brünett vorgesehen. Unter Assias Schleier wären Kaskaden dunkler Locken verborgen. Mélody bekäme einen kecken Kurzhaarschnitt in ihrer Lieblingsfarbe Platinblond, einen mit Gel modellierten Pixie. Und Brigitte den wilden Afro und die Maske zu Ehren der unbekannten Serbin.

Dann nahm Assia die Waffen aus der Tasche. Ich erkannte die Plastikpistole wieder, die sie von ihrem Ex-Freund hatte. Massiv, robust, überzeugend. Als sie das restliche Arsenal auf den Tisch legte, geriet ich in Panik. Die Türen schlossen sich hinter mir. Ich konnte nicht mehr zurück.

Mélody würde einen Colt Frontier zücken. Ein Sheriff-Revolver im Gürtel der Diebin.

»Na ja, fast«, kommentierte Brigitte.

Es handelte sich um eine silberfarbene Replik mit einem Griff aus falschem Elfenbein. Um sie bedrohlicher aussehen zu lassen, hatte Assia sie schwarz angemalt. Das war nicht gelungen. In Mélodys Händen wirkte sie wie eine Kinderrassel.

Für mich hatte Brigitte eine automatische Beretta-Luftdruckpistole ausgesucht.

»Die macht ganz schön was her«, habe ihr der Trödler versichert.

Sie verschieße sechs Millimeter kleine weiße Kugeln. Ein Import aus den Vereinigten Staaten. Man müsse nur den orangefarbenen Mündungsfeuerdämpfer übermalen, weil der das Fake verrate.

Brigitte würde eine Hacke mitnehmen. Die gleiche wie die Serbinnen.

»Abgesehen von der Überlebensaxt, ist das alles nur Spielzeug«, erläuterte Assia.

Sie hatte gesehen, wie mir meine Gesichtszüge entglitten.

»Zählt das auch, wenn wir erwischt werden?«

Assia richtete sich auf, zielte mit ihrer Tokarew auf mich und rief: »Bumm!«

Brigitte machte eine abwehrende Geste.

»Assia! Jeanne hat das Recht zu fragen.« Zu mir sagte sie: »Ob falsch oder echt, ist egal, wenn man jemanden mit einer Waffe bedroht.«

»Aber mit einer falschen kann man doch keinen umbringen!«

Brigitte zuckte mit den Schultern.

»Es ist trotzdem ein bewaffneter Überfall. Und das gibt zwanzig Jahre.«

»Dein Anwalt plädiert bestimmt auf mildernde Umstände«, spottete Assia.

Das war nicht lustig. Doch sie machte weiter.

»Die wahnsinnig nette, krebskranke kleine Buchhändlerin wurde von den drei Schlampen dazu überredet!«, äffte sie mit böser Stimme.

»Assia! Das reicht jetzt!«

Brigitte, die Leuchtende. Die Friedensrichterin, im Gefängnis, in der Freiheit, überall. Brigitte, die gute Zuhörerin, die immer alles verstand und sich um alle kümmerte. Am Anfang unserer Freundschaft hatte ich sie einmal gefragt, wann und wie ihr diese Gnade zugefallen sei.

»Als mir mein Kind genommen wurde.«

Seitdem eile sie, wenn ihr ein kaputter Mensch über den Weg laufe, dem Kind zu Hilfe, das er einmal war. Mélody, Assia, Jeanne, Perig – sie las jedes gebrochene Herz vom Wegesrand auf.

Assia reichte es noch nicht. Sie wollte noch ein paar Worte über meinen unvermeidlichen Freispruch verlieren. Er würde in ein rauschendes Fest münden, bei dem die freudetrunkenen Pariser mich über die Boulevards trügen. Die drei anderen, die mit klirrenden Ketten um die Knöchel durch die Stadt zu den Galeeren wankten, würden dagegen bespuckt.

»Ist jetzt gut? Bist du fertig?«, schimpfte Brigitte.

Mélody grinste. Ich klatschte der Darbietung stumpf Beifall. Bloß den Anschein von Gelassenheit erwecken!

Assia ließ sich in den Sessel fallen und blies imaginären Pulverdampf vom Lauf ihrer Pistole.

»Jetzt hör mir mal gut zu, Jeanne Sorry«, sagte Brigitte. »Ich gebe dir hiermit ein feierliches Versprechen.«

Sie war zu mir gekommen, hatte sich über mich gebeugt und mein Gesicht in beide Hände genommen.

»Ich werde alles tun, verstehst du, alles, damit dir nichts passiert.«

»Der Rest der Mannschaft bedankt sich!«, murrte Assia.

Brigitte gab nicht auf. Sie hielt mich am Herzen fest.

»Die Hände heben musst du erst am 14. August, wenn du zu deiner ersten Bestrahlung vor dem Arzt auf dem Tisch liegst. Davor nicht. Das verspreche ich dir.«

Dann klatschte sie mir auf die Schenkel.

»Alles klar?«

Ich nickte schweigend.

Am Ende richtete sie sich abrupt auf und nahm in der Mitte des Zimmers Aufstellung.

»Okay, die Pause ist vorbei. Neuverteilung der Rollen.«

Mélody hatte es immer wieder gesagt: Sie wollte auf keinen Fall noch einmal die Assistentin der Prinzessin sein.

»Dann bist du jetzt ihre Sekretärin, Jeanne.«

Assia beobachtete mich. Ich nahm ohne Widerrede an und lächelte sogar ein wenig.

»Ihr habt eine Stunde Vorsprung, die Prinzessin und du. Lasst euch ruhig Zeit. Ein Collier für 200 000 Euro kauft man nicht so hopplahopp.« Zu Mélody gewandt, fuhr sie fort: »Und wenn sie eine SMS schicken, kommen wir angetanzt.«

»Was für eine SMS?«, wollte ich wissen.

Die Frauen waren mir voraus. Seit dem Winter planten sie ihren Coup. Und vergaßen gelegentlich, dass ich nicht über alles im Bilde war. Wie um sich zu entschuldigen, erklärte mir Assia den Ablauf. Mit besänftigtem Blick. Wir gehen rein, die Colliers sind da. Die Prinzessin zögert. Sie muss noch ihren Bruder fragen. Kein Kaffee, kein Tee, die Handschuhe anlassen, auch wenn es heiß ist. An ihrem Finger, unter der Seide, diesmal ein falscher Solitär. Nur damit die Verkäuferin die Silhouette mit ihren Blicken streicheln kann. In diesem Moment schickt Assia die SMS. Gibt Brigitte und Mélody grünes Licht. Ein paar Minuten später klingeln die beiden an der Eingangstür. Und der Überfall beginnt.

Mélody nickte. Brigitte hatte meinen sorgenvollen Blick gesehen.

»Jeanne?«

»Es könnte auch eine Falle sein.«

Brigitte stützte die Ellbogen auf den Tisch. Und wartete, die Hände vor den Lippen gefaltet, auf die Erläuterung.

Ja, eine Falle. Vielleicht war der Solitär gar nicht so sauber. Oder der Hehler hatte geplaudert. Und wenn sie den Namen auf der Visitenkarte überprüft hätten? Eine Saud in Paris? Eine Prinzessin? Seit wann? Warum hatte ihre Einreise keinerlei Spuren an der französischen Grenze hinterlassen? Warum war das Außenministerium nicht darüber informiert? Die eingeschaltete Kriminalpolizei würde sich darüber wundern, dass die Telefonnummer einer reichen Ausländerin zu einer französischen Prepaid-Karte führte. Und was sagte die saudi-arabische Botschaft eigentlich dazu? Die Diplomaten würden sich Gedanken machen. Sie könnten sich durchaus vorstellen, dass eine Schwester des Prinzen in Paris ihre Launen austobte, aber sie hätten sich rasch vergewissert, dass es sich um einen Fantasienamen handelte. Und dass diese Frau nicht existierte. Kein königliches Blut. Eine Terroristin womöglich? Nein, eine Schmuckräuberin wahrscheinlich! Na gut, dann soll sie mal kommen, hätte die Polizei gedacht. Wir lassen uns ihre Telefonnummer geben und machen einen Termin für die Besichtigung der Colliers aus. Im Juli? Perfekt. Warum nicht am 21.? Diesen Tag hatte Sadeen, die Verkäuferin, Assia vorgeschlagen. Und dann erwarten wir sie. Und die Falle schnappt zu. Wenn Brigitte die Treppe hinaufginge und ihre blau-weiß-rote Perücke aufsetzte, würden die Funkgeräte der versteckten Polizisten heiß laufen.

»Es geht los! Bingo, die ›Brise de Niš‹!«

Statt unseren Coup also listig den Serbinnen unterzuschieben, hätten wir plötzlich all deren Verbrechen auf dem Kerbholz.

Diesmal wurde Assia nicht böse. Sie hatte ihre Krallen eingezogen. Brigitte blieb stumm. Mélody hatte ihre Augen geschlossen. Die kleine Jeanne hatte soeben ihren Plan beidhändig erwürgt. Schweigen. Ich wusste, dass jede gerade die Szene vor sich sah.

»Das Risiko nehme ich auf mich«, murmelte Brigitte.

Assia senkte den Kopf, hob ihre geballten Fäuste und streckte langsam die Daumen nach oben.

»Ich auch.«

Brigitte ging auf Mélody zu.

»Wir tun das für dich! Wenn du nichts machst, machen wir auch nichts!«

»Ich gehe das Risiko ein«, quiekte sie.

Alle Blicke waren auf mich gerichtet.

»Ich hab keine Wahl.«

Assia schenkte Wein ein, auch mir. Und hob ihr Glas.

»Jeanne Sorry ist tot, es lebe Jeanne Hervineau!«

Ich stand auf. Überwältigt.

»Lasst die Tränen, Schwestern, auf ins Gefecht«, deklamierte Brigitte.

Assia lachte.

»Die großen Worte meiner süßen Liebsten!«

Dann erhob ich mein Glas.

»Auf Eva!«

14

AM TAG DAVOR
(Freitag, 20. Juli 2018)

Wir wollten diesen Tag nicht gemeinsam verbringen.

»Es gibt nichts Schlimmeres, als durch die Wohnung zu tigern«, sagte Brigitte.

Sie beschloss, morgens ins Schwimmbad zu gehen, allein auf einer Terrasse Mittag zu essen und den Nachmittag an den Quais zu verbringen. Sie ging oft dort spazieren, das rechte Seineufer hinauf bis zum Louvre und links wieder hinunter Richtung Saint-Michel. Sie liebte die Bouquinisten. Das war überhaupt das Erste, in das sie sich verliebt hatte, als sie nach Paris kam. Aus ihren Bücherregalen wisperte die Vergangenheit. Jedes Mal, wenn sie an den grünen Ständen vorbeikam, kaufte sie einen Roman oder einen Essay. Immer nur einen. Diese Regel hatte sie sich selbst auferlegt, um sich nicht zu überfordern und auch wirklich zu lesen, was sie mitbrachte. Solange sie mit dem Buch nicht fertig war, hielt sie sich vom Seineufer fern.

Brigitte war nie auf dem Lycée gewesen. Dem Collège hatte sie nach der Orientierungsklasse den Rücken gekehrt. Wie ihrer Familie. Und Roscoff. Und dem jungen Mädchen, das sie einmal war. Danach hatte sie öfter auf der Straße übernachtet. Und gelegentlich ihren Körper verkauft. Sich mit Äther und kleinen Jobs betäubt, bevor sie den schönen Argentinier traf, in den sie sich Hals über Kopf verliebte.

Zu der Zeit schmierte sie tagaus, tagein Teig auf eine heiße Platte. Dabei wurde ihr schmerzlich bewusst, dass sie nichts gelernt hatte. Von der Schule hatte sie nur ein paar Dinge behalten, den großen Andromeda-Nebel, die Briefe von Plinius dem Jüngeren und den Malet-Isaac, aber sie erinnerte sich nicht mehr, was oder wer das war. Da man nichts inwendig verlernen kann, hatte sie einfach alles vergessen.

Aus Trauer um ihre Allgemeinbildung las sie ausschließlich Werke von gestern. Nie moderne Literatur.

»Wie kannst du Henning Mankell verstehen, wenn du nie Simenon gelesen hast?«, sagte sie, als ich die Krimis des schwedischen Schriftstellers rühmte.

An diesem Freitag im Juli kaufte Brigitte Texte des Journalisten Henri Béraud unter dem Titel ›Autour de Guignol‹ auf den Quais. Das Buch war wie neu, die meisten Seiten noch nicht einmal aufgeschnitten. Schon als Kind hatte Brigitte die Witzfigur der bretonischen Dienstbotin in Paris, Annaïck Labornez, besser bekannt als Bécassine, verabscheut. Dem braven Bauerntrampel mit Flügelhaube, der mit seinem Bündel und einem roten Regenschirm in die Stadt zieht, wo er von den Bürgern verspottet wird, zog sie den Guignol, den Kasperl, vor. Den hatte Brigitte an ihrem siebten Geburtstag kennengelernt, 1974, als ein Marionettentheater aus Lyon drei Tage in Morlaix gastierte und sie dazu eingeladen wurde. Da sah sie zum ersten Mal, wie ein Gendarm verprügelt wurde. Und Kinder dazu Beifall klatschten. Bécassine ließ sich glucksend von Soldaten umarmen, der pfiffige Guignol dagegen zögerte nicht, auch Zweispitz- und Kokardenträger zu verhauen. Die tollpatschige Schnepfe und der tollkühne Held. Brigitte war entzückt von dem hölzernen Schlingel mit Kirschmund und schwarz umrandeten Augen. Und hatte ihn dann, wie alles andere, in ihrem Koffer

voller Erinnerungen vergessen. Bis zu diesem Julinachmittag, an
dem ihr Bérauds Buch in der obersten Reihe eines Bouquinisten
ins Auge fiel. Es war nicht in Zellophan eingeschlagen. Also blätterte sie darin. Auf Seite 49 sagte Guignol zu seinem Freund Gna-
fron: »Ganz genau, altes Haus, je besser man sich vorbereitet, desto bereiter ist man.«

Genau das dachte sie über die für den nächsten Tag geplante
Aktion. Und kaufte lächelnd das Buch.

Mélody war frühmorgens losgegangen und erst nach dem Abendessen wiedergekommen. So war sie. Geheimnisvoll, verschwiegen,
eine Einzelgängerin. Die tagelang verschwand, als ob sie woanders
hinginge, um zu leiden. Nach ihrer Chemo am Vormittag war sie
mit dem Rad in die Stadt gefahren. Ein Eis gegen die Übelkeit,
ein Paar Sandalen, kleine Geschenke für uns. Geld auszugeben
hielt ihre Angst seit jeher am besten in Schach. So war sie auch
auf die Idee gekommen, ihre Tochter zurückzukaufen. Alles hatte
seinen Preis, ob Schuhe in einer Auslage oder ein entführtes Kind.
Sie hatte die strubbelige Perücke für den Überfall »eingetragen«,
wie sie sagte. Einen ganzen Tag damit herumzulaufen verleihe ihr
eine natürlichere Kopfhaltung. Am Abend legte sie dann ihre Einkäufe auf den Couchtisch: Für Brigitte ein T-Shirt mit Eiffelturm
à la Warhol. Für Assia eine Schachtel mit Mandelmus gefüllter
Datteln. Auch an mich hatte sie gedacht: »Kriminologie für Dum-
mies«. Auf meinen fragenden Blick hin äffte sie mich nach, Hände
in den Hüften, große Augen, schwaches Stimmchen: »Ach, bewaffneter Raubüberfall ist ein Verbrechen?«

Ich lachte. Sie auch. Die beiden anderen auch. Es war ein nervöses, angespanntes und plötzliches Lachen. Zu plötzlich, um lustig zu sein.

Assia war zu Hause geblieben. Barfuß und im Nachthemd, wie eine Kranke. Oder wie an diesen öden Sonntagen, an denen sie Grissini knabbernd im Schneidersitz auf dem Bett saß und einem Serienhelden Stichworte gab. In der Einsamkeit ihres Zimmers probierte sie die orientalischen Locken, die schwarze Brille, die seidenen Handschuhe, Schleier und Abaya an. So ging sie im Zimmer auf und ab und betrachtete sich in dem großen Frisierspiegel, den Brigitte vom Trödler hatte. Nahm die Pistole aus dem Schrank. Riss sie abrupt hoch, als hätte sie einen Feind erspäht. Dann ließ sie sich auf den Stuhl fallen. Sie hasste diese Gestalt im Spiegel. Das war nicht die Gestalt einer Diebin, sondern das Fahndungsbild einer Killerin. Das sah nicht nach Überfall aus, sondern nach Terror gegen harmlose Passanten. Die Araberin. Das Wort bohrte in ihrem Kopf wie Zahnschmerzen. Die Frauen wollten sie auf die Angst vor dem anderen reduzieren, wie Franck. Sie riss sich den Schleier ab und schleuderte ihn quer durchs Zimmer.

»Scheußlich!«

Sie brach zusammen. Atmete schwach. Ihr war völlig klar, dass diese Karikatur eines Gespensts mit Sicherheit mehr Angst und Schrecken verbreiten würde als die Fake-Waffen. Aber sie hatte auch Angst vor dem nächsten Tag. Der Irrsinnstat, die sie so lange schon planten. Sie fürchtete, verhaftet oder getötet zu werden. Ständig las sie in der Zeitung von jungen Menschen, die mit einer Spielzeugpistole in der Hand erschossen wurden. Sie fürchtete um ihre große Liebe Brigitte. Um Mélody. Um Eva. Und sogar um die kleine Bürgersfrau in ihrer steifen, dunklen Kleidung. Die sich eines Morgens hier festgesetzt hatte, um nie wieder zu verschwinden, und sich nach jedem zweiten Satz entschuldigte. Sie fürchtete, dass die vier Mädels sich in den Hof der Jungs verirrten. Spielsachen gegen Kriegswaffen. Sie fürchtete, nie wieder einen Sonntagmorgen zu erleben.

Ich kaufte mir am Automaten ein Last-Minute-Ticket und stieg in den Zug nach Lyon. Mein Großvater war dort begraben. Der Frauenscherer war mit 91 in seinem Bett gestorben. Abgesehen davon, dass er 1943 wie Tausende junger Männer aus dem Zwangsarbeitsdienst geflohen war und sich ein Jahr später eine Armbinde mit Lothringerkreuz übergestreift hatte, war die Erniedrigung von ein paar Verwirrten seine einzige Heldentat geblieben.

Nach dem Regen der letzten Tage war es fast kühl geworden. Allerdings hatte der Wetterbericht für den Nachmittag große Hitze angekündigt. Ich trug einen schwarzen Rock, eine weiße Bluse und eine graue Weste. Und einen Turban für die Reise. Um keine Kinder zu verschrecken. Ich hatte die Stirn ans Fenster gelehnt. Die Sonne stand noch nicht hoch, der Himmel war weit und blau. Nach fünf Monaten war die Chemotherapie zu Ende. Im Kampf gegen die Krankheit war die Arznei dieser zum Verwechseln ähnlich. Die Nägel waren mir der Reihe nach abgebrochen, und kein Siliziumlack kam dagegen an. Mein Kopf tat weh, genauso wie mein Bauch. Übelkeit und Gelenkschmerzen verschwieg ich. Was Mélody erdulden musste, hinderte mich am Klagen. Ein paar Tage vor meiner letzten Behandlung bekam ich Nasen- und Zahnfleischbluten. Ich sperrte mich lange im Bad ein, während Brigitte an die Tür klopfte und mir versicherte, ich müsse mich fürs Krankenhaus nicht so schön machen.

Vom Bahnhof Lyon-Perrache nahm ich ein Taxi zum Friedhof Sainte-Foy-lès-Lyon. Der Fahrer beobachtete mich im Rückspiegel. Nein, die Klimaanlage störe mich nicht, danke. Er redete über die Hitze und seine Frau, die »das« vor zehn Jahren gehabt habe und der es jetzt wieder sehr gut gehe. Ich lächelte ihn an. Über die Einsicht, das Verhandeln, den Zorn war ich hinweg. Nach dem Krebs bereitete ich mich jetzt auf einen Juwelenraub im Herzen von Paris vor. Er schnurrte seine kleine Geschichte herunter. Ich hatte die Augen geschlossen. Und in mir das schwindelerregende Gefühl, einer anderen Welt anzugehören als die Fußgänger auf dem Bürgersteig, die hupenden Lieferanten, die Möbelpacker, die die Straße blockierten, der Mann, der bei Rot über die Straße ging und Verwünschungen gegen uns ausstieß, die beiden Kinder, die an ihrer Mutter hingen wie Küken an einer Henne. Ich tanzte zwischen Leben und Tod. Ohne zu wissen, auf welche Seite es mich tragen würde. Der Buchladen erschien mir so weit weg. Die Freundinnen, das letzte Glas Rotwein, das man mit der Rechnung zusammen noch beim Kellner bestellt – Wie jetzt? Eine Flasche für vier? Das reicht nicht! Die Möwen fallen trocken! Ich wusste weder, wo Matt war, noch, wer er war. Sein Großvater der Held, meiner das Schwein. Seiner in Dieppe geehrt, meiner bei Lyon vergessen.

»Alles in Ordnung, Madame?«

Ja, danke, es geht schon. Es macht Angst, wenn eine Krebskranke im Taxi die Augen schließt. Also kehrte ich wieder zurück, in die Sonne, zu ihm und seiner ganz neuen Frauengeschichte. Öffnete meine Handtasche. Betrachtete ein letztes Mal das vermaledeite Foto. Wir waren auf den Hügeln um die Stadt angekommen. Am Friedhofstor bat ich den Fahrer zu warten. Er wirkte überrascht.

»Lange?«

»Nein, ich komme gleich wieder.«

Ich ging die Hauptallee entlang. Ich hatte noch nie allein sein Grab besucht. Nur als Kind mit meiner Mutter, danach nie mehr. Mir fiel ein, dass es an der Umfassungsmauer lag. Ganz hinten vielleicht.

Charles Hervineau

24. April 1916 – 14. Dezember 2007

Zwei mit der Zeit verblichene Gedenktafeln: »Meinem Vater«, »Die Cleveren vom Kleinen See in Bois-d'Oingt«. Und eine aus schwarzem Marmor mit Trikolore: »Unserem Kameraden – die Veteranen der Résistance«. Ich schaute mich um, da war niemand. Also setzte ich mich auf die graue Grabplatte. Fegte mit dem Handrücken ein paar Blätter und ein bisschen Erde beiseite, die der Wind angeweht hatte. Nach dem Tod meiner Mutter hatte er noch eine Zeit lang gelebt. Aber für uns war er nie dagewesen. Für mich nicht, für den kranken Jules nicht, nicht einmal für den toten Jules. Er blieb lieber allein, weil er fand, dass ich ihr zu ähnlich sei. Auf dem heißen Grab versuchte ich mich an seine Stimme zu erinnern. Er hatte geraucht. Seine Worte waren so rau wie sein Husten. Eigentlich sprach er nicht, sondern röchelte. Blassblaue Augen, die Haare sorgsam zurückgekämmt. Ich hatte ihn nie anders als mit Krawatte gesehen. Das sei »die Uniform des anständigen Mannes«, sagte er gern. Keine Ahnung, wo er das herhatte. Er wusste für jede Situation einen Sinnspruch, den er gern samt Autor zitierte: »… wie XY so schön sagte …« Er hatte nie etwas von XY gelesen, nur diese Sentenz irgendwo aufgeschnappt. Und gebrauchte sie, als wäre sie seine Basis. Dabei kannte er sie nur zufällig vom Hörensagen.

Ich stand auf. Nahm meinen Turban ab und reckte meinen nackten Schädel zu dem stummen Kreuz. Ich trug die weiße Bluse der Geschorenen von Lyon, ihren Rock und ihre Weste.

»Charles, ich bin Jeanne, deine Enkelin.«

Langsam und schweigend drehte ich mich um mich selbst. Um ihm meine Stirn, meine Schläfen, meinen Nacken zu präsentieren. Damit er sein Werk betrachten konnte, das Kind seines Kindes. Und das Böse, das er getan hatte.

Dann zerriss ich das Foto des »Deutschenflittchens« und warf es auf sein Grab.

Der Taxifahrer erwartete mich mit offener Tür. Er hatte meinen kahlen Kopf gesehen. Das war ihm unangenehm.

»Es ist wirklich das ideale Wetter«, stammelte er.

»Ideal für wen?«, fragte ich, als ich im Taxi Platz nahm.

Sein unruhiger Blick im Rückspiegel.

Ich begann zu lachen.

»Nehmen Sie es mir nicht übel, das war nur Spaß.«

Ich hatte das Foto von Eva aus meiner Tasche genommen. Das hübscheste kleine Mädchen der Welt lächelte mich an. Sie war meine Kraft, und wir würden ihre sein. Ich betrachtete die dunkle Kleidung, die gegen mich sprach. Die Geschorene, die Kindsmörderin, die Verlassene, die von ihrem Körper Verratene. Ich träumte von Farben. Nach dem Winter müsste ich mich für den Sommer neu einkleiden.

15

WILDE FREUDE
(Samstag, 21. Juli 2018, 3.10 Uhr)

Doktor Hamm saß auf meinem Bett. Meine Ärztin Flavia lehnte an der Wand. Außerdem waren noch Dr. Duez und meine Krankenschwestern Agathe und Bintou im Raum. Valentine, die Biene, knöpfte ihren gelben Kittel zu. Auf der anderen Seite weinten Brigitte und Assia. Mélody saß mit Kopfhörern auf dem Boden.

»Tut mir leid, aber es ist nicht gut gegangen«, murmelte Isaac Hamm.

Er legte seine Hand auf meine. Ich sah sie alle der Reihe nach an.

»Was?«

Er schüttelte den Kopf. Flavia antwortete.

»Wir konnten Ihre Brüste leider nicht retten.«

Ich richtete mich auf. Ich war nackt. Ich hatte einen Männertorso, beschmiert mit orangefarbenem Desinfektionsmittel.

Ich wachte auf.

Starke Krämpfe in der Brust, Kopfschmerzen, geschwollene Zunge. Ich trank einen Schluck Wasser. Glassplitter. Es fiel mir schwer, den Traum abzuschütteln. Ich spürte noch, wie das Gewicht des Arztes mein Betttuch spannte. Roch den Tabak an seinen Fingern. Flavias Zitronenparfum. Den pfeffrigen Moschusduft von Bintous

Haaren. Brigittes Tränen waren echt. Assias Schmerz hatte mich überwältigt. Agathe führte in schneller Wiederholung, wie auf einem zerkratzten alten Film, immer wieder Daumen und Zeigefinger zum Ohr, um mir zu bedeuten, dass ich sie anrufen sollte.

Ich schaltete meine Leselampe ein. Die Betttücher waren feucht und kalt. Einen Moment lang glaubte ich, ich hätte ins Bett gemacht. Wieder dieser Angstschweiß, herb und klebrig, den Matt so ekelhaft fand. Ich setzte mich auf, das Kissen im Rücken. Nahm mein himmelblaues Notizbuch aus der Nachttischschublade. Seit ich bei den Frauen eingezogen war, hatte sich mein Tagebuch verändert. Nach dem entsetzten Gejammer auf den ersten Seiten waren meine Worte hart geworden. Ich heulte nicht mehr herum, sondern empfand eine wilde Freude. Eines Morgens hatte ich geschrieben: »Mein Schicksal entzieht sich mir, das ist die erste Krebslektion.« An dem Abend, an dem die drei Frauen mich in ihren Plan eingeweiht hatten, hatte ich vor dem Schlafengehen am Rand hinzugefügt: »Es sich wutschnaubend wiederanzueignen ist die zweite.«

Wochenlang hatte ich mich gefragt, was ich mit all dem Unbekannten machen sollte. Mit diesem Zorn, diesem Willen, dieser Energie. Wie sich einer solchen Kraft bemächtigen? Eine Schreckschraube in einem Eisenwarenladen zu maßregeln, eine Klatschbase zum Schweigen zu bringen, einen Banker anzuspucken, einen rücksichtslosen Radfahrer zu beschimpfen, Matts Schlüssel zu versenken, das waren nur Gesten. Nicht einmal der Atempause angemessen, die mir das Leben gewährte. Ich träumte von einer einzigen Tat: Jeanne Sorry zu vernichten. Das brave Mädchen, die brave Schülerin, die brave Ehefrau, die von der Gleichgültigkeit bis zur Verachtung alles hinnahm.

Ich blätterte. Las meine angstvollen Sätze. Der erste Tag der Krankheit, der Beginn meines Winters, meine Erstarrung, die Kamelienknospe, meine Angst zu sterben, meine extreme Einsamkeit, die Schrecken der kommenden Tage, das eklige, das angemessene und das verächtliche Mitleid, die Gemeinheit der einen, die Feigheit der anderen. Um mich herum war niemand mehr. Nur Schatten und Flüchtende, Freunde, die Gutes tun wollten, es aber schlecht machten.

Und dann dieser Name, fröhlich umkringelt oben auf einer weißen Seite: Brigitte. Eine Lebende unter den Gespenstern. Dann Assia und Mélody. Jede ihrer Seiten voll lieber Worte. Auch Eva natürlich. Unser aller Kind. Ich hatte ihr Foto kopiert und auf eine linke Seite geklebt. Und Gavroche. Meine Watschelente. Mein kleiner Zausel, der seine Flügel ausbreitete, um die Sprache der Schwäne zu imitieren. Der Flederwisch war zu meinem Wappentier geworden, er war mein Lebensinstinkt.

Ich nagte an meinem Stift. Hörte auf das, was mein Körper mir zu sagen hatte. Bauchweh, aber ich könnte gehen. Brummschädel, aber ich könnte denken. Und mit meiner zitternden Hand eine Kinderpistole zücken. Mein Herz hatte den Albtraum verscheucht. Es schlug nicht, es schnurrte. Ich blätterte die letzte Seite um, auf der stand: »Ich habe mit der Geschorenen Frieden geschlossen.« Dann glättete ich ausführlich die nächste, noch leere Seite für die kommenden Stunden. Und notierte rechts oben in der gepflegten Buchhändlerinnenhandschrift, mit der ich auf den grünen Kärtchen meine Lieblingsbücher beschrieb: »*Ein Blumenkleid für mich kaufen.*«

16

EINE RICHTIGE DUMMHEIT
(Samstag, 21. Juli 2018, 12.15 Uhr)

Wir setzten uns in Richtung Place Vendôme in Marsch. Sie rassig und elegant, eine Grande Dame in einer schwarzen Abaya, einer Jacke mit Epauletten und goldenen Tressen, einem zum Turban geschlungenen bordeauxfarbenen Hijab und seidenen Handschuhen. Ich als graue Maus im strengen Kostüm, mit brünettem Pagenkopf und Gleitsichtbrille, eine orangefarbene Hermès-Einkaufstasche in der Hand und die Monogramm-Clutch unterm Arm. Eine arabische Prinzessin mit ihrer Sekretärin, die schweren Herzens und leichten Schritts an Luxusboutiquen und überwältigenden Gebäuden entlangschlendern.

»Wir machen gerade eine richtige Dummheit«, flüsterte Assia.

»Ja«, gab ich zurück, »eine richtige Dummheit.«

Sie hatte mir befohlen, nicht zu gehen, sondern zu trippeln.

»Fünf Schritte hinter mir, vergiss das nicht!«

Ich hatte es nicht vergessen. Die Prinzessin und ihre Dienerin. Der gebückte Gang der Untergebenen. Eine einzige Ordonnanz vor dem Justizministerium. Ein Polizeiauto am Straßenrand. Mit gesenktem Blick hielt ich nach Zivilbullen Ausschau. Und dem unauffälligen Lieferwagen. Nichts. Inmitten von Touristen und Verliebten betrat eine reiche Saudi-Araberin mit ihrer Sekretärin das Ritz.

Auf dem Bürgersteig bot ein Valet seine Dienste an. Kein Blick für die Prinzessin. Personal spricht mit Personal. Nein, danke, lächelte ich. Ein Portier mit Knopf im Ohr setzte mit einer Verbeugung die verglaste Drehtür für uns in Gang. Da ich ja fünf Schritte hinter Assia war, nahm ich die nächste Tür. Unbeeindruckt von den Kristalllüstern, den schweren Vorhängen mit den goldenen Troddeln und dem weiß behandschuhten Pagen schritt Assia über den blauen Teppich der großen Galerie.

Niemand durchsuchte unsere Taschen.

»Wir sind nicht in einem Einkaufszentrum«, hatte Brigitte uns belehrt.

In der Bar angekommen, steuerte die Prinzessin unter souveräner Missachtung der Kellnerinnen auf einen Ecktisch für fünf Personen zu und nahm auf dem ziegelroten Samtsofa Platz. Ihr gegenüber zwei passende Fauteuils, über ihr an der Wand ein Foto von Simone de Beauvoir und Jean-Paul Sartre. Sie fegte ein störendes Blumenkissen vom Sofa, und ich musste für sie den Rosenschmuck vom Tisch entfernen.

Eine Kellnerin kam hinter der Theke hervor und machte ein paar Schritte in unsere Richtung. Ein Barkeeper hielt sie auf. Er würde sich um uns kümmern.

»Mangosaft und ein Glas Wasser«, verlangte Assia, die Augen auf ihr Handy gerichtet.

Das Wasser war für mich.

Vor sieben Minuten hatten wir uns von Brigitte und Mélody getrennt. Ohne den Kopf zu heben, murmelte Assia: »Telefon.«

Wir hatten mit dem Schmuckgeschäft vereinbart, dass die Prinzessin in der Bar ihres Hotels warten würde, bis jemand sie abholte. Beim ersten Klingeln war Sadeen schon dran. Wahrscheinlich hatte sie unseren Anruf mit dem Handy in der Hand erwartet.

»Es kommt gleich jemand und holt Sie ab.«

Ein junger Mann in dunklem Anzug betrat die Bar. Assia erkannte den Angestellten vom Infotisch wieder. Als er die Prinzessin sah, erstarrte er. Blieb in zehn Meter Entfernung stehen, während Assia geräuschvoll den letzten Rest Saft durch den Strohhalm schlürfte und den Blick über die vergoldeten Lilien und Holzschnitzereien schweifen ließ.

Der Mann ging vor, dann Assia, dann ich. Ein Armeetransporter fuhr langsam an uns vorbei. Die Prinzessin hatte ihre dunkle Brille auf und schaute leicht arrogant vor sich hin. Und ich passte auf sie auf. Das war die Rolle, die Brigitte mir zugedacht hatte. Ein paar Dutzend Meter Bürgersteig zu überwachen. Ich konnte kaum atmen vor Konzentration. Eine Gruppe Japaner, amerikanische Jugendliche, eine Frau mit Hund, gewöhnliche Kleidung, nichts Auffälliges.

»Die Bullen, die mich damals schnappten, sahen wie Penner aus«, hatte Brigitte mich gewarnt.

Also hielt ich nach solchen Ausschau. Dann nach Beamten. Polizisten wechselten ihre Verkleidung bestimmt je nach Viertel. Assia ließ ihre Absätze knallen. Zupfte ärgerlich an ihrem Schleier herum. Auf einmal zog sich der Platz um uns zusammen. Saßen wir schon in der Falle? Dieser Lieferant von Tiefkühlprodukten, der Taxifahrer dort, die beiden lachenden Männer mit den Ausweisen an blauen Bändern um den Hals – jeder konnte ein Polizist in Zivil sein. Oder auch alle vier. Am Eingang des Gebäudes angekommen, sog ich hörbar die Luft ein. Wir näherten uns dem Tatort. Assia wollte lieber die Treppe nehmen statt des Aufzugs. Wir mussten uns vergewissern, dass die Stockwerke sauber waren.
Sie waren sauber.

Sadeen öffnete uns lächelnd die Tür. Der Sicherheitsmann machte sich unsichtbar.

»As Salâm Alaykoum«, begrüßte sie die Verkäuferin.

»Wa alaykoum salâm wa rahmatoullah«, erwiderte Assia, ohne ihr die Hand zu geben.

Wir durchquerten die in eine Schatztruhe verwandelte Bürgerwohnung.

Brigitte als Vorhut hatte die Verkäuferin gefragt, wann am wenigsten los sei.

»Mittags.«

Warum gerade mittags?

»Nach ihrem Besuch bei uns lassen sich die Kunden die ganze Sache gern noch einmal beim Essen durch den Kopf gehen.«

»Und dann kommen sie wieder?«

»Meistens, ja. Der Cognac macht die Herren großzügig.«

Es stimmte: Assia und ich waren allein in dem Geschäft. Kein weiterer Kunde. Noch eine Angestellte, die herumstehende Praktikantin und nur ein Wachmann waren zu sehen.

Sadeen platzierte uns am Verkaufstisch. Die linke Hand im Rücken, schaltete sie die Schreibtischlampe ein, indem sie mit dem rechten Zeigefinger über den schwarzen Knopf strich. Eine ganze Choreografie des Willkommens.

»Wünschen Sie Kaffee? Oder Tee?«

Jedes Wort eine Verbeugung, jeder Satz eine Reverenz.

Nichts, danke.

»Ein Schluck Wasser vielleicht?«

Assia hob müde die Hand. Genug! Ich lehnte dankend ab.

Hinter ihrem Schreibtisch stehend, schlug Sadeen ein großes Heft mit weißem Einband auf.

210

»Wir zeigen Ihnen also gleich das ›Heilige Feuer‹ und den ›Quetzal impérial‹«, sagte sie auf Französisch zu Assia.

Die Prinzessin antwortete nicht.

»Welches Stück möchten Sie zuerst probieren?«

Assia drehte sich hilfesuchend zu mir um. Sie hatte die Falle erkannt. Ich sollte für sie übersetzen.

Also fragte ich sie auf Englisch, welches Collier sie zuerst sehen wollte. Sie fuhr auf. Sah zuerst mich, dann die Verkäuferin an. Breitete die Arme aus.

»Beide natürlich!«, beschied sie Sadeen auf Arabisch. »Was ist das für eine Frage!«

»Gleichzeitig?«

»*Of course! That's why I came!*«

Deswegen sei sie doch hier. Weil sie sich noch nicht entscheiden könne zwischen dem Vesta-Medaillon und der Bienenwabe.

Sadeen verneigte sich. Und verließ den Raum mit ängstlichen kleinen Schritten.

Wie ein Raubtier postierte sich der Sicherheitsmann in einer Ecke des Zimmers.

Mit meiner Gleitsichtbrille sah ich wie durch einen Flaschenboden. Ich stellte meine Hermès-Einkaufstüte ab. Die in Seidenpapier eingewickelte Beretta steckte in einem Geschenkkarton mit dem Kutschen-Logo. Ich hatte Durst. Ein Geruch wie nachts im Krankenhaus. Mein Angstschweiß schon wieder. Er rann mir über den Bauch und den Rücken hinunter. Auch Assia war angespannt. Ihre Finger trommelten nervös auf den Schreibtisch. Vielleicht gab sie aber bloß wieder die ungeduldige verwöhnte Zicke.

Mein Blick hing an der Zimmertür. Es war so still, dass ich die entferntesten Geräusche hörte. Ich hatte Bauchkrämpfe. Angst, dass Männer mit gezückten Pistolen im Türrahmen auftauchten. Und losbrüllten. Oder, schlimmer noch, schwiegen. Einfach stumm blieben. Den Finger am Abzug, mit dem Befehl zu töten.

Der Wachmann hatte den Platz gewechselt. Wir waren allein in dem Raum mit den Vitrinen für Uhren und Schmuck. Und den Kameras in den Ecken. Assia zupfte an ihrem Tuch und ließ ein paar Locken vorn herausschauen, wie Frauen aus gutem Hause in Riad. Die Bewegung nutzte sie, um sich zu mir umzudrehen. Ein Zwinkern, schnell die Lippen gespitzt zum Küsschen. Mach dir keine Sorgen, hieß das. Alles wird gut. Wir werden das Schmuckkästchen als freie Frauen verlassen. Dann ignorierte sie mich wieder.

Als Sadeen zurückkam, folgte der Wachmann ihr auf dem Fuß. Und noch ein anderer Mann. Auf einem Vorlagetablett aus schwarzem Filz strahlten die Colliers. Mein Herz tat einen Sprung. Ich atmete tief ein. Wäre das eine Falle gewesen, wäre sie längst zugeschnappt. Warum sollten sie potenziellen Diebinnen diese Prunkstücke präsentieren? Nein. Sie hatten die Identität der Prinzessin nicht überprüft, die Botschaft nicht angerufen, den Quai d'Orsay nicht kontaktiert, die Polizei nicht informiert. Niemand kontrollierte irgendwen, nicht auf der Place Vendôme, nicht im Treppenhaus und auch nicht auf den Überwachungsbildschirmen. Ich war mir sicher, dass wir den Überraschungseffekt auf unserer Seite haben würden.

Die Verkäuferin stand vor der Prinzessin und kippte das Tablett ein wenig, um ihr die Geschmeide vorzuführen. Assia rührte sich nicht. Saß tief versunken in ihrem Sessel. Warf mir einen Blick zu.

»*Mirror*«, befahl sie trocken.

Ich sprang auf und hielt ihr den runden Spiegel hin, der auf dem Verkaufstisch lag. Die Prinzessin beugte sich vor. Betrachtete sich einen Augenblick lang darin. Und verlangte dann auf Arabisch, dass die Männer den Raum verließen.

»Sie sollen den Raum verlassen?«, fragte Sadeen ungläubig.

Ja, sie sollten den Raum verlassen, bekräftigte die Prinzessin.

Sadeen zeigte ihr Unverständnis mit einer Geste, die in keinerlei Beziehung zu ihrer auffallenden Höflichkeit stand. Gleich darauf tat ihr das leid. Die Prinzessin war aufgestanden.

»Ich lege doch meinen Hijab nicht ab, wenn ein Mann dabei ist!«, fauchte sie.

Plötzlich hellte sich Sadeens Miene auf. Sie holte lächelnd Luft. Wedelte eifrig mit den Händen, um zu zeigen, dass sie verstanden habe. Dann flüsterte sie dem anderen Angestellten und dem Wachmann ein paar Worte zu. Man sah die kalte Wut in deren Augen. Sie senkten den Blick, blieben aber im Flur. Machten keinen Schritt zu viel. Wandten sich von uns ab, behielten uns aber im Auge.

Assia sah mich an. Ich nickte. Ja, die Männer waren weg. Mit großer Geste setzte sie sich wieder hin. Legte den bordeauxroten Hijab ab und entblößte ihren Hals.

Sadeen zögerte noch. Sie hatte ganz schön zu kämpfen zwischen dem Respekt vor der Kundschaft und den Sicherheitserfordernissen. Noch einmal präsentierte sie der Prinzessin die Geschmeide.

Assia wies mit der Hand auf mich.

»Sie können mit meiner Sekretärin Französisch sprechen, und sie übersetzt es dann für mich ins Englische.«

»Aber ich spreche selbst Englisch«, protestierte die Verkäuferin.

Aufgebracht schnitt die Prinzessin ihr mit einer Geste das Wort ab.

»Ihr schlechtes Englisch verstehe ich aber am besten.«

Wir hatten besprochen, dass Assia wegen ihres Akzents so wenig wie möglich Arabisch sprechen sollte.

»Welches wünschen Madame zu probieren?«, fragte mich die Verkäuferin.

Ich übersetzte.

»Das teurere«, erwiderte die Prinzessin großspurig auf Arabisch.

Das beneidenswert reiche Geschöpf ließ sich ausschließlich von der Schönheit leiten.

Sadeen legte das Tablett außerhalb unserer Reichweite auf den Verkaufstisch.

Dann trat sie hinter Assia, das Halsband in beiden Händen.

»Der ›Quetzal impérial‹«, murmelte sie, »625 in Wabenform gefasste Diamanten.«

Assia stockte der Atem. Sie hatte ein Tattoo auf der linken Schulter, ein großes Mandala in Form einer kolorierten Seerose. Wenn jetzt eines der Blütenblätter an ihrem Halsansatz sichtbar würde? Permanente Tattoos sind *haram*, im Islam verboten. »Gott hat die verflucht, die sich tätowieren lassen«, lehrte der Prophet Mohammed. Eine fromme Saudi-Araberin dürfte Khol- oder Henna-Ornamente tragen, aber keine Tinte, die den von Gott geschaffenen Körper verändert.

Mit einer leichten Bewegung der Schulter rückte Assia ihre Abaya zurecht. Die Haut im Spiegel war dunkel und rein. Der fromme Stoff verhüllte die satanische Zeichnung.

Sadeen machte die Schließe zu. Dann trat sie zurück, um Assia mit ihrem Spiegelbild allein zu lassen.

»*Take a picture!*«, verlangte die Prinzessin.

Ich sollte ein Foto machen? Ich stand auf.

Sah die Verkäuferin an. Unsere betrübten Mienen spiegelten sich ineinander. Sie lächelte mir heimlich zu.

Assias Handy war ein totales Fake: falsches Gold und Glasedelsteine aus dem Internet. Ich wollte auf den Auslöser drücken. Sie hob das Kinn.

»Wait a minute!«

Ich wartete. Sie überlegte, bewunderte das ›Heilige Feuer‹ auf dem Tablett.

»Das andere auch«, forderte sie schließlich auf Arabisch.

Die Verkäuferin wollte ihr das erste wieder abnehmen. Assia hielt schützend die Handrücken davor.

»I want to try both, and together!«

Beide? Zugleich? Sadeen biss sich auf die Unterlippe. Diese eingebildete Schnepfe, die nichts und niemanden gelten ließ, ging ihr ganz schön gegen den Strich. Das merkte ich daran, wie sie mich ansah, an ihren geballten Fäusten und an ihrer Art, das Zuviel an verbrauchter Luft diskret wegzupusten. Doch vor ihr saß die fordernde, tyrannische Prinzessin Reema bint al-Mansûr Moqahwi Al Saud, die alles gleichzeitig haben wollte. Sie sollte die Colliers probieren, sie kaufen oder auch nicht, Hauptsache, sie verschwand möglichst schnell wieder von hier. Mitsamt ihrer Dienerin aus einem anderen Zeitalter. Zwei Colliers an einem einzigen Hals gingen allerdings weit über das Akzeptable hinaus.

Also rührte sie sich nicht.

»Gibt es ein Problem?«, fragte mich die Prinzessin auf Englisch.

Sie hatte die Stirn gerunzelt und ihren Mund böse verzogen. Ich sah mein Spiegelbild in ihrer dunklen Brille. Wütend sprang sie auf.

»Dann nehmen Sie mir das eben ab!«

Die Verkäuferin hatte sich wieder gefangen. Ein Lächeln nach Art des Hauses, ausdrucksloser Blick, affektierte Bewegungen.

Sie nahm das beiseitegelegte Medaillon vom Tablett und bat auf Arabisch um Verzeihung.

»Nehmen Sie bitte Platz, Madame. Es gibt kein Problem.«

Sie trat wieder hinter Assia, um ihr das zweite Collier um den Hals zu legen.

»*Chokran jazilan*«, bedankte sich Assia.

Die Prinzessin betrachtete sich lange im Spiegel.

Drehte sich dann erregt zu mir um.

»*What are you waiting for?*«

Worauf ich wartete?

Die Verkäuferin hatte nur ihre Schmuckstücke im Blick.

»*You can take the picture, now!*«

Ich entschuldigte mich und gehorchte eilends ihrem Befehl.

»Mein Bruder trifft die Entscheidung«, erläuterte die Prinzessin.

Sadeen scharwenzelte um sie herum. Ach, der Herr Bruder? Ob sie das richtig verstanden habe?

Selbstverständlich entscheide das ihr Bruder, das sei normal.

Ich machte ein Foto und noch eines.

Behutsam hielt Assia die beiden Colliers auseinander, damit sich die Steine nicht ineinander verhakten.

»*Yallah!* Schick sie los!«

Ich setzte mich wieder hin. Im toten Winkel der Kameras. Und schrieb eine SMS an Brigitte.

Assia blieb sitzen, in ihrem Sessel versunken, die beiden Colliers um den Hals. Die Verkäuferin hatte wieder ihren Platz uns gegenüber eingenommen. Mechanisch hielt sie das leere Vorlagetablett in den Händen. Ihr Lächeln war gefroren. Es herrschte verlegenes Schweigen. Ich schaute aus dem Fenster.

Assia nahm einen Spiegel aus der Tasche. Kontrollierte ihre Lippen, ihre Zähne.

»Warten Madame auf die Antwort ihres Herrn Bruders?«

Die Verkäuferin hatte mich auf Französisch angesprochen. Ich nickte schnell.

»Was denn noch?«, fragte die Prinzessin.

Sadeen warf mir einen erschrockenen Blick zu. Bloß nicht übersetzen! Warten wir also.

Als es an der Tür klingelte, blieb mein Herz stehen. Und nach dem
schrecklichen Knall begann es wieder zu schlagen. Noch nie hatte
ich eine solche Detonation gehört. Als hätte der Blitz im Nebenzimmer eingeschlagen. Binnen einer Sekunde hatte sich die Stille in einen gellenden Tinnitus verwandelt. Es stank nach Pulver.
Aller Stahl der Welt war gerade zerrissen.

Assia hatte ihre Tokarew gezogen.

Statt aufzuspringen, sank Sadeen in sich zusammen. Ließ das
Tablett fallen und hob die Hände.

»Ich wusste es«, sagte sie auf Französisch.

»Maul halten! Auf den Boden und auf den Bauch!«, herrschte
Assia sie auf Arabisch an.

Die Verkäuferin kniete sich hin. In ihrem wilden Blick war keine
Angst, nur Wut.

»Hinlegen, hab ich gesagt!«

Ich nahm meine Pistole heraus und warf Sadeens Telefon in
die Hermès-Tüte. Im Nebenzimmer schrie Brigitte auf Englisch
herum. Mélody besprühte die Kameras mit schwarzer Farbe aus
der Dose und stieß dabei spitze Schreie aus wie eine Comicfigur.

Der Sicherheitsmann lag auf dem Boden, Mikro und Kopfhörer
waren zertreten. Mélody bedrohte ihn mit ihrem Kinder-Colt. Er
schaute aber nicht auf das Spielzeug, sondern auf Brigittes Waffe.
Rund um ihn lag Gips wie Stuck auf Holz. Ich sah auf. Brigitte
hatte sich im toten Winkel vor der Tür verkleidet und dann geklin-
gelt. Kaum war sie eingetreten, hatte sie in die Decke geschossen.

Da stand sie, mit blau-weiß-roter Maske und Afroperücke, die
Pistole in einer Hand, die Hacke in der anderen.

Das Ausschalten der Wachen, hatte sie gesagt, könnten wir ihr überlassen.

»Hurry up, bastards!«

Von überall kamen Frauen mit erhobenen Händen herein. Auch ein paar Männer, Brigitte und Assia im Rücken. Niemand weinte oder schrie. Außergefechtsetzung der Zufallsopfer. Schnell durchsuchte ich Hand- und Hosentaschen sowie die Verkaufstische. Stieß meinen Ellbogen in Menschenrücken.

»Your mobile, assholes!«

Alle gehorchten. Ich warf die Handys in die Papiertasche.

Die Verkäuferinnen, die Praktikantin, die Drückeberger aus der Reserve, alle lagen sie auf dem Parkett des Empfangsraumes. Elf Personen, Hände im Nacken. Die Waffe in der Hand, drehte Assia eine letzte Runde entlang der Zwischenwände, stieß mit dem Fuß eine Tür auf. Besser als ihr Ex Franck, spielte sie ernsthaft Krieg. Der Wachmann schrie auf. Er hatte die Hand bewegt, und Mélody war mit dem Absatz draufgetreten. Bei ihrem Quieken rann es mir eiskalt den Rücken hinunter. Eine Hyäne. Eine außer Kontrolle geratene Wahnsinnige. Brigitte lief mit der Waffe im Anschlag zu dem Mann hin.

»Du weißt ja, dass die echt ist. Noch eine Bewegung, Rambo, und du bist tot!«

Sie biss sich auf die Lippen. Sie hatte Französisch gesprochen. Ein Fehler.

Dann drehte sie sich zu der Vitrine mit den Uhren um und schlug voller Kraft mit der Hacke darauf ein. Einmal, zweimal, bis das Glas zersprang. Assia, die hinter ihr Schutz gesucht hatte, schrie leise auf. Ich hatte es gehört. Brigitte nicht. Mit Handschuhen durchwühlte sie die Splitter und sammelte die Luxusuhren mit beiden Händen ein.

Eine Verkäuferin beobachtete die Plünderung unter ihrem erhobenen Ellbogen hindurch. Assia hatte es gemerkt.

»Kopf runter!«

»Und Ende der Vorstellung!«, rief Brigitte auf Englisch.

Assia hatte sich vor Sadeens Gesicht auf die Knie fallen lassen. Zog sie am Kragen hoch und fragte auf Arabisch: »Weißt du, was das ist?«

Die Verkäuferin schüttelte den Kopf. Ihren Augen war anzusehen, dass sie auch zubeißen könnte.

Die böse Prinzessin hielt einen beigefarbenen Brocken in der Hand, auf dem ein Handy mit herausquellenden Innereien klebte. Zwei Kabel verbanden das Telefon mit der schmierigen Masse.

»C4. Ein Sprengstoff«, erläuterte Assia.

Sadeens Augen sprühten nun nicht mehr vor Zorn, sondern vor Entsetzen.

»*Allahu akbar!*«, flüsterte die Verkäuferin in Todesangst.

Assia war überrumpelt. Sie in ihrer Abaya vor der Angestellten im Bleistiftrock – verkehrte Welt.

»Hör mir genau zu, Schwester.«

Assia sprach leise. Sadeen lauschte. Sie würden die Bombe draußen ankleben. Und könnten sie per Fernsteuerung zünden. Sie würden jetzt gehen. Alles verstanden?

Jetzt. Gott könne ruhig wegschauen, keinem würde etwas passieren. Ein Wagen erwarte sie an der Ecke der Rue de la Paix. Sie würden genau vier Minuten brauchen, um die Treppe hinunterzugehen, den Platz mit normaler Geschwindigkeit zu überqueren und ins Auto zu steigen. Wenn einer die Polizei riefe, würde die Bombe explodieren. Um den gesamten Laden hochgehen zu lassen, seien hundert Gramm Sprengstoff nötig. Sie hätten ein Kilo genommen.

»Wenn sich einer rührt, fliegt das ganze Haus in die Luft, verstehst du? Das ganze Haus.«

Die Verkäuferin schwieg.

»Sag mir, dass du mich verstanden hast, Schwester«, drängte Assia auf Arabisch.

»Ich habe schon verstanden, Schwester«, erwiderte sie kalt auf Französisch.

Assia nahm das hin. Und wandte sich an Brigitte: »Mirjana, wir verduften!«

»Keine Namen, verdammt!«, schrie Brigitte auf Englisch. Ich war mir nicht sicher, ob das jetzt noch etwas nutzte.

»Keine Bewegung!«, wiederholte ich.

Ich zielte auf den Wachmann. Er beobachtete mich die ganze Zeit. Ich wusste, dass er sich gerade jede Einzelheit einprägte. Aber es war mir egal. Ich kostete die Angst in den Augen des Mannes aus, der vor mir auf dem Boden lag.

Dann öffnete ich die Eingangstür.

Brigitte hob vier Finger und schrie: »Vier Minuten!«

Wir gingen hinaus. Brigitte schlug die Tür zu und schmierte Knetmasse ins Schloss.

Dann klebte sie ein Post-it über den Spion. Schaute über das Geländer und hob den Arm.

»Rückzug!«

Im Treppenhaus war alles ruhig. Wir zogen die Schuhe aus und gingen auf Zehenspitzen in den vierten Stock. Assia hielt sich mit beiden Händen die Hüfte.

»Ist was?«, fragte Brigitte.

»Später.«

Der Flur lag still und verlassen da. Eine Aneinanderreihung leer stehender Räume. Brigitte machte sich an der Tür von Air'Nouvo zu schaffen. Ich hätte es nie für möglich gehalten, dass man eine Tür mithilfe einer Kreditkarte und eines Messers knacken kann.

»So was lernst du im Knast.«

Mit der Klinge hatte sie die Fuge zwischen Tür und Rahmen erweitert, die Kreditkarte bis zum Anschlag des Riegels hineingeschoben und mit dem Knie immer wieder leicht gegen die Tür gedrückt.

Mélody schob am Treppenabsatz Wache. Assia saß auf den Fersen, an die Wand gelehnt, eine Hand auf ihrem Bein. Allmählich kam ich wieder zu Atem. Brigitte öffnete die Tür. Das hatte sie schon anlässlich ihrer ersten Erkundung gemacht. Um sicherzugehen, dass die Tür nicht abgeschlossen war.

Brigitte war drin. Wir rissen die Arme hoch wie siegreiche Läuferinnen beim Überschreiten der Ziellinie, als wir die Zweizimmerwohnung enterten. Dann schob Brigitte den Riegel vor. Nahm die Maske ab und ließ sich zu Boden fallen.

»Wir haben es getan, verdammt! Wir haben es getan!«

Ich lief zur Toilette. Seit der Place Vendôme quälte mich mein Bauch. Mélody wollte Assia umarmen. Doch die stieß einen Schmerzenslaut aus.

»Ich bin verletzt!«

Beim Zertrümmern der Vitrine waren Glassplitter durchs Zimmer geflogen. Einer hatte sie am Schenkel getroffen. Sie blutete.

»Zieh mal das Zeug aus«, sagte Brigitte.

Assia legte Schleier und Handschuhe ab und zog die Abaya hoch.

»Zeig!«

Man sah ihren Slip, darunter ein Glassplitter.

»Kompresse!«, befahl Brigitte.

221

Ich öffnete den Verbandskasten. Nahm Alkohol, sterile Gaze und Pflaster heraus.

»Es ist nichts, nur ein Kratzer«, lächelte Brigitte, als sie den blutigen Splitter aus der Wunde zog.

Assia atmete wieder ruhiger. Sie war erleichtert. Lächelte sogar. Die ganze Anspannung war von uns abgefallen. Brigitte boxte in die Luft und schrie immer wieder: »Yes! Yes!« Wir bewegten uns auf den unter der Tür durchgeschobenen Briefen und Werbebroschüren, die das unbenutzte Büro verrieten. Nach ihrem ersten Besuch hatte Brigitte eine Postkarte von Ende Januar mitgebracht. Und drei Zahlungserinnerungen von Weihnachten. Der Briefkasten war schon voll, aber die Gläubiger hofften immer noch, dass im vierten Stock jemand da sei.

Der Nachmittag würde lang werden, die Nacht auch. Brigitte hatte das Sofa ausgezogen und die Stühle im Kreis aufgestellt. Zuerst mussten unsere Verkleidungen weg. Klamotten, Perücken, Brillen, Maske, alles in dieselbe Tasche, nichts davon würden wir behalten. Assia befühlte ihr Bein. Den Verband. Alles okay. Befreit von ihrem langen Gewand, löste sie die Haare und schlüpfte in ein gelbes T-Shirt, einen kurzen, schwarzen Lederrock, Netzstrümpfe und rote Stiefeletten. Die Polizei suchte eine Muslimin, kein Straßengör. Brigitte entledigte sich der serbischen Farben und setzte eine Glatthaarperücke auf. Ich hatte ein graues Hemd und eine schwarze Hose gewählt. »Trauer-Jeanne«, spottete Assia.

Mélody trug wieder ihre aschblonde Perücke, ein weißes Hemd mit Brusttaschen und eine weiße Hose. Mit leerem Gesicht und den Tränen nah drehte sie Runden im Zimmer. Irgendetwas stimmte nicht.

Brigitte setzte sich hin.

»Also, Mädels, ziehen wir Bilanz.«

Plötzlich, von irgendwoher, erklang näselnd und blechern »La Cucaracha«.

»*La cucaracha, la cucaracha, ya no puede caminar ...*«

Brigitte schaute mich an.

»Scheiße, die Handys, Jeanne!«

Ich hatte vergessen, die konfiszierten Mobiltelefone auszuschalten.

Ich stürzte zu der Einkaufstüte. Drückte »La Cucaracha« weg. Auf dem Parkett kniend, schalteten Brigitte und die beiden anderen die restlichen Handys aus.

»Scheiße, Jeanne!«

Ich entschuldigte mich.

Sorry, mal wieder.

Brigitte forderte mich auf, die SIM-Karten aus den Geräten zu entfernen.

»Ziehen wir jetzt Bilanz?«, fragte Assia.

Brigitte massierte sich mit beiden Händen das Gesicht und tauchte sie dann in den Schatz.

Weißgold, Diamanten und Perlen schimmerten zwischen ihren Fingern.

Sie wog die Colliers, das Dutzend Uhren und die drei Ringe.

»Eine gute Million«, sagte sie schließlich.

Mélody drehte ihr Gesicht zur Wand.

»Das reicht für zehn Evas und dreißig Teddys«, flüsterte Assia.

Brigitte gebot ihr Schweigen. Mélody war am Ende. Sie weinte. Ohne dass es jemand gemerkt hatte. Wir seien verrückt, schluchzte sie. Wir hätten die Treppe runterlaufen und abhauen sollen. Zu diesem Zeitpunkt säßen wir längst im Wagen. Wahrscheinlich sogar schon zu Hause. Hier sei nämlich die Falle, am Ende dieses Flurs. Und wir seien direkt hineingelaufen. Sie wolle nur ein Col-

lier und von hier verschwinden. Sofort. Und allein ihr Glück versuchen. Sie redete laut. Brigitte legte den Finger auf die Lippen.

»Was ist? Bist du hier die Chefin, ja? Du sagst was, und alle folgen dir, ja?«

Assia ging auf sie zu.

»Mélody, bitte, sei still!«

Sie schüttelte den Kopf.

»Ich will ein Collier. Oder eine Uhr. Und dann verschwinde ich
von hier.«

Sie straffte sich.

»Wer will mich daran hindern?«

»Ich«, sagte ich.

Ich stellte mich ihr in den Weg und nahm sie fest in die Arme.
Sie schaute mich an. Das hatte sie nicht erwartet.

»Und wer bist du? Warum bist du bei uns? Doch wegen der
Kohle, oder?«

»Wegen dir und deiner Tochter.«

Sie schüttelte mich ab.

»Ja, genau! Gib mir die Kohle! Für Eva, für mich. Hier kriegen
sie uns bestimmt!«

Nun schloss Brigitte sie in die Arme. Sie wehrte sich.

»Lass mich los! Lasst mich alle in Ruhe!«

Aufruhr in den unteren Etagen.

»Hör mal, Mélody! Hörst du das?«

Eine schrille Sirene, schwere Schritte im Treppenhaus. Das »La-
lü« der Polizeiautos gellte durch die Straßen. Mélody erstarrte.
Und warf sich weinend auf den Boden.

»Wir müssen uns jetzt einig sein«, sagte Brigitte.

Assia, sie und ich saßen auf dem Sofa.

»Ab jetzt ist es hier mucksmäuschenstill. Wir rauchen nicht, wir betätigen nicht die Klospülung, wir schalten nachts kein Licht an. Bis morgen, Sonntag, sind wir ein Haufen Murmeltiere.«

»Okay, Mélody?«

Keine Antwort. Mit verschränkten Armen, den Kopf auf den Knien, saß sie auf dem Boden und kehrte uns den Rücken.

»Mélody?«

Sie nickte, ohne aufzusehen.

»Assia?«

Sie streckte den Daumen nach oben, während sie ihre Verletzung befühlte.

»Jeanne?«

Ich hielt den Atem an. Stand auf und zeigte wortlos auf das Blut am Boden.

Das hatte Brigitte übersehen. Sogar die Post war besudelt.

Assia biss sich in die Faust.

»Verdammte Scheiße!«

»Seit wann blutest du?«

Assia schaute Brigitte an. Das wusste sie nicht. Sie hatte es nicht bemerkt.

»Wir müssen hier sauber machen!«, sagte ich.

Brigitte verzog ihr Gesicht.

»Willst du nicht gleich die Feuerwehr rufen?«

»Denk mal nach, Brigitte! Assias Blut!«

Sie sah mich an.

»Was willst du tun?«

»Deine Idee war doch, dass die Bullen den Platz und die Straßen im Umkreis überwachen, dass sie sich für den Schmuck interessieren, das Einschussloch in der Decke und für die Angestellten. Aber nicht für die oberen Stockwerke.«

Brigitte betrachtete mich schweigend.

»Das war doch die Idee, oder nicht?«

Ja. Das war die Idee.

»Also haben wir noch ein paar Minuten, bevor sie hier aufkreuzen.«

»Wenn sie hier aufkreuzen«, warf Assia ein.

Schniefend und mit roten Augen schaute Mélody zu ihr auf.

»Keiner wird darauf kommen, dass wir so blöd sind, uns ausgerechnet hier zu verstecken.«

Brigitte lächelte sie an.

»So ist es.«

Ich ging zur Tür. Assia hinter mir her.

»Was machst du?«

»Nur einen Blick rauswerfen.«

Ich öffnete einen Spaltbreit. Gedämpfte Stimmen von unten. Im Flur alle drei, vier Meter ein purpurner kleiner Kranz verschmierter Blutstropfen. Ich machte die Tür wieder zu.

»Wir stecken in Schwierigkeiten.«

Brigitte dachte nach.

»Wie der kleine Däumling«, ergänzte ich.

»Das habe ich begriffen, danke.«

Tja. Und dann machte ich mich auf. Gavroche war schließlich auch über die Barrikaden geklettert. In der Küche fand ich eine Schüssel und ein Wischtuch. Das Wasser war auch noch nicht abgedreht. Leise ließ ich es in die Schüssel laufen.

»Jeanne?«

Brigitte sah mich an.

»Was?«, fragte ich. »Hast du vielleicht eine bessere Idee?«

Sie schüttelte den Kopf. Nein, hatte sie nicht. Genauso wenig wie Assia oder Mélody oder sonst wer auf der Welt.

Ich kroch auf allen vieren durch den Flur und wischte der Reihe nach die Blutflecken auf. Aber die Spur führte weiter nach unten. Ich drehte mich um. Sah Brigitte um die Ecke schauen. Schnitt Grimassen und zeigte auf die nächste Etage. Sie schlug sich mit der flachen Hand an die Stirn. Wir steckten wirklich in Schwierigkeiten. Ich hatte den Treppenabsatz erreicht. Hörte die Stimmen stärker, verstand aber nicht, was sie sagten. Ein friedliches Gesumm und Gemurmel. Keine Schreie, keine Befehle, auch keine Spannung. Eher Beichtstuhl als Tatort.

Ich putzte eine Stufe, noch eine und noch eine. Bewegte mich rückwärts hinunter. Nach und nach konnte ich einzelne Wörter unterscheiden. Eine Frau wimmerte oder weinte. Aber nicht Sadeen. Im Flur des dritten Stockwerks angekommen, beugte ich mich vor. Der Empfangsraum war überfüllt von Uniformen und Anzügen. Noch ein Tropfen. Noch einer. Die Abstände wurden größer. Die Spur dünner. Im zweiten Stock verstand ich alles. Und erstarrte an der Wand.

»Und wer wohnt da oben?«

»Keiner.«

»Lauter Scheinfirmen.«

»Ja, viele Briefkästen.«

»Wieso Briefkästen?«

»Na ja, die Adresse macht sich halt gut auf Visitenkarten.«

Noch eine Stufe und noch eine, die letzte. Ich war die Königin der Stille. Schon als Kind in der Ferienkolonie in La Baule-les-Pins hatte ich bei diesem Spiel immer gewonnen: Der Betreuer setzte sich mit geschlossenen Augen auf einen Stuhl. Und wir mussten der Reihe nach versuchen, ihn am Arm zu berühren. Er sah zwar nichts, hörte aber alles: ein Atemholen, ein Lachen oder das Knacken des Fußbodens. Dann schlug er die Augen auf und rief: »Ertappt!«

227

Mich hatte er nie ertappt. Nie. Das Spiel hieß zwar »König der Stille«, aber ich war die Beste, die Königin. Barfuß, leicht gebückt, die Arme ausgebreitet wie eine Seiltänzerin, schlich ich mich an. Und wenn meine Hand seinen Arm berührte, erschrak der Betreuer jedes Mal so sehr, dass alle lachen mussten.

Denselben Stolz empfand ich hier, kniend auf dem alten Parkett. Die Polizisten schauten nach unten oder beschäftigten sich mit dem Schmuck. Zwei Männer in weißen Overalls mit Kapuze, Mundschutz und blauen Handschuhen betraten gerade das Treppenhaus. Sie hätten sich bestimmt gefreut über den letzten Tropfen. Die ganze Assia in einem winzigen Pünktchen. Der Hauch einer Spur. Mit Assia hätten sie uns alle drangekriegt, alle vier durch das Blut von einer, Brigitte und Mélody und die kleine Jeanne. Aber ich war Jeanne Hervineau. Die Königin der Stille.

Für den letzten Tropfen nahm ich mir alle Zeit der Welt. Alle Furcht war verflogen. Ich saß auf dem Boden, die Beine links und rechts der DNA-Fundgrube ausgestreckt, und durchtrennte umsichtig den Ariadnefaden.

Dann ging ich eng an der Wand entlang lautlos wieder hinauf. Dritter Stock. Vierter Stock. Schlich zur Tür, die Brigitte einen Spaltbreit geöffnet hatte, und ließ mich schließlich aufs Sofa fallen.

»Alle Metastasen beseitigt!«

Brigitte sah mich an und nickte.

»Du bist schon eine Gute, Jeanne Sorry.«

»Ich weiß«, sagte ich.

Aber das stimmte nicht. Ich hoffte es nur.

Assia gab mir sacht einen High Five. Brigitte nahm mich fest in die Arme. Mélody war immer noch neben der Spur.

17

Sonntag, 22. Juli 2018

Brigitte hatte recht behalten: Kein Polizist war auf die Idee gekommen, drei Stockwerke hinaufzusteigen. Wir schliefen schlecht. Oder gar nicht. Es gab Oliven, Kekse und Wasser zum Abendessen. Und vier Orangen und Lebkuchen zum Frühstück.

Mélody hatte sich beruhigt und war in meinen Armen auf dem Sofa eingeschlafen. Assia begnügte sich mit ein paar Kissen, Brigitte mit einem Karton im Wohnzimmer.

Um sechs waren wir alle wach. Und im Zimmer versammelt. Brigitte war am Drücker.

»Wir machen es, wie wir gesagt haben. In fünfzehn Minuten geht Assia. Mélody eine halbe Stunde später. Dann Jeanne. Und am Ende ich.«

Vor acht wären wir alle hier weg.

Assia würde die Tasche mit unseren Kostümen und den Spuren unserer Anwesenheit im vierten Stock mitnehmen. Sie solle aus der Metro anrufen. Nicht vorher. Und auf keinen Fall von der Straße aus. Besser erst drei Stationen nach den Tuilerien. Um uns zu sagen, dass alles in Ordnung sei.

Mélody würde mit leeren Händen gehen. Ihr Herz war schwer genug, wir wollten ihr nicht noch etwas aufbürden.

Ich war zuständig für Handys und Waffen. Die müssten weg,

bevor ich nach Hause käme. Assia protestierte wegen ihrer Tokarew, aber Brigitte kannte kein Pardon. Meine Aufgabe wäre es, alle ohne Ausnahme unterwegs zu vernichten. Brigitte ginge mit dem Schmuck als Letzte.

Davor würde sie noch das Büro putzen und abschließen.

6.15 Uhr. Assia verließ das Versteck, nachdem wir uns wortlos umarmt hatten. Sie riskierte am meisten, ihre Tasche war bis obenhin voll mit Beweisen für unsere Tat. Wir anderen setzten uns instinktiv in der Reihenfolge unseres Aufbruchs entlang der Wand auf den Boden. Wie Fallschirmspringer, die darauf warteten, über besetztem Gebiet abgeworfen zu werden.

6.20 Uhr. Brigitte hielt ihr Telefon in der Hand. Assia hatte einen schnellen Schritt. Sie würde keine zehn Minuten zur Metro brauchen.

Das Handy vibrierte.

»Assia!«

Sie hielt es sich ans Ohr. Mein Herz winselte um Gnade.

»Alles in Ordnung. Sie ist gut durchgekommen«, sagte Brigitte, als sie auflegte. Sie wirkte selbst ganz verblüfft.

Mélody rief aus den Tuilerien an. Sie saß auf einer Parkbank und flüsterte: »Ich hab vielleicht Hunger!«

Ich sah Brigitte beim Putzen zu. Wir hatten in einen Eimer uriniert und auf dem Boden gegessen. Sie beseitigte unsere Spuren. Sammelte unsere Reste ein. Als sie die Tür öffnete, umarmte ich sie.

»Wonder Woman«, sagte sie und drückte mich an sich.

»Nimm lieber die Seine als die Kanäle für die Waffen«, gab sie mir zum Abschied mit. »Aus den Kanälen wird manchmal das Wasser abgelassen.«

»Und die Handys?«

»Können sprechen. Bring sie zum Schweigen.«

Als ich in den verlassenen Flur hinaustrat, legte Brigitte mir die Hand auf die Schulter.

»Nächsten Samstag gibt's ein allgemeines Besäufnis im ›Bro Gozh‹.«

»Und Crêpes«, ergänzte ich.

Dann zog ich die Tür hinter mir zu. Immer noch Königin der Stille. Keiner da, nirgends. Ein Sommersonntagmorgen. Die Tür im ersten Stock war mit den gelben Bändern der Spurensicherung versiegelt. Die Eingangshalle verlassen. Der gepflasterte Hof ruhig. Sonntags war das schwere Tor durch einen Code gesichert. Man fürchtete Einbrecher, keine trojanischen Pferde. Ein Druck auf den Knopf »Ausgang«, ein Summen, ein Knacken. Ich war draußen. Ein kühler Morgen mit scheuer Sonne. Ich ging an den Häusern, den Geschäften, dem Justizministerium vorbei. Der Valet des Ritz grüßte mich. Der grün-güldene Infotisch des Juweliers war verlassen.

Dann verschluckte mich der Boulevard des Capucines.

Ich hatte zwei schwere Tüten bei mir. Mit Waffen und Handys. Aber ich musste etwas essen. Also ging ich in ein Café. Und setzte mich in die ersten Sonnenstrahlen auf der Terrasse. Seit Samstag hatte ich das Bedürfnis nach Platz. Von Wänden bekam ich Beklemmungen.

»Bonjour, Madame.«

Ich lächelte. Madame hatte gerade den größten Pariser Juwelier überfallen.

Milchkaffee, Toast, Orangensaft. Fast hätte ich mir noch einen kleinen Calvados gegönnt. Im Nachrichtenticker unter einem stumm geschalteten Bildschirm kam eine Meldung über die

»Pompom-Girls«. Ich tunkte meinen Toast in den Milchschaum.
Ich würde es wieder tun. Heute Abend oder morgen früh. Eine
Bank, einen Goldankauf oder noch einen Juwelier. Das Bild des
Wachmanns ging mir nicht aus dem Kopf. Er lag auf dem Boden.
Auf ewig besiegt. Ich stand vor ihm, ein Spielzeug in der Hand.
Er gehorchte, weil ich ihn seiner Macht beraubt hatte. Die kleine
Jeanne, das kleine Frauchen, das kleine Nichts, zur Kriegerin er-
hoben durch den Kameliengeneral. Ich, die schon als Kind die
Augen niederschlug und ihr Herz bezwang, um niemanden zu
verletzen, hatte ihn in der Hand. Ich, das Inbild des Sieges. Der
Beweis seiner Niederlage. Als ob die Furcht die Seiten gewechselt
hätte.

Brigittes Nachricht auf meinem Handy:
»Gut angekommen.«

Eine Waffe loszuwerden ist gar nicht so einfach. Nicht einmal auf
einem verlassenen Quai. Es besteht immer die Möglichkeit eines
schweifenden Blicks. Eines morgendlichen Läufers, eines Passanten, einer Frau, die ihren Hund ausführt. Unter dem Pont-Neuf
leerten ein paar junge Leute die letzten Flaschen der Nacht. Sie
saßen im Kreis, kicherten über Nichtigkeiten. Es war zu hell, zu
sonntäglich. Das leere Paris bewegte sich träge.
  Ich begann mit den Kleinteilen. Eine schnelle Bewegung aus
dem Handgelenk, ein Geräusch, als ob Steinchen ins Wasser fielen. Eins nach dem anderen: Hähne, Federn und Bolzen, Lade-
hebel, Stifte, Sicherungsschrauben, Griffschalen. Assia hatte die
Nacht damit verbracht, unsere Pistolen zu zerlegen. Und mir den
Namen jedes einzelnen Teils dazuzusagen. Ihr Ex war anscheinend ein guter Lehrer. Dann setzte ich mich auf die Kaimauer
und schnippte die Patronenhülse von Brigittes Waffe ins Wasser.

Mit Daumen und Mittelfinger, wie einen alten Zigarettenstummel.

Sie hatte nur eine einzige Patrone eingelegt. Die war für die Zimmerdecke bestimmt.

Unter einer Brücke schliefen ein paar Männer. Es roch nach Pisse und Salpeter. Niemand in meiner Nähe, weder ein Bateau-mouche noch Spaziergänger. Also warf ich die drei Läufe ins Wasser. Auf einmal. Als platschte ein Pflasterstein in einen Teich. Etwas weiter weg entsorgte ich die Magazine. Die Gehäuse. Und Mélodys Trommel. Ich hätte sieben Nächte dafür Zeit gehabt, aber ich wollte damit abschließen.

Am Ende warf ich die leere Plastiktüte in einen Mülleimer.

Ich schaltete ein paar Telefone ein. Sie zeigten zig Anrufe in Abwesenheit. Drei waren ungesichert, eines ließ sich mit dem Werkseinstellungscode öffnen. Eine Frau hatte eine Katze als Bildschirmhintergrund. Und Dutzende weitere Katzenfotos gespeichert. Nur ein Bild zeigte sie selbst. Ihr Gesicht sagte mir nichts. Ich saß auf einer Bank an einem kleinen Platz, durchsuchte fremde Handys und schaute mich ständig um. Ich merkte, dass ich zitterte. Ich war ziemlich durcheinander. Seit Samstagmittag war ich in die Illegalität abgetaucht. Quasi untergetaucht. Nach einem bewaffneten Raubüberfall. Und stöberte im Leben anderer Menschen. Sah Eltern-, Kinder-, Urlaubsfotos. Las deren SMS. Eine Frau hatte einem Mann ein Foto von ihren Brüsten geschickt, und er wollte mehr davon. Scham überfiel mich. Meine Rolle bestand darin, alle Spuren zu beseitigen, nicht im Privatleben unbekannter Leute herumzuschnüffeln. Ich hatte zu viel über Geolokalisierung gelesen, über Handys, die ihren Dieb aus der Entfernung filmen können, all diese Wirklichkeit gewordenen 007-Tricks.

Sich wegen dreier SMS erwischen zu lassen wäre schon ziemlich blöd.

Wir hatten den Überfall für Eva begangen. Um das hübscheste Mädchen der Welt den Händen seines Peinigers zu entreißen. Angesichts dessen sollte ich mich nicht von Neugier, Lust oder Begehren leiten lassen.

Also entledigte ich mich der Telefone und SIM-Karten. Immer mit ein paar Hundert Metern Abstand dazwischen. Setzte mich auf die Kaimauer, ließ die Füße baumeln, legte das Handy zwischen meine Oberschenkel und stieß es mit einer schnellen Handbewegung ins Wasser. Am Schluss warf ich die Prepaid-Geräte von Madame Gauthier und der bösen Prinzessin Reema weg.

Eine knappe Woche lag vor mir. Unschuldig und unbewaffnet ging ich in die Stadt. Am Zeitungsständer vor einem Kiosk hing das ›Journal du Dimanche‹, oben links die Headline:

»Überfall an der Place Vendôme –
führt die Spur nach Serbien?«

Ich setzte mich auf eine Café-Terrasse. Bestellte Tomatensaft. Ein Journalist nahm Bezug auf das Kreuz, die Farben und den Drei-Finger-Gruß. Man könne die Ultras der »Blauen« als Täter nicht ausschließen, schrieb er, zitierte aber einen Polizisten, der davon überzeugt war, es mit einer Bande vom Balkan zu tun zu haben. Es sei sogar der Name des möglichen Rückzugsorts der Räuberinnen gefallen: Niš. Der Mann war gut informiert. Ich schlug die Zeitung zu. Schloss die Augen, streckte mich, die Arme hoch, die Beine lang. Blickte zum Himmel und zollte unserer Rädelsführerin Tribut: »Chapeau, Brigitte Meneur!«

18

Montag, 23. Juli 2018

»Du kannst bei mir wohnen, wenn du willst«, hatte Hélène mir zu Weihnachten angeboten.

Vor einer Woche hatte ich sie angerufen. Und sie belogen. Seit meiner Trennung müsse ich zwischen zwei Wohnungen pendeln. Ab Sonntag könnte ich mich wieder bei einer Freundin einquartieren. Bis dahin aber hätte ich für ein paar Tage kein Quartier. Und im Hotel zu wohnen sei mir zu teuer und zu deprimierend.

»Komm im Buchladen vorbei und hol dir die Schlüssel.«

Vor unserem Überfall hatten wir alle gepackt. Brigitte würde bei einem Schauspielerfreund unterkommen. Assia zu ihrer Schwester nach Créteil ziehen. Und Mélody sich wie üblich irgendwie durchschlagen. Ich hatte eine Reisetasche mit Kleidung und Waschzeug in der Buchhandlung abgestellt.

»Zum Lesen brauchst du nichts mitzubringen, da kümmere ich mich drum«, hatte Hélène gescherzt.

Ein paar Tage lang sollten wir uns eingraben. Keinen Kontakt aufnehmen. Assia würde jeden Morgen vorbeigehen, um zu sehen, ob die Wohnung überwacht würde. Falls ja oder beim geringsten Verdacht würde sie uns allen über Snapchat den Buchstaben K schicken. Wenn alles ruhig bliebe, käme am nächsten Samstag das Bild eines Teddybären als Aufruf zur Wiedervereinigung.

Ich freute mich, Hélène wiederzusehen. Und die Buchhandlung. Noch nie war mir dieser Ort so friedvoll erschienen. Anders als im wahren Leben waren hier Schreie und Tränen, Gelächter und Gebrüll, Happy Ends und Tragödien zwischen zwei Buchdeckel gebannt. Nur wer ein Buch aufschlug, wurde von dem Tumult überfallen. Ich aber hatte das Reich der Fiktion hinter mir gelassen.

Der Buchladen war geschlossen. Hélène hatte ihn nur kurz für mich geöffnet.

»Deine Tasche steht schon bei mir zu Hause«, sagte sie.

Jetzt war ich nicht mehr ihre Kranke, sondern ihre Freundin. Wie vorher. Das erste Mal macht man große Augen, wenn man eine Frau mit Glatze sieht. Das zweite Mal versichert man ihr, dass ihr das gut steht. Nach dem Ende der Chemo wuchs mir ein komischer Flaum auf dem Kopf. Außerdem kriegte ich Milchschorf und Schuppen. Diesen Anblick fand ich fast schlimmer als den kahlen Schädel. Ständig strich ich mir mit der Hand über die kranke Haut. Und benutzte eine Babybürste.

Ich erzählte Hélène von der bevorstehenden Bestrahlung und dem baldigen Ende meines Krankenstands. Sie hatte eine junge Frau als Aushilfe für die Belletristik-Abteilung eingestellt, aber die verstand sich mit keiner von ihnen und misstraute den Kunden. Ihre Leidenschaft waren Mangas. Einmal erschien sie *kawaii* gekleidet zur Arbeit, wie es unter japanischen Mädchen Mode ist. In diesem Aufzug – mit grünen Haaren, rosa Schleifchen an den Zöpfen, einer Korsage aus rosafarbenem Vichykaro und weißen Overknees mit Bommeln – ist es allerdings nicht einfach, anderen das Universum Houellebecqs nahezubringen.

»Ich mag es, Menschen zu überraschen«, begründete sie ihre Kostümierung.

»Und wann kommt Jeanne wieder?«, fragten die Kunden höflich.

Ich verbrachte die Woche mit Nichtstun. Der Überfall an der Place Vendôme wurde von den Titelseiten verdrängt und tauchte nur noch ab und zu in den kleinen Meldungen im Inneren der Blätter auf. In den Fernsehnachrichten hatten Balkan-Experten die Exegeten des Dreifingergrußes in der Banlieue abgelöst. Hélène hatte der Überfall nie interessiert. Clarisse und Nicolas genauso wenig. Wir Mädels hatten einen der intensivsten Momente unseres Lebens hinter uns. Wir waren knapp am Tod vorbeigeschrammt, und niemand hatte es bemerkt. Das war beruhigend und frustrierend zugleich. Diese Emotionen konnte ich nur mit den drei anderen teilen. Und ich musste von nun an mit der Verleugnung leben. Dass ich für den Rest meines Lebens lügen müsste, beschäftigte mich mehr als der Überfall.

Den letzten Tag meines Untertauchens verbrachte ich im Buchladen. Die *kawaii*-Frau war gegangen. Meine Schwindelanfälle wurden weniger, aber ich hatte immer noch Probleme mit dem Gedächtnis. Früher konnte ich ganze Gedichte von Baudelaire oder Char auswendig, jetzt fand ich von ihnen kein Wort mehr wieder.

Gegen 17 Uhr vibrierte mein Handy. Ein brauner Teddy – das Foto von Assia besagte: Alles in Ordnung. Ich bedankte mich bei Hélène. Für alles. Ich mochte sie, weil sie die Garantin meiner Unschuld war. Keine Sorry-Jeanne, keine Räuberjenny, keine Krebs-Jeanne. Nichts von dem, was ich in den letzten Monaten alles gewesen war. Nur Jeanne Hervineau, für immer. Bei Brigitte die Irre mit der Pistole in der Faust. Bei Hélène die Kluge mit dem Roman in der Hand. Nie mehr würde ich nur die eine oder die andere sein können. Ich bewegte mich zwischen den beiden Gegensätzen.

19

RENÉ, DER HEHLER

»Und warum soll ich nicht mit?«

Brigitte stand vom Tisch auf und wandte Mélody den Rücken zu.

»Je weniger wir sind, desto besser.«

Klirrend stellte Mélody die Teetasse ab.

»Ich komme mit und Punkt.«

Assia gestikulierte aufgebracht.

»Wir wollen dich doch nur schützen!«

»Und ich will meinen Teil dazu beitragen«, entgegnete Mélody, immer gereizter.

Ich schlug vor, meinen Platz an sie abzutreten, aber Brigitte war dagegen. Ursprünglich wollte sie sich allein mit dem Hehler treffen, aber René hatte darauf bestanden, die Frauen kennenzulernen, die diesen Coup ins Werk gesetzt hatten. Brigitte hatte sich gewundert, war aber von ihrer ehemaligen Zellengenossin Markaride Agopian beruhigt worden. Das sei ganz typisch für ihren Mann. Er liebe gute Gangstergeschichten und habe Spaß daran, Gesichter mit den Phantombildern zu vergleichen.

»Das gibt mir eine Länge Vorsprung vor den Festlandfranzosen«, pflege er zu sagen.

Sein Vorbild sei nicht Dirty Harry, sondern Inspektor Columbo. List sei ihm von jeher lieber als Gewalt. Den gesuchten Frauen die Hand zu geben wäre sein kleines Extra. Sein Trinkgeld. Damit beweise er sich selbst auf harmlose Art, dass er noch nicht ganz aus dem Spiel sei.

Mélody solle Assia ersetzen, entschied Brigitte.

Seit unserem Wiedersehen am Sonntagabend im »Bro Ghoz« war Mélody nervös. Dreimal wollte sie die Colliers sehen, die Uhren zählen, die Ringe kontrollieren. Sie machte sich Gedanken. Warum war der Schatz nicht in ihrem Zimmer versteckt, sondern bei den anderen? Sie schlug vor, durch vier zu teilen, damit im Falle einer Entdeckung nicht alles verloren wäre. Pausenlos sprach sie über Geld. Wir hätten Schmuck im Wert von fast einer Million Euro, aber was würde uns davon bleiben? Wer sagte uns denn, dass dieser Mann vertrauenswürdig sei? Gut, Brigitte war mit seiner Frau im Knast gewesen. Aber was seien solche Freundschaften wert, wenn erst mal die Strafe verbüßt sei?

Brigitte versuchte, sie zu beruhigen. Sie verlasse sich auf Marka. Und sie vertraue René, dem Hehler, dem schönen Schlemihl. Er beschütze ihre Freundin, das reiche ihr. Was uns bleiben würde, wisse sie nicht. Sie habe noch nie mit einem Hehler zu tun gehabt. Aber ihre 100 000 Euro würde Mélody mit Sicherheit kriegen. Dann könne sie dieses Russenschwein ausbezahlen und ihre Tochter wieder in die Arme schließen.

*

Irgendetwas stimmte nicht. Peinliches Schweigen. Renés Lächeln war verschwunden.

Bei unserem Eintreten hatte er sich erhoben und gescherzt: »Ah, kommt ihr gerade aus Serbien?«

Er hatte nur Augen für Brigitte gehabt. Mich allenfalls kurz gestreift. Doch als Mélody hereinkam, war er versteinert.

Hatte kein Wort mehr gesagt. Die Hände auf dem Schreibtisch verschränkt und gewartet.

»Wollen Sie sehen?«, fragte Brigitte.

»Wenn Sie nun schon mal da sind ...«, erwiderte er kalt.

Sie nahm die zwei Colliers, neun Uhren und zwei Diamantringe aus der Tasche.

René sah mich an.

»Ich glaube nicht, dass wir einander schon vorgestellt wurden.«

Ich zuckte zusammen. Brigitte nickte mir aufmunternd zu.

»Jeanne«, sagte ich und streckte die Hand aus.

Sein Blick blieb an meinem kreolischen Tuch hängen.

»Auch Chemo?«

Ich nickte.

Dann wandte er sich Mélody zu. Der gleiche Blick auf ihre aschblonden Haare.

»Und Sie?«

Ärgerlich verzog sie den Mund.

»Eva.«

Ich zuckte zusammen. Brigitte biss sich auf die Unterlippe und senkte den Blick.

»Auch in Behandlung?«

Sie hob die Schultern.

»Sind Sie Arzt?«

René richtete sich in seinem Sessel auf, die Hände auf den Armlehnen.

»Das war nicht aggressiv gemeint, Mademoiselle.«

»Von mir auch nicht, Monsieur.«

Er war angespannt. Beugte sich seufzend über die Juwelen.

»Poh! Poh! Poh!«

Sein heimatlicher Akzent kam wieder durch. Das brachte mich zum Lächeln. Er bemerkte es.

»Sie sprechen Pataouète, Madame?«

Ich schüttelte den Kopf. Nein, das nicht. Das Wohlwollen kam zurück in seinen Blick.

Mit dem Finger schob er alle Uhren außer einer beiseite.

Es war eine schöne Herrenuhr. Assia hatte etwas im Internet dazu gefunden. »*Ausgestattet mit einem Manufakturwerk aus traditioneller Uhrmacherkunst, mit Handaufzug und Mondphasenanzeige. Ein Meisterstück, dessen Genauigkeit für 3887 Jahre garantiert ist, in einer limitierten Auflage von 75 Exemplaren zum Listenpreis von 284 000 Euro.*«

»Die nehme ich.«

»Und die anderen?«, fragte Brigitte.

»Die können Sie Ihren Freundinnen zum Geburtstag schenken.«

Er lächelte, setzte eine Brille auf und schraubte eine Lupe vors rechte Glas. Nahm den ersten Ring. Hielt ihn gegen das Licht seiner Schreibtischlampe, dann in die Strahlen der Mittagssonne. Zweiter Ring.

»Den nehme ich.«

Dann hob er die Colliers eins nach dem anderen hoch, ohne sie genauer zu untersuchen.

»Und die beiden Colliers auch.«

Brigitte, Mélody und der schöne Schlemihl. Als ich sie so dasitzen sah, kam mir das Ganze einen Moment lang so vor wie eine Szene aus einem alten Film. Wir hatten einen Juwelier ausgeraubt und schleppten unsere Beute zu dieser Karikatur von einem Hehler mit Goldkreuz um den Hals, einem Siegelring mit rotem Stein

242

und einem wuchtigen goldenen Gliederarmband. Aber auch mit wohlwollendem Blick, sonnigem Lächeln und melodiöser Stimme.

Er setzte sich wieder zurecht und ließ seinen Blick über unsere Schätze und unsere Gesichter schweifen.

»Im Knast, als Marka dich brauchte, warst du da, Brigitte.«

Sie sah überrascht drein. Nickte.

»Dafür danke ich dir.«

Er beugte sich vor und nahm einen Taschenrechner aus seiner Schreibtischschublade.

»Deshalb und nur deshalb habe ich dich empfangen.«

Brigitte strich sich mit der Hand über den kahlen Schädel.

»Ich weiß«, sagte sie mit ungewohnt fahler Stimme.

Er verschränkte die Arme.

»900 000.«

»Eine Million«, widersprach Mélody.

René schüttelte den Kopf.

»Die Uhr allein ist 300 000 wert!«

Er lächelte wieder.

»In einer Vitrine, mit Echtheitszertifikat, ja. Aber nach einem bewaffneten Raubüberfall …«

Mélody setzte zum Widerspruch an. Er beugte sich vor.

»Sieht es hier vielleicht aus wie beim Juwelier, Mademoiselle?«

Er öffnete die Zigarrenkiste und nahm eine Corona heraus.

»Und ich? Sehe ich vielleicht aus wie ein Goldschmied?«

Befeuchtete sie zwischen den Lippen.

»Ihr redet vom Verkaufspreis, und ich sage euch, was das Zeug unter meinem Dach wert ist.«

»Sie bieten uns 900 000?«, fragte Brigitte.

Er lachte und blies ein paar Rauchkringel in die Luft.

»Nein. 900 000 ist das, was ihr mir auf den Schreibtisch gepackt habt.«

Er legte den Rechner vor sich hin.

»Ihr braucht 100 000 Euro, stimmt's?«

Er sah hoch.

»Antworte mir, Brigitte!«

»Das brauchen wir, ja, aber wir haben Ihnen das Zehnfache gebracht!«, rief Mélody zornig.

René sah sie an.

»Eva … Eva, richtig?«

Keine Antwort.

»Wenn du einen besseren Plan hast, Eva, bitte, nur keine Hemmungen.«

Er ließ sie nicht aus den Augen.

»Du weißt genau, was gespielt wird, richtig?«

Mélody wurde bleich.

»Und du verkehrst auch mit den Reichen und Schönen, nicht wahr?«

Sie schüttelte seufzend den Kopf.

»Da weiß man nämlich, was man für eine Million kriegt.«

Mit einer Handbewegung schob er den Schmuck von sich.

»Wenn euch mein Angebot nicht passt, könnt ihr es auch mit Versicherungsbetrug versuchen. Dann gebt ihr dem Juwelier den ganzen Krempel wieder zurück, gegen Entschädigung, versteht sich, aber das ist nicht ohne Risiko. So ein Deal kann für jeden zehn Jahre geben. Oder aber Eva kennt einen privaten Sammler.«

Brigitte stand auf. Schob die Schmuckstücke wieder zu ihm hin.

»Schluss jetzt, René. Wie viel?«

Er sah Mélody an, als ob er eine Reaktion erwartete. Aber es kam nichts.

Dann tippte er eine Reihe von Nullen in seine Rechenmaschine.

»Fangen wir mit den Geschenken an.«

Mélody schaute auf.

»Leihgabe eines Solitärs von 5,99 Karat, geschenkt. Auskundschaften der Örtlichkeiten, geschenkt. Anmietung einer Limousine, geschenkt. Stundenlohn des Chauffeurs mit den weißen Handschuhen, auch geschenkt.«

René sah Brigitte an.

»Die Inszenierung hat den Juwelier in Vertrauen gewiegt. Sind wir uns da einig?«

Sie nickte.

»Was uns einen Gewinn von 900 000 Euro eingebracht hat.«

Mélody stand unter Spannung. Ihr linkes Bein wippte rhythmisch.

»Jeder anständige Hehler würde euch zwischen fünf und zehn Prozent der Summe bieten. Euer Überfall war spektakulär, alle haben darüber berichtet, ich nehme damit ein großes Risiko auf mich. Aber für die Freundin von Marka gebe ich zwanzig Prozent.«

Er tippte auf zwei Tasten. Und hob den Arm.

»180 000 Euro. Ihr braucht 100 000? Dann gibt's 80 000 für euch obendrauf!«

Lächelnd sank er in seinen Sessel zurück.

»Und?«

Brigitte reichte ihm über den Schreibtisch hinweg die Hand.

20

DAS HÜBSCHESTE KLEINE
MÄDCHEN DER WELT

Markaride Agopian erwartete uns am Seineufer, vor dem Boots-
anleger am Pont-Neuf, eine graue Tasche hing in ihrer Armbeuge.
Es regnete, ein Sommerregen, durch den schon die Fratze des
Herbstes schien. Wir bestiegen das Schiff und gingen in den In-
nenraum. Marka war nervös.

»Wir haben ein Problem«, sagte sie, als sie sich setzte.

»Was für ein Problem?«, fragte Brigitte.

Marka saß an einem Bullauge. Beobachtete die Manöver des
Kapitäns. Nahm eine Puderdose aus der Tasche. Hielt sich den
runden Spiegel vor die Augen und betupfte mit eleganter Geste
ihre Nasenflügel. Dabei beobachtete sie die paar Touristen im
Hintergrund.

»Was hast du mit dieser Frampin zu tun?«

Brigitte runzelte die Stirn.

»Mit wem?«

»Der Frau, die sich Eva nennt, was hast du mit ihr zu schaffen?«

Brigitte lächelte.

»Mélody?«

»Mélody Frampin, ja.«

Brigitte hatte immer noch nicht verstanden.

»Was hast du mit ihr am Laufen?«

Seit unserem Treffen mit René war es bei uns ungemütlich geworden. Mélody hatte getobt. Dieser Mann wolle uns Böses, er nutze unsere Unerfahrenheit aus. Oder er sei ein Bulle. Und würde uns verpfeifen. Sie fand es unmöglich, dass er so getan habe, als ob er sie kennte. Und wie er versucht habe, sie mit seinen Bemerkungen zu verunsichern.

»Er wollte uns spalten!«

Dann hatte sie sich in ihrem Zimmer eingeschlossen und sich sogar geweigert, mit uns zu Abend zu essen.

»Ich habe sie bei der Chemo kennengelernt«, sagte Brigitte.

»Und?«

»Was ist los, Marka?«

»Du lernst eine Frau bei der Chemo kennen und überfällst dann mit ihr zusammen einen Juwelier, ja?«

»Sag mir bitte, was los ist!«

Die Armenierin war hart geworden. Durch das Brummen des Motors, das Gelächter der anderen Passagiere und die Erklärungen des Fremdenführers am Mikrofon drang ihre eisige Stimme.

»Antworte mir, Brigitte!«

»Was soll ich dir denn sagen?«

»Wie sie dich rumgekriegt hat.«

Seit ihrer Strafmündigkeit sei Mélody schon mehrfach im Gefängnis gewesen. Wegen kleinerer Delikte. Hochstapelei, Diebstahl, verschiedene Betrügereien. Das erste Mal habe René von ihr gehört, als sie mit einer Bande Georgierinnen zwischen Paris und Karlsruhe tingelte. Das war vor dem Krebs. Sie und die drei Frauen aus Tiflis hatten sich auf Kaufhausdiebstahl spezialisiert. In ihren Mänteln war eine große, aluminiumgefütterte Tasche eingenäht, mit der sie den Alarm austricksten. Sie klauten, wie andere zur Arbeit gingen: von morgens bis abends mit Mittagspause. Zwischen den Geschäften nahmen die Männer ihnen die Beute ab. Dann sei René ihr noch einmal vor einem Jahr auf dem Flohmarkt begegnet. Da habe sie versucht, ihm zwei Pistolen aus einer Sammlung anzudrehen. Freunde hätten ihn gewarnt: »Lass dich nicht mit den Georgiern ein!«

Mélody habe eine Art deutschen Akzent angenommen und sich den Namen Eva zugelegt. Unter diesem Namen sei sie einem kleinen Kreis bekannt. Als »Eva, die Puppe«, wegen ihrer feinen Züge und ihrer weißen Haut. Mit elf von zu Hause ausgerissen, nach wiederholten Diebstählen mit dreizehn zum ersten Mal in Polizeigewahrsam. Jugendhilfe und Psychologen – niemand sei mit ihr fertig geworden. Das letzte Mal wurde sie 2016 verurteilt: fünf Monate elektronische Fußfessel wegen Hehlerei. Danach ging sie wieder nach Karlsruhe, zusammen mit einem Künstler. Der Krebs habe sie zurück nach Frankreich getrieben.

Ich knetete meine Hände. Meine Knöchel waren weiß. Panik.

»Was ändert das?«, fragte Brigitte.

»Zwischen uns nichts. Aber du solltest wissen, mit wem du dich abgibst«, antwortete Marka.

Sie hatte die graue Tasche auf den Boden gestellt, ohne den Blick vom vorbeiziehenden Ufer zu lösen.

»René ist auf 200 000 raufgegangen. Er hat einen Ring zu niedrig geschätzt.«

Brigitte hielt den Henkel der Tasche fest. Sie war besorgt.

»Woher weißt du das alles?«

»Was?«

»Über Mélody?«

Die Sammlerstücke, die sie René verkaufen wollte, angeblich echte Pistolen der Kavallerie vom Anfang des 18. Jahrhunderts, waren falsch. Die achteckigen Läufe stammten von Reisepistolen mit Perkussionsschloss. Das Gitternetz auf den Griffen war eine moderne Arbeit und das bemalte Holz von minderer Qualität. Ebenso wie die Schweißnaht der Sicherungsbügel und die Ornamente an den Schlössern. Gebrauchsspuren, Rost und Patina waren künstlich aufgebracht. René hatte Freunde bei der Polizei und in der Unterwelt. Er verstand nicht viel von Waffen, wusste aber, dass so ein Teil über tausend Euro wert sein konnte. Als Mélody ihm die Pistolen zur Ansicht überlassen hatte, befragte René zwei Kontakte. Den Vorsteher eines Schützenvereins, einen Liebhaber von Steinschlossbüchsen, und einen Gendarm, der Kolumnist bei einer Waffenzeitschrift war. Der eine deckte den Schwindel auf. Der andere lieferte den Lebenslauf der Schwindlerin. Die Sache war nicht der Rede wert. Und dabei blieb es auch. René aber habe die Frau, die sich als Georgierin ausgab, nie vergessen.

»Gut, sie war im Gefängnis. Na und?«, fragte Brigitte.

Marka drehte die Handflächen nach oben.

»Stimmt, das können wir ihr nicht ernsthaft zum Vorwurf machen.«

Das Schiff fuhr rückwärts auf den Anleger zu.

»Jedenfalls bist du jetzt gewarnt«, ergänzte Marka.

Sie stand auf, als die Touristen ihre Plätze verließen.

»Ich gehe als Erste.«

Drehte sich mit sorgenvoller Miene noch einmal um.

»Ihr habt das aber nicht alles für sie gemacht?«

Brigitte gab keine Antwort.

»Für ihre Tochter«, warf ich ein.

Marka begann zu lachen.

»Ihre Tochter?«

Brigitte schaute mich an. Mit umwölkter Miene. Ich hätte das nicht sagen sollen.

»Das hübscheste kleine Mädchen der Welt vielleicht?«

Wir waren verblüfft.

»Die entführte kleine Russin? Ja?«

Mitten im Gedränge setzte sich Brigitte wieder hin. Auf den erstbesten Platz. Völlig niedergeschlagen.

Marka betrachtete sie kopfschüttelnd.

»Die Sache mit dem Lösegeld?«

Jetzt musste auch ich mich setzen. Ein Schiff fuhr vorbei. Unser Boot tanzte auf den Wellen.

»Mélody hat gar kein Kind.«

Ich wollte protestieren. Doch Marka hob die Hand.

»Such ›das hübscheste kleine Mädchen der Welt‹ im Internet, Brigitte. Dann siehst du's.«

Sie beugte sich vor.

»Tut mir wirklich leid für euch.«

Und damit schloss sie sich einem Schwall Touristen an, der einem gelben Fähnchen folgte.

Wir gingen eine Weile die Seine entlang. Der Regen hatte aufgehört. Ohne ein Wort zu sagen, betrat Brigitte ein Café. Wir setzten uns an einen Tisch. Sie nahm ihr Handy heraus, legte es vor sich hin. Wollte etwas eintippen. Erstarrte dann mit dem Finger im Anschlag.

»Nein. Such du!«

Ich tippte »Das hübscheste …« in eine Suchmaschine ein.

Brigitte hatte ihr Gesicht in die Hände gelegt. Hielt sich die Augen zu.

»Mein Gott«, murmelte ich.

251

Sie rührte sich nicht.

»Was?«

Ein Kind, von Sonnenstrahlen umspielt, in Großaufnahme. Das Gesicht wie weißer Marmor, riesige Augen, perfekter Pony, braune Haare bis zu den Hüften. Im lila Schmetterlingskleid mit Strohhut und einem Weidenkörbchen voller Blumen posierte es in einem Lavendelfeld. Das war Eva. Unser Lieblingsfoto. Der Talisman, den wir alle im Herzen trugen.

Ich wischte über den Bildschirm. Das nächste Foto. Ein properes Mädchen im weiß-blau gestreiften Badeanzug mit Ankerlogo. Dahinter eine Art Schwimmbecken mit Strohhütten rundherum. Und dann das dritte. Es war das mit den Katzenaugen, wirklich. Tiefblaue Augen, umkränzt von langen, schwarzen Wimpern. Darüber eine Zopfkrone. Und die kleine Hand unterm Kinn, um das Zerbrechliche zu betonen.

»Eva«, stellte ich fest.

Brigitte spreizte ihre Hand ein wenig. Schaute durch Mittel- und Zeigefinger auf den Bildschirm. Legte die Hände wieder wie eine Binde über die Augen. Und begann leise zu weinen.

Das Mädchen hieß Anastasia. Es war sechs Jahre alt. 2017 wurde das Kindermodel der russischen Agentur Royal Kids Management von Internetnutzern zum »hübschesten kleinen Mädchen der Welt« gekürt. Auf Instagram hatte es 700 000 Follower. Es gab Foto-Sessions, Werbekampagnen, Aufnahmen seiner Lieblingssongs – Tausende Likes in Form kleiner Herzen zierten jeden von seiner Mutter sorgfältig verfassten Beitrag.

Mélody lebte in Karlsruhe, und Eva gab es nicht.

»Wir sind die blödesten Weiber der Welt«, murmelte Brigitte.

Es fiel uns schwer, das Café zu verlassen. Die Sonne streichelte die grünen Stände der Bouquinisten und das feuchte Pflaster. Brigitte übergab mir die Tasche mit dem Geld. Ich sollte sie im Buchladen verstecken. Ob ich dafür bürgen würde? Klar. Aber fürs Erste wollten wir Mélody nichts davon sagen. Ihr vormachen, dass es noch ein paar Tage dauern würde, bis die Summe beisammen wäre. Nachdenken, sie warten lassen. Nichts sagen. Noch nicht. Ihr die letzte Chance zu einem Geständnis geben. Und Assia schützen.

»Und dann? Was machen wir dann?«

Das wussten wir beide nicht.

»So ein Überfall für zweihunderttausend Tacken ist doch armselig!«, sagte ich.

»Es war aber nicht ihre Idee«, erwiderte Brigitte.

Mélody war in Not, und wir waren bereit, das Risiko auf uns zu nehmen. Sie habe eben davon profitiert.

»Das ist noch schlimmer.«

Brigittes Miene verdüsterte sich.

»Ich wollte ja gar nicht, dass sie mitkommt. Sie hat darauf bestanden. Dabei hätte sie in Ruhe abwarten können, dass wir die Schätze nach Hause bringen.«

»Was willst du damit sagen? Dass sie nichts dafür kann?«

»Wir wissen nicht, was der Krebs mit einem macht.«

Als wir in die Metro stiegen, fiel mir auf, dass Brigitte hinkte – sie zog ihr linkes Bein nach. Und dass sie müde war. Jetzt kotzte sie jede Nacht. Obwohl ihre Chemo fast vorbei war. Sie vertrug die Behandlung schlecht, hatte mir Assia verraten.

»Sie ist kränker, als du glaubst.«

Mélody redete über ihre Schmerzen, ich über mein Unglück, nur Brigitte sagte nichts. Sie brauchte meist zwei Anläufe, um aufzustehen. Fiel mit schmerzverzerrtem Gesicht in den Sessel zurück und stemmte sich dann mühsam von den Lehnen hoch. Auf dem Bürgersteig musste sie sich öfter an einer Mauer, einem Baum, einem Auto abstützen, bevor sie weitergehen konnte. Einmal rief sie sogar Kommissar Le Gwenn zu Hilfe. Sie hatte sich nach der Behandlung auf eine Bank gesetzt, um wieder zu Kräften zu kommen, konnte aber nicht mehr aufstehen. Also wählte sie die Nummer von »Landsmann«, eine der wenigen, die sie gespeichert hatte. Er kam mit dem Dienstwagen. Brachte sie mit Blaulicht und Sirene in die Notaufnahme und wartete dort ein paar Stunden auf sie. Nachts flüsterten Brigitte und Assia oft lange miteinander. Ich konnte nicht verstehen, was sie sagten, hörte aber ihre angstvollen Stimmen.

*

»Das war ja klar!«, kreischte Mélody.

Sie habe es gewusst. Dass es kein Geld gebe und dieses Schwein von Hehler nur Zeit schinden wolle.

Assia saß am Tisch und rührte schweigend in ihrem Tee.

»Es dauert vielleicht noch drei, vier Tage«, sagte Brigitte.

»Ja, klar, vier Tage! Die Kohle sehen wir nie!«

Ich beobachtete Brigitte. Souverän beruhigte sie die Tobende mit Worten und Gesten und strich ihr über die Haare, wie man eine Katze streichelt.

»Ich häng mich da rein, versprochen!«

Ich saß auf der Sessellehne. Das Leben war stehen geblieben. Ich konnte weder sprechen noch denken. Mélody spielte die Göre, Brigitte die Mama, die eine jammerte, die andere tröstete. Assia schwieg. Sie ahnte etwas. Ihr Schweigen hieß, dass zurzeit jeder Seufzer zu viel sei. Die Zeit der Seufzer würde noch kommen. Da war sie sich sicher. Und das würde wehtun. Im Augenblick reagierte sie mit dem Instinkt einer Jägerin. Und verharrte in stiller Beobachtung.

An diesem Abend aß jede für sich. Mélody bestellte sich eine Pizza. Brigitte war müde. Assia hatte ihr ein Omelett gemacht und auf einem Krankenhaustablett ans Bett serviert. Und ich hatte seit meiner Chemotherapie immer ein paar Kekse und Fruchtgummis in der Tasche, die ich im Bett knabberte.

Als Assia an meine Tür klopfte, erschrak ich. Ich wusste nicht, was sie wusste. Nur meine Leselampe war noch an.

»Auch müde?«, fragte sie.

Ja, sehr. Das seien bestimmt die Nachwirkungen. Der Krebs, die Chemo, der Überfall, das sei alles ziemlich viel gewesen.

»Darf ich?«

Ja, natürlich. Sie kam herein. Zog leise die Tür hinter sich zu. Dann schlüpfte sie zu mir ins Bett und legte den abgewinkelten Unterarm über die Augen.

»Probleme?«

Sie drehte sich auf die Seite, das Kinn auf beide Fäuste gestützt.

»Brigitte geht's schlecht«, flüsterte sie.

»Ja, hab ich gesehen.«

»Nein, hast du nicht.«

Sie rückte näher an mich heran. Wie Schülerinnen in der Ferienkolonie.

»Vor zwei Monaten wurde sie noch mal untersucht. Der Scheißkrebs hat ihre Beckenwand, die Lymphknoten und die Blase befallen.«

Ich schlug die Hand vor den Mund.

»Letzten Montag haben die Ärzte zu ihr gesagt, dass auch das Rektum betroffen ist.«

Mir brannten die Augen. Es roch nach Angst.

»Und sie fürchten auch um ihre Leber, Jeanne.«

Ich rollte mich auf den Rücken, die Arme neben dem Körper. Und spürte, wie mir eine Träne über die Schläfe in die Ohrmuschel rann. Auch Assia drehte sich um.

»Brigitte sagt, sie wird sterben.«

Die Falten des Betttuchs schmiegten sich um unsere Silhouetten. Wie zwei Statuen in einer Kathedrale lagen wir eine Weile reglos nebeneinander. Schweigend. Dann stand Assia auf. Wir schauten in den Kreidehimmel.

»Das bleibt aber unter uns.«

Dann schloss sie das Tor zur Krypta.

Und ich löschte meine Leselampe. Verzichtete auf das Licht. Trat in die Finsternis ein. Ich atmete nicht mehr, ich weinte. Auf dem Rücken liegend, presste ich mir das Kopfkissen aufs Gesicht. Erstickte meine Verzweiflung. Hielt Jahre des Kummers gefangen. Jules' Tod, Matts Gleichgültigkeit, meine Einsamkeit, als ich allein am Bett unseres Sohnes saß. All diese nie gesagten Worte, all diese verschluckten Schreie, all diese nie vergossenen Tränen. Ich verlor die Kontrolle. Das war nicht meine Entscheidung. Mein Körper lehnte sich auf. Japste wie ein kleines Tier. Es gelang mir nicht mehr, Atem zu holen. Die Luft verweigerte sich. Und dann kam ich nieder. Ich wusste nicht, was es war, aber etwas kam aus meinem Bauch, meinem Herzen, meinem Leben. Ich hatte mich zu oft belogen. Jeanne ging es doch immer gut, Jeanne war so gut wie nie krank, Jeanne ging zur Chemo wie an den Strand, Jeanne verschwieg ihre Kopfschmerzen und ihre verletzte Seele. Jeanne hatte einen Tumor in der Brust. Aber stets alle beruhigt. Jeanne, die sich auf den Kopf zusagen ließ, dass dieser widerlich aussah. Und dass sie lieber zwei Mal pro Tag duschen sollte, um den

Aasgeruch zu vertreiben. Jeanne, die hinter Matt hertrippelte, um einen Blick, ein Lächeln flehend. Jeanne, die immer allen zuhörte. Jeanne, die die Namen der Kollegen ihres Mannes herunterbeten konnte wie ein Kind das kleine Einmaleins. Die tapfere, die unverzagte Jeanne, die alles so gut wegsteckte, dass ihr nie jemand die Hand hielt. Jeanne, die sich nie beklagte und nie die Stimme erhob. Jeanne mit dem geraden, aufrechten, stolzen Gang. Man rief sie zu Hilfe und schaute ihr vom Ufer aus beim Ertrinken zu. Jetzt weinte Jeanne in einem dunklen Zimmer, das nicht ihres war. Weil sie ein Kind, einen Mann, ein Heim verloren hatte. Und Freundinnen im Schmerz gefunden, von denen eine bald sterben würde und eine gelogen hatte. Jeanne mit vierzig, allein wie am ersten Tag. Ihr ganzes Leben passte in zwei Koffer mit Wäsche und Trauer. Sorry-Jeanne, Unglücks-Jeanne. Jeanne, die niemand mehr war.

Ich erstickte. Ich würde sterben. Mit aufgerissenem Mund raubte ich alle Luft der Welt. Bunte Ballons tanzten hinter meinen geschlossenen Lidern. Rote Streifen zerrissen die Schwärze. Die Stille war ein Tumult. Ein tosender Wasserfall. Meine Schläfen pochten wie bei einem rasenden Zahnschmerz. Ich warf das Kissen ans Fußende des Betts. Schlug die Augen auf. Sah die Straßenlaternen durch die Fensterläden. Atmete langsam ein und aus. Erinnerte mich allmählich an die Bewegungen, die zum Leben führten. Strich mit beiden Händen über meinen Kükenkopf. Das Bett war feucht vom Kampf und den Tränen. Ich drehte mich zur Seite. Im bläulichen Licht des Radioweckers standen die Fotos von Jules und Eva.

Assia durfte auf keinen Fall etwas erfahren. Mélody auch nicht. Wie mein Sohn, der hübscheste Junge der Welt, hatte auch das hübscheste kleine Mädchen der Welt existiert. Es hatte uns diese Kraft gegeben, diese Gnade und diesen Stolz. Die Energie der Hoffnung. Evas wegen hatten wir vereint unserer Krankheit getrotzt. Hatten den Mut gefunden, für das Glück einer Mutter und das Leben ihres Kindes zu kämpfen. Eva hatte mir die Waffe in die Hand gegeben. Sie war bei mir gewesen, wenn die Infusionsnadeln zustachen. Mit ihren Riesenaugen, ihrem perfekten Pony und ihrem Lächeln hatte sie sich nachts über mich gebeugt, um mich zu beruhigen. Ich hatte das alles für sie getan. Ich konnte nicht mehr zurück. Sie zu verleugnen wäre Verrat. Und das Eingeständnis, dass alles vergebens war.

Ich war weder Polizistin noch Staatsanwältin. Meine Seele war nicht dafür gemacht, Träume zu plündern. Das überließ ich den Männern. Seit wann predigten Räuberinnen Moral? Ich wollte Mélody nicht überführen, nicht anklagen und auch nicht wieder und wieder lügen hören. Ich weigerte mich, mir diese Szene vorzustellen: wir vier in der Wohnung, die Verräterin in Tränen aufgelöst, Assia schäumend vor Wut, Brigitte im Todeskampf und ich bereit zur Flucht. Unsere Geschichte war so schön. Sie hatte mit einem Quartett begonnen, sie sollte mit einem Quartett enden.

Auf mein blaues Notizbuch schrieb ich: *Dies ist die Geschichte von vier Frauen. Sie wagten sich sehr weit vor. In die tiefste Dunkelheit, in die größte Gefahr, in den äußersten Wahnsinn. Gemeinsam rissen sie die Krebsstation nieder und errichteten auf ihren Trümmern eine fröhliche Zitadelle.*

Ich wollte das Geld Mélody übergeben und ihr viel Glück wünschen. Den Riesenteddy für ihre Tochter kaufen. Sie zum Flieger, zum Zug, zur Rakete, zum Wasserflugzeug begleiten oder was immer sie sich für ein Fahrzeug ausdenken würde. An jedweden Abschiedshafen, den sie uns einzureden versuchte. Wir würden uns umarmen. Und dahinter das Geheimnis wahren. Und unsere Freudentränen. Nieder mit dem Krebs, für immer und ewig! Tod dieser Hyäne, die wir gemeinsam umstellt hatten und immer jagen würden. Die Kleine würde glauben, sie hätte uns über den Tisch gezogen. Na und? Mélody hatte Eva vielleicht nicht verdient, aber wir anderen waren ihrer würdig.

21

DER PAKT

Ich begleitete Brigitte zu ihrer Chemotherapie. Mit Pralinen für Bintou, die Bienen und ein paar Freundinnen. Im Warteraum neue Gesichter. Eine junge Frau mit ihrem Mann. Eine sehr alte, allein. Eine dritte zwischen zwei Altern und zwei Leben. Sie wussten nicht, was sie mit ihren Händen und Blicken anfangen sollten.

Ich folgte Brigitte in ihr Abteil. Mélody war zu Hause geblieben, Assia arbeitete im »Bro Gozh«. Wir hatten vier Stunden für uns. Als die Krankenschwester die Medikamente vorbereitete, wandte ich mich ab. Mir war vor Kurzem der Port entfernt worden. Die Wunde unter dem Verband hatte sich gerade erst geschlossen. Die Nadel, die Infusionsbeutel mit der roten Flüssigkeit – ich konnte dieses Ritual nicht mehr ertragen.

»Du bist nicht dazu verpflichtet«, sagte Brigitte lächelnd.

»Ich möchte aber bei dir sein.«

Sie saß im Sessel und hatte die Augen geschlossen. Ihre Stimme war kaum zu hören.

»Was machen wir mit Mélody?«

Ich schaute sie an.

»Was meinst du?«

»Hör auf, Jeanne! Seit wir auf dem Schiff waren, denkst du über nichts anderes mehr nach. Also sprich jetzt!«

Ich stand auf. Desinfizierte meine Hände unter dem Spender an der Wand.

»Mir macht vor allem Assia Sorgen.«

Brigitte richtete sich auf.

»Warum?«

»Sie wird ihr das Herz herausreißen.«

Brigitte lehnte sich in den Sessel zurück. Lächelte mit geschlossenen Augen.

»Das hat sie sich doch verdient!«

Okay. Und dann?

Brigitte zuckte mit den Schultern. Was dann? Keine Ahnung. Sie drehte sich zu mir.

»Monatelang hat sie mit uns gespielt. Sie hat uns herumgeschoben wie Bauern auf einem Schachbrett. Du dort, ich da. Nichts von dem, was sie uns erzählt hat, ist wahr. Verstehst du, Jeanne? Kein Wort, kein Blick, keine Geste. Das kann Assia ihr nicht durchgehen lassen.«

»Und du, Brigitte? Kannst du das durchgehen lassen?«

Sie ließ sich wieder in den Sessel sinken.

»Das hübscheste Mädchen der Welt. So eine Scheiße!«

Sie beobachtete mich lange. Ihre Augen flehten um Gnade.

»Ich bin müde, Jeanne. Ich kann nicht mehr.«

Ich trug eine schwarze Hose und ein graues Top. Es gelang mir nicht, die Trauer abzulegen.

»Dann vertrau mir.«

Wieder dieser wunde Blick.

»Was schlägst du vor?«

Ich schüttelte den Kopf.

»Es wird dir nicht gefallen.«

Sie lächelte schmal.

»Sag es trotzdem!«

Ich stand auf. Ging zu dem winzigen Fenster. Wandte ihr den Rücken.

»Assia sagen wir nichts.«

»Nichts?«

Brigittes Stimme in meinem Rücken. Ich drehte mich um und ging zu ihr zurück. Ich war mir vollkommen sicher.

»Nein, nichts.«

Brigitte hatte die Arme über den Kopf erhoben.

»Also verraten wir sie auch?«

»Nein, wir schonen sie.«

Brigitte sah mich an. Graues Gesicht, fast schwarze Augenringe. Sie schloss die Augen. Beruhigte sich. Tastete nach meiner Hand.

»Du magst schöne Geschichten, was, Jeanne?«

Ja, ich mochte schöne Geschichten, aber nicht nur. Ich wollte auch keine Tränen mehr, kein Drama, kein Geschrei. Ich hoffte, dass unsere Bewegungen wieder leichter würden und unsere Worte die Herzen erreichten.

»Wir geben ihr also die 200 000 Euro, das meinst du?«

Ich nickte. Für Eva, wie besprochen.

»Ist das der Preis für den Frieden?«

»Für unseren Seelenfrieden.«

»Auch wenn sie sich das Geld in die Taschen steckt und sich über uns lustig macht?«

Ich näherte mich ihrem Sessel.

»Ist das wirklich wichtig, Brigitte? Sieh mich an und sag mir: Ist das wirklich wichtig?«

Sie sah mich an.

»Vielleicht hast du recht.«

»Und?«

Sie seufzte. Verschränkte die Arme über ihren Augen. Also? Sie schwieg lange. Krankenhausgeräusche. Gedämpfte Stimmen. Eine

Krankenschwester lachte im Flur. In einem Nachbarabteil lief ein Fernseher. Ein Pflegewagen klapperte. Ein Telefon klingelte. In der Ferne piepste ein Herzmonitor. Ein Wassereimer wurde abgestellt, der metallene Henkel fiel auf das Plastik, das Wischtuch klatschte auf den Boden.

Brigitte legte die Arme wieder auf die Lehnen.

Also okay, einverstanden.

Sie trank einen Schluck Wasser. Schaute auf die Wanduhr. Die Sonne, die aufs Fenster fiel. Lächelte mich an.

»Ich bin erleichtert, Jeanne.«

Auch sie habe den Wunsch gehabt, ein Ende zu finden. Und unsere schöne Geschichte nicht zu zerstören.

Ich nahm ihre Hand.

»Wir werden Assia träumen lassen. Das ist das schönste Geschenk, das du ihr machen kannst.«

22

DER TEDDYBÄR

Ich zog den Vorhang der Umkleidekabine zur Seite.

»Und?«

Mélody applaudierte lachend.

»Umwerfend!«, lächelte Assia.

Ich hatte mich für ein weißes, mit Feldblumen gesprenkeltes Bustierkleid entschieden.

»Nutz die Zeit vor deiner Strahlentherapie, um es zu tragen!«, sagte Brigitte.

Meine Brust würde bald mit Etiketten beklebt und mit farbigen Kreuzen markiert sein, um den Strahlen den Weg zu weisen. Im Moment war nur mein letzter Verband zu sehen.

»Sieht das nicht zu sehr nach Tussi aus?«

Assia in ihrer mohnroten Bluse schüttelte sich aus vor Lachen.

»Danke für das Kompliment!«

Ich ging in der Boutique auf und ab und blieb vor jedem Spiegel stehen.

Die Verkäuferin lächelte.

»Es ist für Sie gemacht.«

Ich brauchte noch Pumps. Etwas Erhebendes.

Als Erstes kauften wir eine Fahrkarte. Mélody hatte erzählt, sie habe sich mit Evas Vater darauf geeinigt, sich in der Mitte zu treffen. Er würde am Weißrussischen Bahnhof in Moskau in den Zug steigen, Mélody an der Gare de l'Est. Treffpunkt: Berlin.

»Wäre es nicht einfacher mit dem Flugzeug?«, fragte Assia.

»Ich fliege nie«, erwiderte Mélody.

Es sei ein deutscher Zug. Abfahrt 10.55 Uhr in Paris, Ankunft in Berlin 19.39 Uhr. Es gebe auch einen Nachtzug nach Moskau, aber sie lege Wert darauf, dass der Mann ihr entgegenkomme.

»Fährt der direkt, oder hält er in Karlsruhe?«

Mélody zuckte zusammen.

»Warum fragst du mich das?«

Brigitte lächelte sie an und machte ein harmloses Gesicht.

»Liegt das nicht auf dem Weg?«

»Weiß ich nicht. Wir treffen uns jedenfalls in Berlin.«

Mélody wirkte nervös. Brigitte wollte ihr unbedingt die Hinfahrt bezahlen. Um die Rückfahrt würde sie sich selbst kümmern.

Und ja, der Zug hielt sehr wohl in Karlsruhe, um 13.25 Uhr. Ihre Reise würde also nur zweieinhalb Stunden dauern.

Brigitte und ich hatten auch noch hübsche Sachen für Eva ausgesucht.

»Nicht jetzt!«, hatte Mélody protestiert. »Das machen wir, wenn wir zurück sind!«

Aber wir ließen uns nicht davon abhalten. Den ganzen Vormittag klapperten wir ein Kindermodengeschäft nach dem anderen ab. Dieses Kleid war ein bisschen langweilig, dieses Jäckchen zu schick, dieser Rock zu hässlich. Brigitte hatte sich wieder ein wenig erholt. Sie wühlte in den Regalen.

»Und das, Mélody, was hältst du davon?«

Sie hatte sich hingesetzt, betrachtete ermattet Pullis, Blüschen, rosa Blümchen-Overalls und sagte dazu nur vielleicht, warum nicht, weiß nicht. In einem Laden entdeckten wir ein lavendelfarbenes Kleid, das dem auf dem Foto glich.

»Schau mal, Mélody!«

Sie nickte.

»Nur keine übertriebene Begeisterung!«, grinste Brigitte.

Gegen Mittag beendete Assia das Spiel.

»Wollt ihr sie umbringen oder was?«

Mélody hielt vier Tüten von den berühmtesten Labels in Händen. Eine Hose, eine Daunenjacke für den Winter und zwei Westen für das nächste Frühjahr. Alles von uns geschenkt.

Wir aßen auf einer Terrasse zu Mittag. Schnell und leicht.

»Es wird nicht einfach sein, den größten Teddy der Welt zu finden«, bemerkte Brigitte lächelnd.

Nach dem letzten Bissen ihres Croque-Monsieur sah Mélody hoch.

»Den kriege ich bestimmt in Berlin.«

Brigitte protestierte.

»Das ist das Geschenk der drei Tatas! Darauf legen wir Wert!«

Der größte Plüschbär maß 340 Zentimeter. Über drei Meter also, mit Riesenpfoten. Brigitte fand ihn grandios.

»Ist das nicht ein bisschen gemein, ihr den aufzudrücken?«, versuchte ich sie flüsternd zurückzuhalten.

Sie schaute mich an.

»Wer ist gemein?«

Assia klatschte in die Hände.

»Unglaublich!«

Mélody war blass geworden.

»Ist der überhaupt zu verkaufen? Ist der nicht bloß Deko?«

Ein Verkäufer kam herbeigeeilt.

»Selbstverständlich ist der zu verkaufen. So was finden Sie nirgendwo!«

Mélody umrundete das Monster. In heller Panik. Den könnte man nur zu zweit transportieren.

»Im Zug wäre das wirklich absurd«, murmelte Brigitte.

»Haben Sie den auch in kleiner?«, fragte ich.

Der Verkäufer verwies uns ans andere Ende des Ladens.

»Die normalen sind da drüben.«

Und ging zurück in seine Abteilung.

»Der da!«

Assia zeigte auf einen hübschen braunen Teddy mit goldenem Knopf. Höchstens ein Meter fünfzig groß. Mit freundlichen Augen und einfältigem Lächeln.

»Das ist aber nicht der größte«, gab Brigitte zu bedenken.

Sie suchte meinen Blick. Ihre Augen glänzten.

»Aber er ist praktischer zu transportieren«, erwiderte ich.

Ich hob ihn hoch. Er war ganz weich und nicht allzu schwer.

»Ich zahle, Mädels, abgerechnet wird später.«

Mélody folgte uns, beladen mit lauter sinnlosen Dingen. Ihre Arme schleiften fast auf dem Boden.

Auf dem Bürgersteig sahen uns alle nach. Die Erwachsenen lächelten. Die Kinder zeigten einmal auf etwas anderes als unsere kahlen Schädel.

»Ich nehme die Einkaufstaschen, du trägst den Bären«, sagte Brigitte.

Mélody auf dem Weg nach Golgatha, wo sie unter dem Fellkreuz zusammenbrach.

Zu Hause angekommen, setzte sie den Bären in eine Ecke des Wohnzimmers.

»Passt ihr drauf auf, bis ich zurück bin?«

»Klar«, sagte Assia.

»Nein! Auf gar keinen Fall!«, widersprach Brigitte.

»Eva muss ihn doch auf dem Bahnsteig in die Arme nehmen können. Mir hat die Idee so gut gefallen, dass er das Erste ist, was sie sieht. Einen Riesenteddy, dann ihre Mama und ihr neues Leben.«

Sie ging im Zimmer auf und ab. Hielt einen langen Monolog, den sie mit ihren Händen unterstrich, beschrieb den Bahnhof, die graue Menschenmenge, den nebelverhangenen Montagabend.

»Und dann stelle ich mir vor, wie sie die Hand ihres Vaters loslässt und zu dir hinrennt. Siehst du sie rennen, Mélody? Du wartest, inmitten der Reisenden, auf dem Bahnsteig in Berlin. Sie sind voller Sorgen, schlecht gelaunt, sie kommen gerade genervt von der Arbeit. Und dann du, der Bär, deine Tochter. Siehst du? Ein Lichtstrahl im Dunkel. Eva läuft auf dich und den Bären zu, und die formlose Menge teilt sich, um das Mädchen in seiner Freude vorbeizulassen. Siehst du das auch, Mélody?«

»Fabrice Luchini, fahr aus diesem Leibe aus!«, neckte Assia.

Mélody saß auf dem Sofa. Ihr Blick wanderte von Brigitte zu dem Bären, zu Assia, zu mir. Sie hatte ihre blonde Perücke abgenommen. Ein gerupfter Spatz.

»Das glaubst du?«

»Da bin ich ganz sicher«, erwiderte Brigitte.

Sogar Assia gefiel die Vorstellung.

»Und du, Jeanne?«

Ich sah Brigitte an.

»Was, ich?«

»Glaubst du nicht, dass das ein grandioses Wiedersehen wird?«

Ich nickte. Klar. Das würde ein verdammt schöner Moment.

»Und da du ja gleich wieder zurückfährst, brauchst du ja sonst kein Gepäck«, fügte Brigitte hinzu.

Mélody überlegte rasch. Ich litt mit ihr. Und wandte den Blick ab.

»Wir bleiben vielleicht noch ein paar Tage in Deutschland, um uns wieder näherzukommen«, sagte sie schließlich.

Brigitte nickte.

»Das ist eine gute Idee. Man soll ja nichts überstürzen.«

An ihrem letzten Abend wollte Mélody eigentlich früh schlafen gehen, aber Brigitte ließ sie nicht. Sie wolle sie noch ein wenig bei sich behalten. In ein paar Tagen, vielleicht auch Wochen, würde sie mit einem Kind wiederkommen, das alles auf den Kopf stellen würde. Wir wollten ein letztes Glas Cidre trinken, einen letzten Joint rauchen, ein letztes Lied mit geschlossenen Augen singen. Nur Assia strahlte. Saß lachend zwischen den Pfoten des Bären und hob ihr Glas.

»Wenn du so viel Bargeld über die Grenze bringst, fällst du besser von Anfang an auf!«

Brigitte lachte.

»Beim geringsten Verdacht werden sie ihn aufschlitzen.«

Mélody lächelte. Und schwieg. Mit der ganzen Höflichkeit einer, die sich auf einem Familienfest langweilt.

Als Brigitte die Tasche mit dem Geld vor sie hinstellte und den Reißverschluss aufzog, sackte Mélody in sich zusammen.

»René hat Wort gehalten, wie du siehst.«

Mélody nickte kaum sichtbar und beugte sich mit offenem Mund über die grünen Hunderterbündel. Verstand plötzlich. Sagte kein Wort. Wartete, bis die Tasche wieder verschlossen war. Zö-

gerte, sie zu nehmen. Und in ihrem Schrank zu verstecken. Und
schlief schließlich mit ihr ein, die Tasche im Bett fest an sich ge-
presst.

Ich weiß nicht, was Brigitte fühlte. Wir hatten beschlossen,
nicht mehr darüber zu reden. Mir tat jede Bewegung, jeder Blick
Mélodys weh. Trotz allem.

»Ist es nicht toll, dass du deine Tochter so bald wiedersiehst?«,
lächelte Assia.

Keine Antwort.

Brigitte legte Mélody den Arm um die Schultern.

»Ich weiß, du hast Angst vor dem, was dich erwartet.«

Schmiegte ihre glühende Wange an ihre.

»Aber wenn du sie siehst, fällt dir das Mütterliche gleich wieder ein.«

Ich ging aus dem Zimmer.

*

Wir waren die Attraktion der Gare de l'Est. Sogar die SNCF-An-
gestellten wollten den Teddy streicheln. Mélody hatte wieder ein
bisschen Farbe bekommen. Unser Frühstück war herzlich und
lustig gewesen. Brigitte hatte sich beruhigt. Und war wieder so
sanftmütig wie vorher. Assia lachte über alles. Auch ihre Grobheit
war weg. Mit dem Teddy in der Mitte hatten wir uns in den Wagen
gezwängt. Ich saß hinten. Streichelte seine braunen Locken. Und
mein Herz wurde weit.

Am Anfang des Bahnsteigs wurden die Tickets kontrolliert. Hier,
inmitten der Menge, umarmten wir uns ein letztes Mal. Erst Brigitte und Mélody. Dann die lachende Assia. Dann die weinen-

de Jeanne. Ich habe Bahnsteige immer gehasst. Aber dieser war der schlimmste von allen. Als Mélody sich durch die Reisenden zwängte, legten wir drei einander die Arme um die Taille. Eine wankende Wand. Wir ließen den Teddy nicht aus den Augen. Die kleine Diebin hatte ganz schön zu tun mit unserem Geschenk. Nahm ihn von einem Arm in den anderen, schulterte ihn, bugsierte ihn mit beiden Händen durch die Menschenmassen. Immer und immer wieder sahen wir ihn mit seinem Lächeln und den glänzenden Augen über den Köpfen tanzen. Von der Menschenflut mitgerissen, versank er ab und zu in ihr, um weiter vorn wieder aufzutauchen. Allmählich driftete er ab, erst die Schnauze, dann ein Arm, dann die Pfoten. Und am Ende des Bahnsteigs war er schließlich verschwunden, von der Menge verschluckt und von den Innereien des Zuges verdaut.

»Bis bald, Schwesterchen«, murmelte Assia.

»Vielleicht bis irgendwann, kleiner Spatz«, fügte Brigitte hinzu.

23

MIGNONEZ

Am nächsten Tag blieb ich zu Hause. Wechselte nur zwischen Bett und Sessel, um wieder zu mir zu kommen. Assia war frühmorgens aus dem Haus gegangen. Und Brigitte half trotz ihrer Krankschreibung im »Bro Gozh«.

Um drei Uhr nachmittags rief sie mich an.

»Scheiße!«

»Was ist passiert?«

»Ich komme.«

Sie setzte sich an den Tisch.

Es dauerte eine Weile, bevor sie anfing zu reden.

»Die Bullen wissen Bescheid.«

Mir blieb die Luft weg.

»Wirklich?«

Sie nickte.

»Einer zumindest.«

»Deiner?«

»Meiner.«

Ich stand auf. Voller Panik. Würden sie die Wohnung stürmen? Müsste ich die Koffer packen? Ich hatte keinen Ort, wo ich hinkonnte. Und was hieß das, sie wissen Bescheid? Was wussten sie? Über wen? Brigitte, Assia? Mélody? Mich? Was sollten wir tun?

Brigitte war wieder zu Atem gekommen.

»Wir schmeißen die Tasche weg, das ist alles.«

»Das ist alles?«

Ja. Es würde nicht nötig sein, zu fliehen oder unterzutauchen.

»Der Kommissar ist ein Guter«, murmelte Brigitte.

Zu Mittag hatte Perig Le Gwenn eine Galette mit Andouille de Guémené und ein Viertel herben Cidre bestellt. Als Brigitte den Tisch abräumen wollte, schaute er sie lächelnd an.

»Du fragst gar nicht mehr nach den Serbinnen …«

Sie erstarrte. Doch, klar, sie wolle ihn bloß nicht beim Essen stören.

»Du störst mich nie, Brigitte.«

Mit einer Handbewegung lud er sie ein, sich zu ihm zu setzen.

»Hast du kurz Zeit?«

Sie hatte.

Drita Krasniqi, die junge Polizistin, die seit Kurzem in seiner Dienststelle arbeitete, hatte ihn in seinem Büro aufgesucht. Mit Voranmeldung diesmal. Sie hatte ihre Lektion gelernt. Ihrer Ansicht nach war der Überfall an der Place Vendôme nicht das Werk der Serbinnen. Ein Zeuge habe ausgesagt, dass eine der vier Frauen Französisch gesprochen habe. Der Sprengstoff sei eine glutenfreie Knetmasse aus ökologischem Anbau gewesen. Und das serbische Kreuz auf der Maske habe einen dicken Fehler enthalten: Die Häkchen, die für das kyrillische S stünden, seien spiegelverkehrt gewesen. Außerdem hätten die Kameras, bevor sie zugesprayt wurden, brauchbare Bilder von den Räuberinnen geliefert. Bis auf die maskierte Anführerin mit der Perücke in den französischen Nationalfarben.

»Sie sind enttäuscht, dass sie es nicht sind?«

Die junge Polizistin nickte. Ihr Vater sei am 15. Januar 1999 von

Slobodan Miloševićs Polizei ermordet worden. Sie und ihre Mutter seien nach Frankreich geflohen. Bei der französischen Polizei zu arbeiten sei ihre Art und Weise gewesen, sich für die Aufnahme zu bedanken. Und ja, sie hätte sich gern gerächt.

»Kosovarische Bullette schnappt serbische Verbrecherinnen – das wäre zu schön gewesen, nicht wahr?«

Sie senkte den Blick.

»Nur ist es aber eben so, dass die französische Polizei nicht der richtige Verein für so eine persönliche Revanche ist.«

Dann bedankte er sich noch einmal bei ihr. Und prophezeite ihr eine glänzende Zukunft.

»Noch etwas war seltsam an diesem Tag auf der Place Vendôme.«

Brigitte sah den Kommissar an.

»Die Überwachungskameras des Justizministeriums haben eine Frau mit Glatze erfasst, die sich dem Juweliergeschäft näherte.«

Er nahm einen Schluck Cidre.

»Eine sehr schöne Frau übrigens. Sah dir ein bisschen ähnlich.«

Sie fuhr sich mit der Hand über den Schädel.

»Ja, genau. Es war nur nicht klar, ob Krebs oder Punk.«

Brigitte zitterte. Ihr Bein unter dem Tisch drehte durch.

»Und es war noch eine zweite dabei. Eine junge. Die wir ziemlich gut kennen.«

Brigitte griff zur Cidre-Karaffe, um sich einzuschenken.

»Darf ich?«

Der Kommissar nickte. Klar.

»Man nennt sie ›Eva, die Puppe‹. Ein durchtriebenes Miststück mit mehreren Identitäten, die wir seit dem Kindergarten auf dem Schirm haben. Jedes Mal, wenn sie aus dem Knast kommt, verabschiedet sie der Wärter mit den Worten: ›Bis bald!‹.«

Brigitte trank einen Schluck. Ihre Zähne schlugen gegen den Steingutbecher.

»Wir können keine Trittbrettfahrerinnen brauchen, Brigitte, das wäre echt blöd.«

Das Restaurant leerte sich allmählich. Brigitte war mit dem Kommissar fast allein.

»Was meinst du dazu, *mignonez*? Wär doch blöd, oder?«

Brigitte hatte sich nicht gerührt.

»Gut, andererseits gehen die Frauen im Video zwar nebeneinander, aber wer sagt, dass sie wirklich zusammengehören? Sie reden nicht, kein Wort. Und man sieht sie auch nicht das Gebäude betreten. Der Eingang liegt im toten Winkel.«

Er nahm sein Handy heraus.

»Willst du es sehen?«

Brigitte hob die Hand. Nein, danke. Er heuchelte Verblüffung.

»Ich dachte, die Geschichte interessiert dich.«

Sie legte die Hände auf den Tisch.

»Was willst du wissen, Perig Le Gwenn?«

Der Kommissar lehnte sich in seinem Stuhl zurück.

»Nichts, Brigitte Meneur. Ich will nichts wissen.«

Er sah auf seinen leeren Becher. Den verwaisten Krug.

»Ich wollte nicht einmal wissen, dass es diesmal nicht die Serbinnen waren.«

Brigitte sah ihn verständnislos an.

»Ich habe Krasniqi gebeten, diese Information für sich zu behalten. Das macht sie ein bisschen wichtig. Und darauf ist sie stolz. Ich habe ihr gesagt, dass ihr Schweigen der Wahrheitsfindung dient.«

Brigitte hatte immer ein Tuch in der hinteren Tasche ihrer Jeans, das sie sich gelegentlich umband. Dann und wann, wenn ihre gute Laune ausblieb. Ein großes rot-weißes Bandana, das

Assia ihr zu ihrer ersten Chemo geschenkt hatte. Ohne Perig aus den Augen zu lassen, verhüllte sie mit einer mechanischen Bewegung ihren Kopf.

Der Kommissar lächelte.

»Wieder eine Fährte, die sich in Luft auflöst. So ein Pech aber auch!«

Brigitte beugte sich zu ihm hin.

»Und was machen wir jetzt?«

Le Gwenn hob den Becher vor die Augen.

»Ich will nur eines wissen.«

»Spuck's aus!«

»Hast du dich von der Puppe einwickeln lassen?«

Brigitte nickte.

»Was war es diesmal? Der todkranke Vater?«

»Hä?«

»Ihr Vater, der sich die Herzoperation in Kalifornien nicht leisten kann.«

Brigitte hob lächelnd die Hand. Verabschiedete ihren letzten Gast.

»Die Tochter, die von einem Russen entführt wurde.«

Der Kommissar konnte sich ein Grinsen nicht verkneifen.

»Wir hatten schon alles Mögliche: den kranken Vater, die Mutter, die in den Dschihad gezogen war und Geld für die Rückkehr brauchte, den Bruder, der als Journalist im Irak Geiselnehmern in die Hände gefallen war. Ein entführtes Kind war noch nicht dabei.«

Nachdenklich geworden, fügte er hinzu: »Ist älter geworden, das kleine Biest. Sieht sich jetzt als Mutter. Passt sich an.«

»Ich dachte, ihr ist der Krebs zu Kopf gestiegen.«

Er lachte.

»Sie hat mit fünfzehn angefangen. Das hat damit nichts zu tun.«

Brigitte ließ sich in ihren Stuhl zurücksinken. Sie war tieftraurig.

»Und was machen wir jetzt, Perig?«

Der Kommissar verschränkte die Hände im Nacken.

»Nie wieder so was.«

Brigitte zuckte mit den Schultern.

»Und der Überfall?«

»Die Balkanbande hat wieder zugeschlagen. Davon ist sogar die Presse überzeugt.«

So würde auch die offizielle Darstellung lauten. Das einzige Problem sei die Behauptung eines Radiosenders, dass womöglich eine polizeibekannte Französin mitgemischt habe. Das Leck habe er abgedichtet. Nichts sei sicher. Außerdem habe sich diese Person zur Tatzeit wahrscheinlich in Deutschland aufgehalten. Und der an der Grenze festgenommene Komplize der Serbinnen habe versichert, dass sie immer allein arbeiteten. Sie seien viel zu misstrauisch, um sich mit anderen einzulassen. Laut Interpol seien sie in ihrer Heimat untergetaucht, bis Gras über die Sache gewachsen wäre. Der Überfall an der Place Vendôme sei ihr letzter Coup.

Brigitte blieb stumm. Der Kommissar schaute nach oben, betrachtete die große bretonische Fahne über der Theke, die Plakate zum Saint Patrick's Day und für das Festival Interceltique.

»Du hast Glück, dass du in Notre-Dame-de-Croaz-Batz getauft wurdest.«

Sie senkte den Blick. Er nahm ihre Hand. Das war zur Gewohnheit geworden, seit er ihr einmal vier Stunden bei ihrer Chemo Gesellschaft geleistet hatte.

»Und wie steht's bei dir?«

Brigitte verzog den Mund.

»Ich glaube, jetzt hat's auch die Leber erwischt.«

»Glaubst du oder weißt du?«

»Sie haben gesagt, dass mein Krebs streut.«

Der Kommissar schaute auf Brigittes Hand, die in seiner lag.

»Bist du gar nicht krankgeschrieben?«

Sie nickte.

»Doch, aber hier geht's mir gut. Hier bin ich zu Hause.«

Leise fragte Le Gwenn: »Und was sagen die Ärzte?«

»Dass es hart wird.«

»Wie hart?«

»Sehr hart.«

Er suchte nach Worten.

»Aber du wirst es doch überleben?«

»Das wird hart.«

Brigitte sah ihn an. Und sah ihn als Kind. Den kleinen Perig. Den Jungen, der am anderen Ende ihrer Straße wohnte, beim Hôtel de France. Sah die Kränkung an ihrem ersten Abend im Schein des Thekenlichts hinter dem heruntergelassenen Rollladen. Perig hatte eine große Schwester ungefähr in Brigittes Alter gehabt, Katell. Als Kind hatte sie ständig gekränkelt, bis sie mit neun an Leukämie gestorben war. Perig sollte von ihrem Leiden nichts mitbekommen, in der Familie sprach niemand darüber, auch seine Schwester nicht, ihr Lächeln hielt bis zum Ende. Später war er ihnen deswegen böse, allen, auch ihr. Dass sie ihm ihren nahen Tod verheimlicht hatten und ihn mit ihren Qualen verschont. Sein Leben verlief nicht in der Familie, sondern nebenher. Die Erwachsenen senkten die Stimme, wenn er ins Zimmer kam. Seine Mutter schloss sich ein, um zu weinen. Er hatte nie das Recht gehabt, traurig zu sein. Ihm wurde gesagt, seine Schwester sei wegen eines harmlosen Fiebers im Krankenhaus, ihr sei nicht gut, sie habe etwas an den Zahnwurzeln oder ein bisschen Halsweh. Nie hatte er erfahren, was wirklich los war. Kurz vor Katells Tod hatte er sich das Knie aufgeschürft. Vater und Mutter waren bei ihm, weil er heulte wie ein Schlosshund, während Katell starb. Diese Bürde trug er sein Leben lang mit sich herum: dass er nichts begriffen, nichts geahnt hatte. Sondern vor dem Tor zur Tragödie gelacht und gesungen und einfach Kind gewesen war. Vielleicht war er deshalb Polizist geworden. Weil er Dinge durchdringen, kennen, wissen wollte, statt sorglos dahinzuleben. Vielleicht hatte er sich deshalb auch in Brigitte verliebt. An ihrem ersten Abend hatte er ihr vom Leidensweg seiner großen Schwester erzählt, draußen, auf dem Bürgersteig.

»Du schaffst das doch, oder?«

Und Brigitte versprach es ihm.

Er zog seine Hand weg. Ihre blieb offen auf dem Tisch liegen. Schließlich fing er sich wieder. Hustete in seine geschlossene Faust und warf einen kurzen Blick auf den Krug.

»Weißt du was, Chefin?«

Sie schaute ihn an. Sein Lächeln war wieder da. Und sein Blick vom Ende der Welt zurückgekehrt.

Er hob seinen Becher bis zur Stirn. Und sagte so laut, als säße er am anderen Ende eines überfüllten Lokals und müsste den Lärm und das Stimmengewirr übertönen: »Die Möwen sind wieder trockengefallen, *Mallozh Doue!*«

24

GAVROCHE

Brigitte hatte Mühe aufzustehen. Also halfen wir ihr, Assia und ich. Es war, als wollten wir Lazarus aus dem Grab heben. Sie hatte eine schwere Nacht voller Angst- und Fieberschübe hinter sich. Seit ein paar Wochen schlief Assia in Mélodys Zimmer. Um ihre Freundin nicht zu wecken und nicht von ihr geweckt zu werden. Mit Beginn des Herbstes hatte deren Zustand sich verschlechtert. Eine Krankenschwester kam jeden Morgen zur Pflege. Sie hatte Mühe zu essen und zu trinken, ihr Bauch war die Hölle. Assia machte sich auch Sorgen um Mélody. Kein Anruf, keine Nachricht. Warum kam sie nicht zurück? Also wieder lügen.

»Wir wollen doch nicht, dass sie noch mehr leidet«, sagte Brigitte.

Ich hatte sie zur Chemo begleitet, saß neben ihr auf dem Besucherstuhl. Sie diktierte mit geschlossenen Augen. Und ich notierte jedes Wort auf den letzten Seiten meines Notizbuchs.
  »Liebe Mädels, ich war zu streng mit Arseni. Er ist wirklich ein guter Vater. Ich glaube, er hatte Angst vor mir. Vor meinem Leichtsinn. Er wollte doch nur das Beste für unsere Eva, und das konnte ich ihr nicht bieten. Er hätte echt nicht einfach abhauen dürfen. Aber hatte er denn eine andere Wahl, als sie mitzunehmen? Das habe ich begriffen, als wir uns in Berlin auf dem Bahnsteig trafen.

Eva konnte die Hand ihres Vaters gar nicht loslassen. Sie kam nicht zu mir gelaufen. Sie hat sich an ihn geschmiegt. Ich musste zu ihr hingehen. Und wisst ihr was? Sie hat zuerst den Bären umarmt, nicht mich. Arseni hat mich in die Arme genommen. Da stand sie mit ihrem Bären und ich mit meinem Mann. Als ich ihm die Tasche mit dem Geld gegeben habe, hat er sie weggestoßen. Das ist nicht für ihn, sondern für uns, hat er gesagt. Mutter, Vater, Kind. Er hat mich angefleht, nicht mit Eva nach Frankreich zurückzugehen, sondern mit ihm nach Russland zu kommen. Er hat geweint, Mädels. Könnt Ihr Euch das vorstellen? Er hat geweint. Der harte, brutale Arseni, der böse Bube, er hat geweint, uns zu verlieren.«

»Uns zu verlieren?«

»Uns zu verlieren«, wiederholte Brigitte.

Also schrieb ich: *»uns zu verlieren«*. Und unterschrieb mit Mélody. Kein Kuvert, keine Briefmarke, kein Beweis. Ein schönes blaues Briefpapier würde es auch tun. Assia würde es glauben. Sie vertraute uns und hatte damit recht.

Es war November, ein Monat ohne Bedeutung. Kein Fest, keine Freude, nichts. Nur das kommende Grau. Doch dieser Tag leuchtete. Also halfen wir Brigitte beim Aufstehen. Sie verließ ihr Zimmer nur noch selten. Und das Fenster zu öffnen reicht nicht, um das Leben hereinzulassen.

Assia hatte Kirschtomaten und Salzbrezeln gekauft. Und ich eine Piccolo-Flasche Champagner brut rosé. Und ein Taxi bestellt.

»Zum Bois de Vincennes, bitte.«

Der Fahrer war nicht gesprächig. Und das war gut. Wir saßen auf der Rückbank, Assia links, Brigitte rechts, ich in der Mitte, und sahen die toten Blätter im Wind tanzen. Es würde nicht regnen. Und es war nicht einmal kalt. Brigitte lächelte.

»Ihr gebt euch ganz schön Mühe, Mädels!«

Assia antwortete nicht. Ich protestierte lachend. Dachte an meinen Jules. Der Tod schlich durch unsere Wohnung. Wir spürten, dass er da war und wartete. Seine Beute beobachtete. Sich keine Geste, kein Wort, kein Lächeln entgehen ließ. Ohne unsere Freundin würde er nicht wieder gehen. Deshalb war er da. In der stillen Wohnung, im dunklen Zimmer. Spottete über unsere Traurigkeit. Übte sich in Geduld. Und raunte, wenn Brigitte aufstand: »Wozu denn noch?«

Wir setzten uns ans Ufer, gegenüber der Île de Reuilly. Am herbstlichen See ein paar Möwen, Spatzen, Gänse. Wir hatten Brigitte in die Mitte genommen, um sie zu stützen, Assia saß links von ihr, ich rechts. Assia riss die Tomatenschale auf. Ich hielt Brigitte das Champagnerfläschchen hin.

»Du fängst an!«

Sie lächelte. Es ging ums Prickeln, nicht um den Rausch. Wir wollten nur unsere Lippen befeuchten.

Da tauchte Gavroche auf. Hinter dem Schwanenpaar mit den zwei zerzausten Jungen. Er folgte ihnen. Nahm ihre Fährte auf, machte dieselben Umwege und Abweichungen. Als die Schwanenfamilie in den See glitt, schwamm er in ihrem Kielwasser. Der Vater majestätisch, die Mutter besorgt, die Kleinen paddelten hinterher, und er kämpfte mit den Wellen.

»Gavroche«, sagte ich und zeigte mit dem Finger auf ihn.

Brigitte nickte.

»Das ist er?«

Ja, das war er. Er war ein bisschen wie ich. Wie wir alle. Er hatte an Selbstsicherheit gewonnen. Nach dem Vorbild der großen weißen Schwäne stellte er sich mitten auf dem See mit ausgebreiteten Flügeln auf die Füße. Er flog nicht weg, zeigte nur seine Kraft. Und seine Schwäche. Er lebte.

Assia hatte ihre Freundin in eine Decke gehüllt. Und mich mit. Der schwere, beige Stoff schützte uns alle drei. Auf dem See entfernte sich die Wildente mit dem weißen Halsband von den Schwänen. Tauchte den Kopf unter Wasser, schüttelte sich plötzlich und drehte sich nicht mehr um.

Zog allein ins Offene.

Inhalt

1	Eine richtige Dummheit *(Samstag, 21. Juli 2018)*	7
2	Die Kameliendame *(Montag, 18. Dezember 2017)*	11
3	Der Buchstabe K	25
4	Die Geschorene	55
5	Pass auf dich auf	91
6	Brigitte Meneur	111
7	Perig Le Gwenn	119
8	Mélody Frampin	127
9	Die Übelkeit	137
10	Assia Belouane	145
11	Das heilige Feuer	151
12	Der Plan	163
13	Neuverteilung der Rollen	181
14	Am Tag davor *(Freitag, 20. Juli 2018)*	195
15	Wilde Freude *(Samstag, 21. Juli 2018, 3.10 Uhr)*	203
16	Eine richtige Dummheit *(Samstag, 21. Juli 2018, 12.15 Uhr)*	207
17	Sonntag, 22. Juli 2018	229
18	Montag, 23. Juli 2018	235
19	René, der Hehler	239
20	Das hübscheste kleine Mädchen der Welt	247

21	Der Pakt	261
22	Der Teddybär	265
23	Mignonez	273
24	Gavroche	281